HONTEUSE

Karin Alvtegen, née à Stockholm en 1965, est la petite-nièce d'Astrid Lindgren, créatrice de Fifi Brindacier. Son premier roman publié en France, *Recherchée* (Plon, 2003, et Points, 2005), a été très bien reçu par la presse française et couronné Meilleur Roman policier nordique en 2000. Autant reconnue que Henning Mankell dans les pays scandinaves, elle est aujourd'hui considérée comme la reine incontestée du polar suédois.

DU MÊME AUTEUR

Recherchée
Plon, 2003
et « Points Policier », n° P1395

Trahie
Plon, 2005
et « Points Policier », n° P1601

Ténébreuse
Plon, 2008

Karin Alvtegen

HONTEUSE

ROMAN

Traduit du suédois
par Philippe Bouquet

Plon

TEXTE INTÉGRAL

TITRE ORIGINAL
Skam
Bokförlaget Natur och Kultur, Stockholm

ISBN original : 91-27-10941-0

ISBN 978-2-7578-0851-1
(ISBN 2-259-20339-6, 1re publication)

À August et Albin,
mes vaillants lutteurs

Mon Dieu, Toi qui es si bon et si doux,
préserve-nous de toutes les guerres,
de la violence et des injustices,
et fais en sorte que les pauvres aient assez
d'argent pour acheter à manger.
Que les méchants deviennent gentils
et que personne de ma connaissance
ne tombe malade ou ne meure.
Aide-moi à bien me conduire, pour que papa et maman
puissent être fiers de moi et qu'ils m'aiment.

Amen

1

« Je jure sur l'honneur de m'efforcer, dans l'exercice de ma profession de médecin, de servir mes semblables avec humanité et dans le respect de la vie. Je veillerai à les soigner et préserver leur santé, prévenir les maladies, guérir les malades et atténuer leurs douleurs. »

Elle avait échoué. L'homme qui était assis en face d'elle allait bientôt mourir. Il semblait parfaitement calme et immobile, et avait posé sur ses genoux ses mains aux veines apparentes. Pour sa part, elle avait les yeux baissés sur son volumineux dossier. Près de deux ans s'étaient écoulés depuis sa première visite. Les efforts obstinés qu'elle avait déployés pour le guérir n'avaient servi à rien et il fallait maintenant qu'elle lui annonce la nouvelle et admette sa défaite. Elle éprouvait toujours le même sentiment, quel que soit l'âge du patient. Elle n'était en rien responsable du caractère incurable de sa maladie ni des retards de la recherche médicale. Simplement, chaque fois, c'était la vie qui était en jeu. Une vie qu'elle n'avait pas été capable de sauver.

Il l'observait avec un sourire malin.

– N'en faites pas une affaire personnelle. Nous mourons tous un jour ou l'autre et je crois que mon heure est arrivée, cette fois.

Elle eut honte. Ce n'était pas à lui de la consoler, surtout pas. Mais il était manifestement parvenu à lire ses pensées.

– N'oubliez pas la différence d'âge entre nous. J'ai déjà bien vécu et, ces derniers temps, je commençais à en être assez satisfait. Vous savez, à mon âge, on a vu tant de gens s'en aller avant soi qu'on se sent un peu seul sur terre.

Il faisait tourner son alliance. Elle bougeait facilement, car ses doigts noueux avaient maigri depuis le jour où elle y avait été glissée.

En pareille circonstance, c'était toujours les doigts de ses patients qui attiraient son attention. Il était étrange de se dire que le savoir et l'expérience acquis de leur vivant allaient bientôt se perdre.

À jamais.

– Pourtant, il y a des fois où je me demande ce qu'Il avait en tête. Je veux dire : le reste est bien concocté, mais cette mise au rebut progressive qui vous est imposée, Il aurait pu l'imaginer différemment. On naît, on grandit et on apprend. Puis, une fois qu'on suit une certaine routine, on nous reprend tout progressivement. Ça commence par la vue et ça n'arrête plus. Au bout du compte, on finit comme on a commencé.

Il se tut, l'air de méditer ce qu'il venait de dire.

– C'est peut-être l'astuce, à bien y réfléchir. Car, quand plus rien ne fonctionne correctement, ça n'a plus guère d'importance. On se dit que ce ne serait pas une si mauvaise idée, après tout, de mourir et de se reposer enfin un peu.

Il eut à nouveau un petit sourire.

– Dommage seulement que ça prenne tant de temps.

Elle n'avait pas de réponse et ne trouvait rien à dire pour alimenter ses réflexions. Elle savait seulement que tout le monde ne vivait pas une « mise au rebut progressive ». Certains étaient emportés brusquement, parfois même avant d'avoir connu le plein épanouissement de leur personnalité. Quant aux critères de sélection, bien malin qui aurait pu les deviner.

Les bons meurent jeunes, disait-on.

Mais ce n'était pas une consolation.

C'était la preuve que Dieu détestait ceux qu'Il épargnait. Sinon, pourquoi estimait-Il que Son bien-être justifiait les monceaux de cadavres que la mort laissait dans son sillage ?

Elle ne désirait pas que Dieu la haïsse. Même si elle ne croyait pas en Lui.

– Mais savez-vous la meilleure ? Eh bien, je vais rentrer chez moi et me servir un bon verre de vin, parce que ça fait longtemps que je n'en ai pas bu. J'ai mis une bouteille de côté pour une grande occasion et il me semble que c'est le cas aujourd'hui. C'est un mal pour un bien, comme on dit, ajouta-t-il avec un clin d'œil.

Elle répondit comme elle put à son sourire, se demandant si elle y parvenait vraiment. Voyant qu'il s'apprêtait à se lever, elle bondit de son siège pour lui venir en aide.

– Je sais que vous avez fait votre possible. Merci pour tout.

Elle referma la porte derrière lui et poussa un grand soupir. L'air était lourd, dans cette pièce. Elle lança un regard en direction de la pendule et constata qu'il n'était pas tout à fait l'heure de partir. Elle revint mettre un peu d'ordre parmi les papiers posés sur son bureau. Une fois que tout fut soigneusement en tas, elle ôta sa blouse et mit son manteau. Elle fut contrariée de constater qu'elle était encore en avance, mais préférait ne pas avoir à se presser.

Il n'est pas possible de courir assez vite, quand ce qu'on tente de fuir vient de l'intérieur de soi.

« C'est maman. Je voulais seulement savoir à quelle heure tu viendras me chercher. Rappelle-moi dès que possible. »

Ce message l'attendait quand elle avait allumé son portable en gagnant le parking. Il n'était que cinq heures dix : il restait vingt minutes avant l'heure convenue. Pourquoi fallait-il qu'elle appelle pour confirmer, c'était une énigme. Pourtant, étant donné les circonstances, elle comprenait l'attitude de sa mère.

– Bonjour, c'est moi.

– Quand arrives-tu ?

– Je suis en route. Je serai là dans un quart d'heure.

– Il faut que je passe acheter des bougies.

– Je peux le faire, si tu veux.

– Bon, mais cette fois-ci prends-en qui durent cent dix heures. Celles que tu as achetées l'autre fois ont brûlé beaucoup trop vite.

Si sa mère avait eu la moindre idée de l'angoisse que lui causaient leurs sempiternelles visites sur la tombe, elle n'aurait pas eu l'air d'insinuer que sa fille était radine et qu'elle avait acheté des bougies bas de gamme. Elle en aurait volontiers acheté qui duraient l'éternité, si cela avait existé. Le maximum était hélas cent dix heures. Et, depuis que sa mère avait vendu sa voiture parce qu'elle n'osait plus conduire, Monika était sans cesse obligée de la déposer au cimetière pour allumer de nouvelles bougies dès que les anciennes étaient éteintes.

Il y avait vingt-trois ans que c'était arrivé. C'est-à-dire plus de temps qu'il n'avait vécu. Et pourtant, c'était lui qui occupait le plus de place dans leur vie.

Toute la place, en fait.

Quelques voitures étaient garées sur le parking, mais le cimetière paraissait désert.

À Lars
mon fils bien-aimé
1965-1982

Elle ne s'était jamais habituée à voir son nom gravé sur cette stèle. Il aurait dû figurer dans les listes des meilleurs sportifs ou dans des articles sur les espoirs du hockey. Quand elle ne savait plus quoi dire pour impressionner les autres, elle avait toujours eu la possibilité de leur annoncer qu'elle était la petite sœur de Lasse Lundvall. Il aurait eu quarante ans cette année mais, pour elle, il était toujours cet aîné de deux ans qu'elle admirait beaucoup, après lequel les filles couraient et qui réussissait tout ce qu'il entreprenait.

Et la fierté de sa mère.

Monika se demandait ce qui se serait passé si leur père était resté avec eux. S'il n'avait quitté le foyer alors qu'elle était encore dans le ventre de sa mère et si celle-ci n'avait pas eu à subir ces années de solitude. Personnellement, elle ne l'avait pas connu. Une ou deux fois, au cours de son adolescence, elle lui avait écrit une lettre. En retour, elle avait reçu une brève réponse très impersonnelle et leurs projets de rencontre n'avaient jamais abouti. Elle aurait souhaité qu'il soit plus enthousiaste et fasse en sorte qu'ils se voient bel et bien. Mais il n'en avait rien été, la susceptibilité l'avait emporté et elle s'était refusée à se mettre à genoux devant lui. Les années avaient passé et il avait regagné les ténèbres d'où il était si peu sorti.

Comme on pouvait s'y attendre, la bougie était éteinte. Monika ne put que constater le déplaisir qu'éprouvait sa mère à ce spectacle. Elle sortit rapidement les allumettes de sa poche et en alluma une nouvelle, courbant la main autour de la flamme vacillante pour la protéger. Combien de fois n'avait-elle pas vu sa mère procéder de la sorte, puis la flamme croître en intensité dans le petit réceptacle en plastique pour finir par embraser la mèche ? Cette idée avait-elle seulement effleuré sa mère ? Que tout avait commencé par une petite flamme de ce genre. Que c'était précisément cela la cause de tous ces dégâts. Et pourtant il fallait qu'elle revienne sans cesse ici et la rallume dès qu'elle était enfin éteinte. Il fallait qu'elle brûle sur la tombe pour marquer sa victoire sur sa victime.

Elles regagnèrent la voiture. Sa mère avait tourné le dos à la sépulture après un dernier soupir et s'était éloignée, tandis qu'elle-même s'attardait un instant à lire, pour la millionième fois, le nom de son frère et éprouver ce sentiment familier d'impuissance. Que peut faire une sœur qui a la chance de vivre sa vie, alors qu'elle n'a pas été donnée à un frère qui semblait bien plus doué qu'elle ? Que fallait-il qu'elle fasse pour la mériter ? Pour justifier son droit à l'existence ?

– Tu viens manger un morceau à la maison, hein ?
– Aujourd'hui, je ne peux pas.
– Qu'est-ce que tu as de prévu ?
– Je dois dîner avec quelqu'un.
– Encore ? Tu n'arrêtes plus de sortir. Comment peux-tu faire correctement ton travail, alors que tu es sans cesse par monts et par vaux pendant la semaine ?

Il lui arrivait d'en rêver. Parfois même éveillée. Une grande clôture, toute blanche, avec une barrière en fonte noire s'ouvrant seulement lorsqu'elle y consentait.

– Qui est-ce que tu dois voir ?
– Personne de ta connaissance.
– Ah bon.

Une fois assise au volant, elle ferma les yeux une seconde. Elle n'avait pas eu le temps de lui parler du séminaire qu'elle devait suivre la semaine suivante et, maintenant, il était trop tard. Nulle bougie ne serait allumée sur la tombe si sa mère ne prenait pas le bus pour se rendre au cimetière, et ce n'était pas le genre de nouvelle à lui annoncer alors qu'elle était de mauvaise humeur.

Elle mit le clignotant et démarra. Sa mère avait détourné la tête et regardait par la vitre.

Monika l'observa du coin de l'œil.

– Le 23, j'irai à la bibliothèque faire une conférence sur le fonds de bienfaisance de la clinique. Tu peux venir, si tu veux. Je te conduirai.

Bref instant de silence pendant lequel elle se dit que peut-être…

Si seulement elle pouvait…

Une fois.

– Non, je ne sais pas.

Une seule et unique fois.

Elles gardèrent le silence pendant le reste du trajet. Monika ralentit et s'arrêta devant l'entrée du garage sans couper le moteur. Sa mère ouvrit la portière et descendit de voiture.

– J'avais acheté du poulet.

Monika vit sa silhouette disparaître par la porte d'entrée. Elle appuya la nuque contre l'appuie-tête et tenta de se représenter le visage de Thomas. Mon Dieu, merci d'avoir fait qu'il existe, et de m'avoir permis de le rencontrer. Ses yeux si profonds qui la regardaient comme nul autre. Ses mains, qui lui avaient permis de connaître un sentiment qui pouvait être qualifié de paix. Il n'avait pas idée de l'importance qu'il revêtait à ses yeux. Comment aurait-il pu, d'ailleurs, puisqu'elle n'avait jamais véritablement employé les mots qu'il fallait ?

En vérité, il lui était devenu tout bonnement indispensable.

Mais la simple pensée de la place qu'il occupait désormais dans sa vie la rendait folle de terreur.

2

Elle s'en aperçut par hasard, grâce à Saba en fait. L'une des personnes de l'aide à domicile avait installé une boîte à lettres sous la fente de la porte d'entrée. Quant à savoir pourquoi on s'était donné ce mal, mystère. Elle devinait que c'était pour lui permettre de prendre son courrier elle-même mais, comme elle n'en recevait jamais, c'était vraiment gâcher l'argent du contribuable. Alors qu'on rognait sur tout, désormais. Il arrivait que la banque ou un autre organisme lui envoie un relevé ou un papier quelconque. Pourtant, rien ne justifiait le coût d'une pareille mesure. La presse quotidienne, elle ne s'en souciait guère non plus, la misère qu'elle voyait au journal télévisé du soir lui suffisait amplement. Elle préférait épargner sa pension d'invalidité pour d'autres motifs de dépense. Pour de la nourriture, par exemple.

Or, voilà justement qu'elle avait une lettre.

Dans une enveloppe blanche dont l'adresse était rédigée à la main.

Saba s'était assise près de la porte, la langue pendant de sa gueule, et contemplait cette intruse de couleur blanche. Peut-être émanait-il d'elle une odeur qui n'était perceptible qu'à un flair aussi aiguisé que le sien.

Ses lunettes étaient posées sur la table de la salle de séjour et elle se demanda si c'était la peine de s'installer dans le fauteuil roulant pour aller les chercher. Après tous les kilos qu'elle avait pris ces dernières années, elle avait tant de mal à s'en extraire qu'elle n'allait pas y prendre place inutilement.

– Tu veux sortir un peu, avant que ta maîtresse aille s'asseoir ?

Saba tourna la tête pour la regarder, mais n'eut pas l'air enthousiaste. Maj-Britt approcha donc le fauteuil de la porte du balcon et s'assura que le bras articulé était à sa portée. Il lui permettait d'ouvrir la porte sans avoir à se lever. Depuis quelque temps, la chienne allait se promener seule sur la pelouse. Comme Maj-Britt habitait au rez-de-chaussée, il avait suffi que l'aide à domicile dévisse une des barres de la rambarde du balcon. Il leur faudrait bientôt en enlever une de plus pour agrandir le passage, hélas.

Elle se laissa tomber dans le fauteuil avec une grimace. Quand ses genoux devaient supporter le poids de son corps, fût-ce une seconde, ils se rappelaient toujours à son bon souvenir. Bientôt, elle serait obligée de se procurer un siège neuf, plus haut que le précédent. Le canapé lui était déjà inaccessible. La dernière fois qu'elle s'y était installée, elle avait dû appeler du renfort – deux hommes forts de la permanence du service d'assistance ou un nom comme cela – pour la relever. Ils l'avaient empoignée et elle n'avait pu que se laisser faire.

Elle n'avait pas l'intention de s'exposer une nouvelle fois à pareille humiliation. Le moindre contact lui inspirait un sentiment de répulsion. Ce dégoût l'incitait à rester loin de son canapé. Elle n'aimait pas laisser pénétrer chez elle tous ces « petits », comme elle disait. Mais la seule alternative étant de quitter son appartement, elle n'avait pas le choix. La vérité, aussi pénible fût-elle, était qu'elle dépendait d'eux.

Ils entraient chez elle sans se gêner, les uns après les autres. Sans cesse de nouveaux visages, sur lesquels elle ne se souciait même pas de mettre un nom, et tous avaient la clé. Un bref coup de sonnette, auquel elle n'avait jamais le temps de répondre, et la porte s'ouvrait. Sans doute ignoraient-ils la signification du mot intimité. Puis ils envahissaient l'appartement, avec leurs aspirateurs et leurs seaux, et ils remplissaient le réfrigérateur en lui lançant des regards chargés de reproches.

Tu as déjà réussi à ingurgiter tout ce qu'on a acheté hier.

Elle voyait qu'ils n'essayaient pas de dissimuler leurs pensées et savait que leur comportement changeait avec chaque kilo supplémentaire. À les entendre, ses facultés mentales décroissaient au fur et à mesure que le volume de son corps augmentait. Il semblait commun de croire que les obèses sont moins intelligents que les gens minces. Mais elle savait parfaitement comment les amener à satisfaire ses désirs et elle les laissait penser ce qu'ils voulaient, mettant leur naïveté à profit pour se procurer certains avantages. Elle n'y pouvait rien, n'est-ce pas, si elle était grosse – « atteinte de surcharge pondérale handicapante », disaient-ils – et se comportait comme elle le faisait. Elle ne disposait pas des moyens intellectuels pour l'éviter, hein ? Ce message se lisait sur leur figure dès qu'ils approchaient d'elle.

Quinze ans plus tôt, ils avaient tenté de la persuader d'aller vivre dans une résidence avec services. Pour qu'elle ait moins de mal à sortir. Qui avait décidé qu'elle désirait sortir ? Pas elle, en tout cas. Elle avait refusé et exigé qu'on adapte son appartement à sa taille. Comme ils n'arrêtaient pas de lui rebattre les oreilles de l'importance de l'hygiène, ils avaient aussi dû remplacer la baignoire par une douche de belles dimensions. À croire qu'elle était un enfant en bas âge.

La lettre ne portait pas de nom d'expéditeur. Elle la retourna, lut l'adresse et constata qu'on l'avait fait suivre. Qui diable avait pu lui envoyer une lettre dans la maison de son enfance ? Elle eut alors un sursaut de mauvaise conscience et repensa à la maison en train de tomber en ruine, là-bas. Le jardin, qui faisait la fierté de ses parents, devait être une jungle impénétrable, maintenant. C'était là qu'ils avaient passé le temps que l'ardeur de leur engagement pour la cause de la Communauté laissait libre.

Comme ils lui manquaient. Dire qu'il était possible de laisser un tel vide derrière soi.

– Eh oui, Saba. Tu aurais aimé mes parents. Dommage que vous ne vous soyez pas rencontrés.

Elle n'avait pas eu la force d'y retourner. De s'exposer à la honte de s'exhiber, là-bas, dans son état actuel. La maison était ainsi restée à l'abandon. Sans doute était-il d'ailleurs impossible d'en tirer le moindre sou, isolée au fond des bois comme elle l'était. C'étaient sûrement les Hedman qui avaient réexpédié la lettre. Ils avaient cessé de lui demander si elle ne voulait pas vendre ou récupérer des meubles, mais elle supposait qu'ils allaient encore y jeter un coup d'œil de temps en temps. Peut-être pour leur propre tranquillité. Il n'était sans doute pas très agréable d'être les plus proches voisins d'une maison abandonnée. À moins qu'ils ne l'aient pillée eux-mêmes et évitent tout contact, par mauvaise conscience. On ne pouvait se fier à personne, de nos jours.

Ses doigts étaient trop gros pour se glisser dans l'interstice ; elle chercha des yeux un coupe-papier quelconque. Le bras articulé en fit aisément office.

La lettre était rédigée sur un cahier de collégien. La feuille était rayée et perforée sur le côté gauche, afin de pouvoir être insérée dans un classeur.

Bonjour Majsan[1] *!*

Majsan ?

Elle avala sa salive. Du fond des circonvolutions de son cerveau, elle parvint à extraire un fragment de souvenir. Le besoin de fourrer quelque chose dans sa bouche et d'avaler se manifesta aussitôt. Elle regarda autour d'elle mais il n'y avait rien à sa portée.

Elle résista à la tentation de retourner la feuille pour voir qui lui avait envoyé la lettre. Peut-être préférait-elle l'ignorer, en fait.

Il y avait tant d'années qu'elle n'avait pas entendu prononcer ce petit nom. Qui avait traversé le temps sans y être invité et s'était glissé chez elle par la fente de sa boîte à lettres ?

Je suppose que tu te demandes ce qui m'amène à t'écrire après toutes ces années. Pour être honnête, je dois reconnaître que j'ai un peu hésité. Je suis maintenant décidée à le faire. Le motif qui m'y pousse te surprendra encore plus. Mais autant te dire ce qu'il en est. J'ai fait un rêve très étrange, il y a quelques nuits de cela. Il était très violent et c'était de toi qu'il s'agissait. Quand je me suis réveillée, quelque chose m'a dit qu'il fallait que je t'envoie cette lettre. Après les dures leçons que j'ai reçues, j'ai enfin appris à obéir à d'impérieuses impulsions de ce genre. Alors, voilà…

Je ne sais à quel point tu es informée de qui je suis et du tour qu'a pris ma vie. J'imagine cependant qu'on a pas mal jasé, au pays, et je comprendrais fort bien que tu ne veuilles pas renouer le contact avec moi. Je n'ai plus de nouvelles de ma famille ni de quiconque que j'aie connu au cours de ma jeunesse. J'ai tout le temps de réfléchir, ici, tu t'en doutes, et pense beaucoup à nos jeunes années, à ce qu'elles ont signifié pour nous

1. Déclinaison familière du prénom Maj. (*N.d.T.*)

et à l'influence qu'elles ont pu avoir sur la suite de notre existence. C'est pourquoi je suis curieuse de savoir ce que tu deviens ! J'espère sincèrement que tout a fini par s'arranger et que ça va bien pour toi. Comme je ne connais ni ton adresse ni ton nom de femme mariée (tu ne le croiras peut-être pas mais je n'arrive pas à me souvenir du nom de famille de Göran), j'envoie cette lettre à ton adresse de jadis. Si c'est la volonté de Dieu qu'elle te parvienne, elle le fera. Sinon, elle circulera pendant un certain temps et donnera un peu de travail au service des postes, ce qui n'est pas un luxe par des temps aussi durs que ceux qu'il connaît actuellement.

Quoi qu'il en soit...

J'espère de tout cœur que tu es heureuse dans la vie, malgré la jeunesse que tu as connue. Ce n'est qu'à l'âge adulte que j'ai pleinement compris à quel point tu as dû souffrir. Je te souhaite tout le bien possible !

Donne-moi de tes nouvelles, si tu veux.
Ta meilleure amie de jadis,
Vanja Tyrén.

La soudaine colère qui s'empara d'elle lui permit de se lever brusquement du fauteuil. Qu'est-ce que c'était que ces bêtises ?

Malgré la jeunesse que tu as connue ?

Elle avait rarement rencontré pareille audace. Pour qui se prenait-elle, pour s'arroger le droit de proférer des mots aussi condescendants ? Elle reprit la lettre et lut l'adresse indiquée en bas de la feuille. Ses yeux se figèrent sur le mot qui figurait au milieu de celle-ci.

Prison de Vireberg.

Elle se souvenait à peine de l'expéditrice de cette lettre – apparemment sous les verrous à Vireberg – et celle-ci s'arrogeait le droit de porter un jugement sur ses jeunes années et, par la même occasion, sur ses parents.

Elle passa dans la cuisine et ouvrit le réfrigérateur d'un geste rageur. La boîte de cacao était déjà sur l'évier. Elle coupa rapidement un morceau de beurre et le plongea dans la poudre brune.

Elle ferma les yeux en sentant le beurre fondre dans sa bouche. Cela allait mieux.

Ses parents avaient tout fait pour elle. Ils l'avaient aimée. Qui le savait mieux qu'elle ?

Elle chiffonna la feuille. Il devrait être interdit d'envoyer des lettres à des gens qui ne veulent pas en recevoir. Il était impossible de savoir quel but poursuivait cette personne mais il l'était tout autant de laisser passer une telle offense sans réagir. Elle allait être forcée de répondre, pour laver l'honneur de ses parents, et la simple pensée de devoir communiquer avec quelqu'un en dehors de chez elle sans l'avoir décidé elle-même l'incita à se tailler un nouveau morceau de beurre. Cette lettre était une attaque non déguisée, une insulte. Après ces années d'isolement volontaire, quelqu'un venait soudain d'escalader la barrière qu'elle avait si péniblement édifiée autour d'elle.

Vanja.

Elle n'avait que peu de souvenirs d'elle.

Au prix de gros efforts, elle parvint à retrouver quelques images éparses. Elles s'étaient pas mal fréquentées, pourtant les détails refusaient de se préciser. Elle se rappelait vaguement une maison très désordonnée dont le jardin, à certains moments, ressemblait à une décharge. En tout cas, cette maison était loin d'être aussi bien tenue que son propre foyer. Elle croyait aussi se remémorer que ses parents n'avaient pas vu cette fréquentation d'un bon œil. Voilà qui, une fois de plus, leur donnait raison ! Eux qui avaient dû lutter si durement. Sa gorge se serrait lorsqu'elle pensait à eux. Elle n'avait pas été une enfant facile mais ils avaient refusé de s'incliner et avaient fait leur possible pour l'aider à trouver sa voie dans la vie, malgré les difficultés et les soucis qu'elle leur avait causés. Et, plus de trente ans après, cette personne venait lui demander dans quelle mesure leurs années de jeunesse les avaient toutes deux influencées, comme si elle cherchait une complice à rendre responsable de ses propres échecs. Laquelle des deux était en prison ? Comment osait-elle ces sournoises insinuations et accusations, alors que c'était elle qui était en taule ? On pouvait se poser la question.

Lorsque la douleur dans le bas de son dos se fit sentir à nouveau, sous la forme d'un violent coup de poignard qui lui brouilla la vue, elle dut prendre appui sur le plan de travail.

Elle aurait pourtant préféré ne rien savoir et que Vanja reste enterrée sous le passé. Laisser retomber la poussière que celle-ci avait soulevée.

Elle regarda la pendule. Malgré leur ponctualité relative, ils devraient arriver dans une heure ou deux. Elle ouvrit à nouveau le réfrigérateur. Sa boulimie s'accentuait toujours lorsque quelque chose qu'elle désirait ignorer cherchait à s'imposer à elle.

Le besoin de se remplir le ventre pour faire taire ce qui se mettait à crier, à l'intérieur.

3

Il prétendait qu'il l'aimait, et tout ce qu'il disait et faisait plaidait en ce sens. Pourtant, il était difficile de prendre cela pour argent comptant. Pourquoi l'aurait-il aimée ? Lui qui était tellement parfait.

Ce qu'il s'efforçait de lui faire croire, c'était qu'il la trouvait unique, qu'elle était l'être le plus important pour lui, celle qu'il plaçait le plus haut parmi ceux qui vivaient sur la terre, celle qu'il ne trahirait pour rien au monde et sur qui il veillerait toujours.

Comment serait-ce possible ?

Pourquoi un homme comme Thomas l'aimerait-il, parmi toutes les autres ? Les célibataires de sexe masculin étaient rares quand on approchait de la quarantaine, et il suffisait de le regarder pour deviner qu'il devait être une proie recherchée. Pourtant, quand elle y pensait, c'était sans doute son intellect qui l'avait séduite en premier, son sens de l'humour et son autodérision qui la faisaient rire dans les situations les plus étranges. Seul un homme dont la virilité était aussi manifeste pouvait se moquer pareillement de lui-même. Et seul un homme ayant osé pousser aussi loin l'introspection savait ce qui était risible chez lui. Elle n'avait jamais rencontré un homme comme lui. Sa curiosité et son intérêt jamais démentis le poussaient à apprendre sans cesse quelque chose de nouveau, à comprendre encore plus. Il était toujours prêt à renoncer à une idée arrêtée si une autre lui paraissait meilleure et s'efforçait constamment de voir les choses sous un angle différent. Peut-être était-ce une des raisons de son succès en tant que designer industriel, à moins que ce n'en fût que la conséquence. Lors de leurs conversations, ses qualités inhabituelles et la liberté de sa pensée leur permettaient d'atteindre des sommets vertigineux, et elle devait parfois déployer de gros efforts pour se maintenir à son niveau. Elle trouvait cela étrangement stimulant.

Intellectuellement, il était son égal. Or, les hommes de ce genre ne couraient pas les rues.

Alors, pourquoi serait-il amoureux d'elle ?

Il devait y avoir un truc quelque part. Pourtant, elle avait beau chercher, elle ne trouvait rien qui cloche.

Elle avait déjà connu des hommes dans sa vie, bien entendu. Son passé ne manquait pas de brèves liaisons, car elle n'avait jamais cherché à les prolonger. La durée des études de médecine avait mobilisé toute son attention. Une mention « passable » à un examen était pour elle un échec, pour qu'elle soit satisfaite il lui fallait la mention « bien » et encore n'était-ce pas toujours suffisant. Elle aurait aimé que ses professeurs tombent à genoux d'admiration devant ses capacités et ses résultats, mais elle avait dû admettre qu'il n'était pas facile d'y parvenir. Il y avait d'autres excellents étudiants. C'est pourquoi elle s'était toujours sous-estimée et avait toujours été convaincue qu'elle n'était pas à la hauteur. Et elle n'en avait travaillé qu'avec plus de zèle encore.

L'un après l'autre, les camarades de son âge s'étaient mariés et avaient fondé une famille, tandis qu'elle restait célibataire, au grand désespoir de sa mère. Pendant des années, sa mère n'avait pas manqué de lui rappeler à quel point elle était déçue à l'idée de ne jamais être grand-mère. Dans son for intérieur, là où ni sa mère ni qui que ce soit d'autre n'avaient accès, Monika partageait cette déception.

Vivre seule n'était pas tous les jours facile. Il était impossible de dire si c'était culturel ou non mais, quelque part au fond du mystère humain, il semblait exister une tendance fondamentale à l'union, à la vie à deux. Son propre corps en portait des signes manifestes. Au bout de plusieurs mois de solitude, il implorait le contact. Comme elle n'était tenue par aucune obligation envers quiconque, elle pouvait se lancer dans une liaison amoureuse uniquement pour illuminer un instant son existence. Cependant, elle ne laissait jamais les sentiments prendre le dessus. Elle s'arrêtait au stade de l'enthousiasme maîtrisé et ne permettait à aucune relation de prendre beaucoup d'importance. Pas de son côté, en tout cas. Divers cœurs avaient été quelque peu meurtris de ses procédés, mais personne n'avait jamais été autorisé à approcher le fond de sa personnalité, là où résidait la petite Monika et où elle se dissimulait soigneusement pour échapper à toutes ses frayeurs.

Et à son secret.

Le sexe n'était pas un problème. C'était la proximité réelle qui était difficile.

Tôt ou tard, en effet, l'équilibre se trouvait rompu. Ils se mettaient à l'appeler trop souvent au téléphone, à en vouloir trop, à dévoiler leurs espoirs et projets à long terme. Et plus ils manifestaient d'intérêt, plus le sien fraîchissait. Elle observait avec méfiance leur enthousiasme croissant, pour mettre ensuite un terme définitif à la relation. Car elle préférait vivre seule qu'abandonnée.

Quelqu'un l'avait surnommée « la Reine de glace » et elle avait pris cela pour un compliment.

Et puis un jour elle avait rencontré Thomas.

Dans un train, au wagon-restaurant. Elle était allée passer le week-end chez des amis, dans leur petite résidence secondaire de famille, et elle avait pris le train afin de pouvoir consacrer le temps du voyage à la lecture des dernières découvertes en matière de fibromyalgie. Sur le chemin du retour, elle avait eu un coup de blues, après avoir subi pendant quarante-huit heures le spectacle de ce qui faisait défaut dans sa vie. Elle avait réalisé à quel point celle-ci était futile. Elle avait eu la chance de vivre mais n'avait pas été capable d'en faire quelque chose. D'un autre côté, à quel bonheur quelqu'un comme elle avait-il le droit de prétendre, au juste ?

Elle était allée au wagon-restaurant pour prendre un verre de vin et s'était attardée à l'une des tables, côté fenêtre. Il était assis en face d'elle. Ils n'avaient pas échangé un seul mot, à peine un regard. Ils étaient restés assis là, les yeux fixés sur le paysage qui défilait derrière la vitre. Pourtant, tout son être avait été conscient de sa présence. Elle avait eu le sentiment étrange de ne pas être seule, d'avoir de la compagnie au sein de ce silence partagé. Elle ne se souvenait pas d'avoir jamais éprouvé quoi que ce soit d'analogue.

Quand ils approchèrent de la gare où elle devait descendre, elle se leva et lui lança un rapide regard, avant de regagner sa place et d'aller chercher sa valise. Il la rattrapa sur le quai.

– Il faut vraiment m'excuser.

Elle s'immobilisa, stupéfaite.

– Je suppose que je vais avoir l'air d'un imbécile, mais j'ai eu le sentiment qu'il fallait que je fasse cela.

Il semblait gêné, comme s'il mettait fortement en doute l'ensemble de cette situation. Puis il prit son courage à deux mains et poursuivit :

– Je voulais simplement vous remercier de m'avoir tenu compagnie.

Il parut encore plus gêné de voir qu'elle gardait le silence.

– Oui, nous étions en face l'un de l'autre, au wagon-restaurant.

– Je sais. C'est moi qui vous remercie.

Elle vit son visage se fendre d'un large sourire quand il comprit qu'elle le reconnaissait, et il continua presque avec fièvre :

– Je vous prie une nouvelle fois de m'excuser, il faut simplement que je sache si vous l'avez ressenti, vous aussi.

– Quoi donc ?

– Eh bien… Je ne sais pas comment dire, au juste.

Il eut à nouveau l'air gêné et elle hésita un instant avant de hocher légèrement la tête. Le sourire dont il la gratifia aurait dû l'inciter à prendre ses jambes à son cou par pur instinct de conservation. Pourtant, elle ne bougea pas.

– Wow !

Il la regarda comme si elle apparaissait soudain sur le quai et se mit à fouiller dans ses poches. Il finit par dénicher un reçu froissé et regarda autour de lui avant d'interpeller la première personne qui passait.

– Excusez-moi. Auriez-vous un stylo ?

La femme à qui s'adressaient ces mots s'arrêta, posa sa mallette, ouvrit son sac à main et en sortit un stylo à bille qui semblait de prix. Il griffonna quelques mots sur le morceau de papier et le lui tendit.

– Voici mon nom et mon numéro de téléphone. J'aimerais vous demander les vôtres, mais je n'ose pas.

Quand il lui rendit son stylo et qu'elle put poursuivre son chemin, la femme à la mallette avait le sourire aux lèvres.

Monika lut : Thomas, et un numéro de portable.

– Et si vous ne me donnez pas de vos nouvelles, je n'irai plus jamais de ma vie voir un film avec Hugh Grant.

Elle ne put s'empêcher de sourire.

– Alors, n'oubliez pas que vous portez sur vos épaules la responsabilité de toute sa carrière d'acteur.

Elle avait hésité quelques jours et adopté son comportement habituel en refusant de faire preuve d'empressement. Mais, honnêtement, il ne quittait pas ses pensées. Elle avait fini par se convaincre elle-même qu'il n'y avait aucun inconvénient à lui donner de ses nouvelles. Ils pouvaient toujours se limiter à une seule rencontre. Pourtant, le besoin de contact que son corps éprouvait depuis longtemps avait contribué à lui faire composer les dix chiffres du numéro.

Le troisième jour, elle lui avait envoyé un SMS.

« Ne supporte plus ma culpabilité envers Hugh Grant. »

Une minute après l'envoi du message, il l'appelait.

Le soir même, ils dînaient ensemble.

– *Columbia livia*. Vous savez ce que c'est ? lui demanda-t-il en remplissant son verre avec un sourire.

– Non.

– C'est le nom latin des pigeons voyageurs. Je croyais que tout le monde le connaissait.

– Non mais, en revanche, s'il y a une partie de votre corps dont vous ignorez le nom, je peux sûrement vous venir en aide.

Elle se rendit aussitôt compte à quel point ses propos risquaient de paraître ambigus et ajouta aussitôt :

– Je veux dire : pour leur nom latin.

Elle sentit qu'elle rougissait, ce qui n'était pourtant pas dans ses habitudes. Elle s'aperçut qu'il l'avait remarqué, lui aussi, et que cela l'amusait.

– Quand j'étais petit mon grand-père était colombophile. J'allais toujours chez lui l'été et il me demandait de l'aider à s'occuper de ses pigeons voyageurs. Leur donner à manger, les lancer pour les séances d'entraînement, les baguer, enfin toute une activité à caractère scientifique.

Il eut l'air de s'absorber dans l'évocation de souvenirs agréables et elle en profita pour l'étudier. Il était vraiment beau.

– Quand je dis que mon grand-père était colombophile, je veux dire par là qu'il vivait pour ses pigeons. Ma grand-mère ne trouvait pas toujours ça drôle, mais elle le laissait faire. Savez-vous comment font les pigeons voyageurs pour parvenir à destination ?

Elle secoua la tête.

– Ils suivent divers champs magnétiques.

– Ah bon, je croyais avoir lu quelque part qu'ils s'orientaient à l'aide des étoiles.

– Comment feraient-ils pendant la journée, dans ce cas ?

– C'est vrai… ce détail m'avait échappé.

Le serveur vint débarrasser la table. Ils l'assurèrent que c'était très bon et qu'ils ne désiraient pas de dessert. En revanche ils prendraient volontiers une tasse de café. Monika avait déjà presque oublié sa leçon de colombophilie lorsqu'il se lança à nouveau.

– Savez-vous pourquoi ils reviennent toujours à leur lieu de départ et non ailleurs ?

Elle secoua à nouveau la tête.

– Parce qu'ils ont le mal du pays.

Il se pencha en avant.

– Un couple de pigeons, c'est pour la vie. Ils sont fidèles l'un à l'autre quoi qu'il arrive et, où qu'on puisse les lâcher, ils rentrent toujours au foyer. L'un des pigeons de mon grand-père s'est un jour pris dans une ligne électrique et il est rentré avec une patte en moins. Il est pourtant revenu au pigeonnier, pour retrouver sa compagne.

Elle médita ce qu'il venait de lui dire.

– C'est presque à vous faire regretter de ne pas être pigeon. Si l'on n'a pas peur de perdre une patte.

Il eut un sourire.

– Je sais. C'est ce que je me disais quand j'étais petit : lorsque je rencontrerai ma future épouse, dans un avenir très très lointain, il faudra que j'aie cette impression : être attiré par un champ magnétique. Ainsi, je saurai que j'ai rencontré la femme de ma vie.

Elle ôta quelques miettes invisibles de la nappe, afin de retenir la question qui lui brûlait les lèvres.

– Et c'est comme ça que ça s'est passé ?

– Quoi ?

Elle hésita une seconde, sentant également qu'elle ne désirait pas vraiment connaître la réponse, et elle déplaça légèrement sa serviette.

– Quand vous avez rencontré votre épouse ?

Il but une gorgée de vin.

– Je ne sais pas.

Cette réponse lui porta un coup à l'estomac. Elle sentit celui-ci se nouer quand elle comprit qu'il était marié. Encore un de ces lâches qui ne portent pas d'alliance. Or, elle n'avait jamais de liaison avec des hommes mariés.

– J'ai ressenti le champ magnétique, oui. Mais il est encore un peu trop tôt pour dire que j'ai rencontré ma femme.

Un autre serveur leur demanda alors si le repas s'était déroulé à leur convenance, perturbant cet instant. Ils hochèrent la tête sans se lâcher du regard et il s'éloigna rapidement.

– Vous comprenez peut-être mieux, ainsi, ma conduite sur le quai l'autre jour. Comme c'était la première fois de ma vie que je ressentais ce champ magnétique, j'étais obligé de faire quelque chose.

Un être étrange que celui-là… En se rendant à ce rendez-vous, elle avait envisagé la possibilité de passer la nuit avec lui. Mais plus la soirée avançait, plus elle hésitait. Non qu'elle ne voulût plus, mais parce qu'elle sentait qu'elle le désirait trop, au contraire.

Lorsque le sujet finit par venir sur le tapis, finalement, ce fut à son initiative, à lui.

– Je n'ai pas l'intention de vous demander de venir chez moi ce soir.

Ils s'étaient mis à l'abri de la pluie sous l'auvent du restaurant et elle resta sans rien dire.

– C'était beaucoup trop beau. Je ne veux pas risquer de tout gâcher, ajouta-t-il.

Elle n'avait jamais rencontré quelqu'un comme Thomas. Ils avaient pris congé l'un de l'autre et il avait promis de l'appeler le lendemain. Mais son premier SMS lui parvint au bout de huit minutes. Au cours de la nuit qui suivit, les touches de leurs portables ne connurent guère de repos, l'art de la formulation atteignit des sommets insoupçonnés et, couchée dans le noir, elle se surprit à sourire à la lecture de ses messages si drôles. Piquée au vif, elle dut déployer de gros efforts pour trouver des réponses aussi ingénieuses. Vers cinq heures du matin, elle finit cependant par s'avouer vaincue. Il venait de lui clouer le bec, et de monter encore un peu dans son estime, au moyen du message suivant :

« La vie et la nuit approchent à grands pas. Jamais les rêves n'ont été aussi proches que maintenant. »

Et ils avaient patienté. Au cours de la période qui suivit, ils s'explorèrent mutuellement. Lentement mais sûrement. Intérieurement et extérieurement. Tels deux solitaires voyant prudemment s'approcher la réalisation de leur vœu le plus cher, à savoir que ce qui leur avait toujours fait défaut, ce dont ils avaient toujours rêvé, existe un jour dans leur vie. Chaque conversation était une aventure, chaque découverte une nouvelle occasion d'approfondissement. Elle savait que jamais de sa vie elle ne s'était trouvée en ce lieu où ses sentiments venaient de la conduire. Que tout cela était pétri de bonnes intentions. Elle apprenait à le connaître par petits morceaux et rien de ce qu'il lui racontait ou lui avouait ne tempérait son intérêt. Au contraire.

Pas à pas, l'instant critique approchait et ils étaient tous deux assez courageux pour reconnaître qu'ils étaient nerveux comme des adolescents, aussi adultes qu'ils soient.

Comme toujours avec Thomas, les choses avaient eu la clarté de l'évidence. Un dimanche après-midi, ils n'avaient plus été capables de résister.

Et elle comprit alors qu'elle était vierge, en fait.

Elle avait souvent couché avec des hommes. Mais fait l'amour, jamais.

Ce fut une expérience bouleversante, poignante, à cent lieues de son habituelle suprématie intellectuelle. Sentir qu'on se fond entièrement, corps et âme, non seulement dans quelqu'un d'autre mais dans une présence absolue. Être d'une totale lucidité, un bref instant, et entrevoir la simplicité de l'immense mystère du sens de la vie. Etre emportée par le désir de ne plus vouloir se défendre, dénuder sa vulnérabilité et se livrer en parfaite confiance, laisser se produire l'inéluctable. Elle n'avait jamais été aussi proche de son être profond. Là où il n'est plus d'inquiétude ni de solitude.

Quand vint le lundi, hélas, la peur avait regagné son emprise sur elle.

Elle ne lui donna pas de nouvelles de la journée. Quand elle consulta le répondeur de son portable, après le départ du dernier patient, il lui avait laissé quatre messages vocaux et trois SMS. Elle aurait dû en être contrariée. Si tout s'était déroulé comme d'habitude, cette manifestation d'intérêt aurait été le coup fatal porté à leur relation. Au lieu de cela, elle sentit sa peur s'accroître encore. L'argument « tu es lâche » ne produisit aucun effet. Pas plus que « accepte cela comme un défi ». Aucune des ruses qu'elle utilisait pour se duper ne fonctionna, cette fois, car ce défi impliquait beaucoup trop de risques. Elle resta totalement paniquée. Maintenant qu'elle lui avait permis d'approcher son intimité de si près, elle ne survivrait pas s'il l'abandonnait, la délaissait. Il est dangereux de devenir dépendant de quelque chose d'incontrôlable. Se dénuder au point où l'exigeait son ardeur, à lui, la rendait vulnérable à un degré qui n'était pas supportable.

À minuit et demi, comme elle ne s'était toujours pas manifestée, il était devant sa porte.

– Si tu ne veux plus me voir, il va falloir que tu me le dises en face, au lieu de te dissimuler derrière ton répondeur.

Pour la première fois, elle le voyait en colère. Mais elle constatait aussi sa tristesse et à quel point il luttait contre sa propre peur.

Elle ne dit rien, se contenta de se jeter dans ses bras et de se mettre à pleurer.

Elle était couchée sur son bras. Le jour pointait, derrière la fenêtre. Elle était aussi proche de lui que possible, et pourtant ce n'était pas assez.

– Tu sais ce que veut dire Monika ?

Elle hocha la tête.

– Celle qui exhorte.

– Oui, en latin. En grec, cela signifie : la solitaire.

Il tourna la tête et de l'index lui caressa le front.

– Je ne crois pas avoir jamais rencontré quelqu'un qui tente à ce point de mériter son nom.

Elle ferma les yeux. La solitaire. Il en avait toujours été ainsi. Jusqu'à maintenant. Mais elle n'était pas assez courageuse pour se laisser sauver.

Il s'assit et lui tourna le dos.

– Moi aussi j'ai peur, tu ne comprends pas ça ?

Il l'avait percée à jour. Il possédait la faculté de deviner le secret des autres, c'était une des qualités qu'elle appréciait en lui tout en la redoutant pareillement. Il se leva et gagna la fenêtre de la chambre. Elle promenait les yeux sur sa peau nue. Comme il était beau.

– J'ai toujours été capable de peser le pour et le contre, de méditer la façon dont je devais me conduire, et cela m'a incité à ces maudits faux-semblants auxquels on se laisse aller pour ne pas avoir l'air trop désireux. Or, avec toi, ça ne marche pas. J'ai toujours souhaité connaître ce sort : sentir à ce point qu'on n'a pas le choix, en quelque sorte.

Elle voulut dire quelque chose mais ne put trouver un seul mot pour l'exprimer. Tous ceux qui auraient convenu étaient inaccessibles, dissimulés au fond de quelque recoin, parce qu'elle n'avait pas eu à les utiliser.

– Tout ce que je sais, c'est que je n'ai encore rien éprouvé de tel.

Il se tenait là, aussi nu que l'aveu qu'il venait de faire. Elle se leva, s'avança vers lui, se plaça derrière son dos et glissa ses bras sous les siens.

– Alors ne me laisse plus jamais seul avec un téléphone qui ne répond pas. Je ne sais pas si je pourrais le supporter une nouvelle fois.

C'était l'homme le plus courageux qu'elle ait jamais connu.

– Pardon.

Dans un instant de vertige, elle osa se laisser aller à une totale confiance, se reposer dans le sentiment d'être parfaitement aimée. Elle sentit ses larmes affluer à nouveau et quelque chose de noir et de dur, en elle, se dissoudre.

Il se retourna et prit son visage entre ses mains.

– Je ne te demande qu'une seule chose : c'est d'être sincère, de me dire la vérité afin que je comprenne ce qui se passe. Si nous sommes sincères, nous n'aurons pas à avoir peur, ni l'un ni l'autre, hein ?

Elle ne répondit pas.

– N'est-ce pas ?

Ce n'est qu'alors qu'elle hocha la tête.

– Promis.

Et, à cet instant précis, elle pensait ce qu'elle disait.

Ils avaient convenu de dîner ensemble, ce soir-là. Le lendemain, elle devait partir pour son séminaire et il lui manquait déjà. Quatre jours. Quatre jours et quatre nuits sans lui.

Sa mère avait été fort contrariée. Non du séminaire en tant que tel, mais du fait que la tombe allait rester pendant plusieurs jours sans lumière. Monika avait donc promis de rentrer le plus vite possible et d'aller la chercher à trois heures, le dimanche, à son retour.

Elle procéda à un choix minutieux dans sa garde-robe. Elle avait déjà décidé de ce qu'elle porterait, en fait, sachant fort bien ce qu'il aimait. Pourtant, elle désirait s'assurer une dernière fois qu'elle ne se trompait pas. En passant devant la fenêtre, elle s'arrêta devant une de ses orchidées et arracha une fleur morte. Les autres étaient encore dans la plénitude de leur éclat. Elle observa ces merveilles de la nature, follement belles, parfaitement symétriques, entièrement dépourvues de défauts. Pourtant, il l'avait comparée à elles, en les voyant dans ce pot sur le rebord de la fenêtre de sa chambre, ce qui prouvait qu'il n'avait pas tous ses esprits. Car une orchidée, c'était la perfection. Pas elle. Mais il possédait la faculté de la faire se sentir unique, tant intérieurement qu'extérieurement. Cependant, elle ne le ressentait que lorsqu'il était près d'elle et que ses yeux persuasifs l'en convainquaient. Quand il n'était pas là, c'était le reste qui l'emportait, cette chose dont elle savait la présence en elle et qu'on ne pouvait aimer. Et, très vite, la chose regagnait impitoyablement le terrain perdu.

Au moment de sortir, elle hésita sur le pas de la porte. En partant maintenant, elle arriverait juste à temps. Que se passerait-il si elle était en retard ? Très en retard ? Serait-il vexé ? Si elle n'était pas à l'heure, peut-être comprendrait-il qu'elle n'était pas aussi merveilleuse qu'il le pensait. Peut-être révélerait-il alors, lui aussi, ses côtés cachés, ce défaut qu'elle savait exister quelque part. Peut-être montrerait-il qu'il ne l'aimait que tant qu'il la croyait parfaite. Elle éteignit son portable et s'assit sur le siège de l'entrée.

Elle le fit attendre quarante-cinq minutes. Lorsqu'elle finit par arriver en courant, au milieu de la place où ils s'étaient donné rendez-vous, il était trempé de pluie, car il avait refusé de s'en éloigner un seul instant.

– Te voilà enfin. Mon Dieu, ce que j'ai pu être inquiet. J'ai eu peur qu'il te soit arrivé quelque chose.

Pas un mot de reproche. Pas le moindre signe d'irritation. Il la serra contre lui et elle eut honte, la tête enfouie dans sa veste mouillée.

Mais elle n'était toujours pas convaincue. Pas au tréfonds d'elle-même.

Cette nuit-là, ils couchèrent ensemble chez elle. Au matin, quand vint le moment où elle devait partir, il resta longtemps à la tenir dans ses bras.

– J'ai calculé que tu allais être absente pendant cent huit heures, mais je ne suis pas sûr de pouvoir tenir plus de quatre-vingt-cinq.

Elle se blottit contre lui et se laissa aller à un instant de vertige. Ce jour-là, elle désirait rester. Laisser à la vie la possibilité de décider, pour une fois.

– Tu sais que je ne vais pas tarder à rentrer, attirée par un mal du pays en forme de champ magnétique, comme les pigeons.

Il sourit et l'embrassa sur le front.

– Attention aux lignes électriques.

Ce fut à son tour de sourire. Elle vit sur la pendule qu'il était grand temps qu'elle parte. Elle aurait pourtant tellement voulu dire ces trois mots qui étaient si difficiles à prononcer. Au lieu de cela, elle plaça ses lèvres contre son oreille et chuchota :

– Je suis heureuse que ce soit moi, ton pigeon voyageur.

À ce moment-là, ni l'un ni l'autre n'auraient pu imaginer, même dans leurs rêves les plus fous, que la Monika qui s'apprêtait à partir ne reviendrait jamais.

4

Il lui fallut plusieurs jours pour parvenir à se concentrer et formuler une réponse. Ses nuits étaient agitées et peuplées de rêves incohérents se déroulant tous à proximité de grandes étendues d'eau. Des silhouettes énormes avançaient en planant sous la surface, tels des nuages noirs, et, bien qu'elle fût sur terre, elles lui semblaient menaçantes, comme si elles risquaient de s'en prendre à elle. Elle était redevenue mince et se déplaçait sans difficulté, mais quelque chose dans ses jambes l'empêchait de bouger. À plusieurs reprises, elle s'était réveillée alors qu'une immense vague s'abattait sur elle et qu'elle venait de se rendre compte qu'elle ne pourrait lui échapper.

Le gros coussin placé dans son dos était trempé de sueur. Elle aurait tant voulu pouvoir s'allonger de tout son long et dormir une seule nuit comme un être humain ordinaire. Cette possibilité n'existait plus, hélas. Si elle se couchait vraiment, elle serait étouffée par son propre poids.

Il y avait des années qu'elle n'avait pas rédigé de lettre. Dès le premier jour, grâce à l'un des petits, elle s'était procuré du papier à lettres, mais elle l'avait ensuite dissimulé dans le tiroir du haut de son bureau. Il s'y trouvait encore, avec cette lettre à laquelle elle devait répondre et qu'elle était parvenue à lisser après l'avoir chiffonnée. Chaque fois qu'elle passait devant ce meuble, son regard était attiré par ses gracieuses poignées en laiton.

Ces derniers jours, d'autres fragments de souvenirs étaient remontés à la surface. De brefs instantanés dans lesquels figurait également Vanja, en train de rire à califourchon sur une bicyclette bleue ou profondément absorbée dans la lecture d'un livre. Elle avait clairement discerné sa queue-de-cheval brun foncé toujours maintenue par un élastique rouge. Puis une image un peu floue de la réserve à bois, chez elle, dont elle se demandait bien pourquoi elle lui était apparue. Morceaux de puzzle ne constituant pas un ensemble, fragments de réalité totalement dépourvus de contenu affectif.

Elle avait vidé le réfrigérateur. Tout avait été dévoré. En trois occasions, sa faim avait été si soudaine et impérative qu'elle avait dû se faire livrer une pizza. La publicité promettait un délai maximum d'une demi-heure. Comme tous les autres bons à rien, cependant, ils étaient incapables de le respecter.

Dire que quelque chose de vide pouvait faire si mal.

La lettre ne quittait pas ses pensées. Elle aurait aimé la déchirer et la jeter, mais il était trop tard. Elle avait lu les mots qu'elle contenait, ils étaient maintenant gravés en elle et elle ne pouvait les ignorer. Le plus grave : la colère qu'elle avait éprouvée sur le coup avait commencé à se calmer et soudain laissé place à quelque chose d'autre, une crainte, un sentiment diffus de danger.

La solitude.

Cela faisait longtemps, très longtemps, que ce sentiment ne l'avait pas perturbée.

Le pire était les nuits.

Elle tentait de se persuader qu'elle n'avait rien à redouter. Vanja était sous les verrous et ne pouvait lui faire de mal, s'il arrivait une autre lettre elle n'aurait qu'à la jeter sans la lire. Elle ne se laisserait pas attirer une nouvelle fois dans le piège.

Mais ces propos raisonnables ne produisaient aucun effet et elle finit par comprendre que ce n'était pas Vanja qui lui faisait peur, en fait. C'était autre chose.

Ce matin-là, elle se leva tôt, avant même l'arrivée de l'aube. Elle n'osait pas se doucher aux moments où les petits risquaient de la surprendre. Elle avait du mal à essuyer correctement tous ses bourrelets et se doutait de l'aspect qu'offrait l'eczéma sur son dos. La démangeaison qu'elle ressentait en disait long à ce sujet. S'ils voyaient cela, ils ne manqueraient pas de le signaler, or pour rien au monde elle ne laisserait qui que ce soit l'enduire de pommade. Elle avait deux robes qui lui allaient encore, sortes de capes lui tombant jusqu'aux pieds et pourvues d'une ouverture pour passer la tête. Elle les avait fait confectionner quinze ans plus tôt et préférait ne pas penser que l'une d'entre elles n'allait pas tarder à être trop petite.

Une fois que Saba eut effectué sa promenade matinale sur la pelouse et que la porte du balcon fut refermée, Maj-Britt alla s'asseoir à la table de la cuisine. Elle regarda la pendule. En principe, elle aurait trois ou quatre heures de tranquillité, mais on ne savait jamais. Ils venaient quand ça leur plaisait. Et, à vrai dire, elle les attendait avec une certaine impatience, ce jour-là. Son ventre vide criait famine. Malgré le regard de reproche qu'on lui avait adressé, elle avait demandé du rabiot.

Bonjour, Vanja.

Elle n'avait guère envie de lui dire cela, mais comment débuter une lettre, sinon ? Et comment réfuter des sous-entendus offensants sans révéler à quel point ceux-ci vous affectent ? Elle désirait produire une impression de calme imperturbable, pour montrer qu'elle était au-dessus de ces horreurs qu'une taularde ayant perdu la raison s'était cru en droit d'écrire.

Comme tu le pensais, j'ai été pour le moins surprise de ta lettre. Il m'a fallu un moment avant de me rappeler qui tu es. Il s'est en effet écoulé pas mal d'années depuis que nous nous sommes vues pour la dernière fois. Ma famille et moi sommes en bonne santé. Göran travaille comme chef de service dans une grande entreprise fabriquant des appareils électroménagers et quant à moi je suis dans la banque. Nous avons deux enfants qui sont tous deux à l'étranger, en ce moment, pour effectuer leurs études. Je suis très heureuse de ma vie et je n'ai que de bons souvenirs de mes années de jeunesse. Ma mère et mon père ne sont plus de ce monde depuis bon nombre d'années et me manquent beaucoup. C'est pourquoi nous ne revenons plus très souvent au pays et préférons aller passer nos vacances à l'étranger. Comme je n'ai parlé à personne de la région depuis longtemps, je n'ai aucune nouvelle de toi ni de ce qui a pu t'arriver. Mais de l'adresse que tu indiques je déduis que tout ne va pas pour le mieux.

Göran et moi allons au théâtre, ce soir, je dois donc mettre un point final à cette lettre.

Salutations,
Maj-Britt Pettersson.

Elle relut ce qu'elle avait écrit. Epuisée par l'effort, elle décida de s'en satisfaire. Une fois que la lettre aurait quitté l'appartement et serait postée, elle pourrait oublier cette affaire.

Elle avait eu beaucoup de mal à écrire le nom de Göran.

Ce jour-là, la fille arriva vers une heure. C'était une nouvelle qu'elle n'avait jamais vue, encore une de ces jeunettes, mais au moins celle-là était suédoise. Du genre à se promener dans des tenues affriolantes, avec le soutien-gorge visible par-dessous. Après ça, on s'étonnait du nombre croissant des viols. À quoi voulez-vous que pensent les hommes, quand toutes les filles s'habillent comme des putes ?

– Bonjour, je m'appelle Ellinor.

Maj-Britt regarda avec dégoût la main qu'elle lui tendait. Jamais de la vie elle ne la prendrait.

– Je suppose qu'on t'a informée des habitudes de cette maison ?

– Qu'est-ce que vous voulez dire ?

– J'espère qu'on t'a au moins fourni la bonne liste, pour les provisions.

– Je crois que oui.

L'intruse continuait à sourire et cela contraria un peu plus Maj-Britt. Elle ôta une veste de jean élimée décorée de petites plaques de plastique de couleur qui donnaient à ce vêtement un aspect encore plus négligé.

– Est-ce que je les range dans le réfrigérateur ou vous préférez le faire ?

Maj-Britt l'examina de pied en cap.

– Pose les sacs sur la table de la cuisine.

Elle mettait toujours les vivres au frais elle-même, car elle tenait à savoir où était chaque aliment, en cas d'urgence. Mais elle n'avait plus la force de soulever les sacs.

Une fois seule dans l'entrée, elle regarda de près les petites plaques en plastique. Elle toucha le tissu de la veste comme avec des pincettes, pouffant intérieurement de mépris en parcourant ce qui était marqué dessus :

PERSONNE N'A LE DROIT DE SE TAIRE ! JUSTICE PAYS LIFE – féministe bien entendu ! IF I AM ONLY FOR MYSELF – WHAT AM I ? Et aussi une bougie entourée de barbelés portant l'inscription RIGHTS FOR ALL. Une foule de petits messages de ce genre sur tout et n'importe quoi, comme si elle avait décidé d'assumer seule la mission de changer le monde. Bah, ça lui passerait quand elle serait un peu plus vieille et comprendrait comment les choses se passent.

Elle entendit la gamine faire couler de l'eau dans un seau, dans la salle de bains.

Il lui fallut une bonne demi-heure pour en avoir terminé. Maj-Britt s'était postée près de la porte du balcon, dans l'attente du retour de Saba. Sur le terrain de jeux, un père de famille était en train de pousser une balançoire. Un enfant qui ne devait guère avoir plus d'un an éclatait de rire au moment où l'agrès inversait sa course et revenait en direction des bras tendus de l'adulte. Maj-Britt les avait souvent vus là. La mère était parfois avec eux mais semblait souffrir car, parfois, son mari était obligé de l'aider à se relever du banc. Saba ne s'éloignait pas du balcon et ne se souciait pas des gens qu'elle rencontrait à l'extérieur. Quant à ses déjections, Maj-Britt envoyait l'aide ménagère les ramasser, ne voulant pas fournir une occasion de récriminations à ses voisins.

Elle ouvrit la porte du balcon pour laisser rentrer Saba. Au même moment, une fenêtre s'ouvrit au deuxième étage de l'immeuble situé en face et la mère de la fillette en train de se balancer passa la tête.

– Mattias, il y a quelqu'un au téléphone qui demande si tu désires qu'on t'emmène au séminaire en voiture, la semaine prochaine. Il est question de covoiturage ou quelque chose comme ça.

Ce fut tout ce que Maj-Britt entendit, car Saba était maintenant à l'intérieur et il n'y avait plus de raison de garder la porte ouverte. Elle la referma et, quand elle se retourna, Ellinor était dans la pièce.

– Je peux la sortir un peu, si vous voulez. Je n'en ai pas eu pour longtemps à faire le ménage, alors j'ai un peu de temps disponible.

– Pourquoi ça ? Elle vient de rentrer.

– Je me disais qu'elle aimerait peut-être aller un peu plus loin. Ce ne serait pas mauvais pour elle de bouger un peu, non ?

Maj-Britt sourit intérieurement. Elle était un peu plus culottée que la plupart des autres, celle-là, mais il devait être possible de lui faire passer cette habitude d'une façon ou d'une autre.

– Qu'est-ce qui te fait dire ça ?

– L'exercice, c'est toujours bon.

– Pourquoi ?

Elle vit que la question désarçonnait la jeune femme et qu'elle se mettait soudain à choisir ses paroles avec un peu plus de discernement, ce qui n'était pas un mal. Le but de la manœuvre était de ne lui laisser aucune liberté de choix.

Maj-Britt ne la lâchait pas du regard.

– Qu'est-ce qui se passe, selon toi, si on ne fait pas d'exercice ?

Cette fois, elle eut le bec cloué pour de bon.

– Tu penses peut-être qu'on grossit, dans ce cas-là ?

– C'est simplement une proposition que je faisais. Je vous prie de m'excuser.

– Si je comprends bien, tu trouves que c'est affreux, d'être grosse. Hein ?

Bon. Elle n'aurait plus de problème avec celle-là, à l'avenir.

Ellinor avait déjà ouvert la porte d'entrée lorsque Maj-Britt lui tendit la lettre.

– Est-ce que tu peux poster cette lettre ?

– Naturellement.

Comme Maj-Britt s'y attendait, ses yeux se mirent aussitôt à déchiffrer l'adresse.

– Je ne t'ai pas demandé de la livrer en mains propres. Simplement de la glisser dans une boîte à lettres.

Ellinor mit la missive dans son sac à main.

– Eh bien, au revoir. C'est moi qui viendrai aussi la prochaine fois, alors on se reverra.

Comme elle n'obtenait pas de réponse, elle referma la porte derrière elle. Maj-Britt se tourna vers Saba en poussant un soupir.

– C'est à se tenir les côtes, pas vrai ?

Ainsi qu'elle le pensait, cela détendit l'atmosphère. Dès que la lettre eut quitté l'appartement, les murs retrouvèrent leur ancienne aptitude à constituer une frontière entre elle et tout ce à quoi elle ne voulait pas avoir affaire, à l'extérieur. Elle se sentit de nouveau en sécurité.

Elle en profita pendant deux jours. Puis Ellinor revint et force fut de constater qu'elle ne lui avait pas cloué le bec aussi parfaitement qu'elle l'avait cru. La fille n'était pas dans l'appartement depuis plus de quelques minutes que sa faconde avait de nouveau créé une profonde faille.

– Est-ce que je peux vous poser une question ? Je sais que vous n'aimez pas beaucoup parler avec nous autres, mais…

Elle avait formulé la réponse en même temps que la question. Pourquoi Maj-Britt se mêlerait-elle d'un quelconque dialogue intérieur ? Elle lut dans le regard de Saba qu'elles étaient d'accord : il fallait faire en sorte que cette fille soit remplacée.

– La lettre que j'ai postée…

Elle n'eut pas le temps d'achever sa phrase que Maj-Britt souhaitait du fond du cœur la voir quitter l'appartement, afin de pouvoir aller tranquillement ouvrir le réfrigérateur et choisir de quoi se goinfrer.

– Est-ce que c'est la Vanja Tyrén que tout le monde connaît ?

Elle était de nouveau prise au piège. Une fois de plus, sa « meilleure amie » depuis longtemps oubliée tentait de la contraindre à quelque chose qu'elle n'avait pas décidé elle-même. Elle n'avait pas l'intention de tolérer cela. Et donc de répondre. Mais rien n'y fit. Voyant qu'elle n'obtenait pas de réponse, Ellinor poursuivit sur sa lancée et les mots qu'elle prononça élargirent la faille pour la porter aux dimensions de trous béants donnant sur un monde hostile.

– Celle qui a tué toute sa famille ?

5

L'art du management : moyens et méthodes pour obtenir des résultats.

Elle avait accepté de suivre ce séminaire plusieurs mois auparavant, bien avant que Thomas n'entre dans sa vie. À un moment où tout ce qui était susceptible de briser la monotonie de son quotidien était le bienvenu. Elle s'était alors fait une joie d'y assister.

Maintenant, les choses avaient changé et elle ne voyait même pas comment elle pourrait tenir les quatre jours prévus.

C'était un laboratoire pharmaceutique qui avait offert de lui payer cette session. Ils n'avaient pas réussi un seul instant à lui faire croire qu'ils s'inquiétaient de son manque d'aptitude au management ou à motiver le personnel placé sous ses ordres. Peut-être nourrissaient-ils plutôt certains doutes quant à sa faculté d'inciter les membres de ce personnel à choisir précisément leurs produits lorsqu'ils rédigeaient leurs ordonnances, mais, dans ce cas, les deux parties étaient également impliquées. Ce séminaire était un pot-de-vin déguisé.

Personnellement, elle ne pensait pas exceller dans les fonctions de chef de service et pourtant, autant qu'elle sache, le personnel ne se plaignait pas d'elle. Il avait rarement à pâtir de ses manques en ce domaine, c'était plutôt à elle que cela causait un surcroît de travail. Elle avait toujours répugné à déléguer les tâches déplaisantes, préférant les assumer elle-même pour s'éviter le spectacle de mines renfrognées, et elle éprouvait toujours le besoin d'accorder des compensations à la personne à laquelle elle ordonnait de faire quelque chose, afin que l'intéressé reste de bonne humeur. Mais, à vrai dire, c'était peut-être surtout dans le but de s'assurer de rester en faveur auprès de ses subordonnés et pour que personne n'ait mauvaise opinion d'elle.

Elle avait davantage confiance en elle en sa qualité de médecin. Si elle n'avait pas été jugée compétente et motivée, on ne lui aurait jamais proposé ce poste à responsabilité quatre ans auparavant. Elle travaillait dans une clinique privée dont le principal actionnaire était une fondation, et y être nommée médecin-chef était la preuve manifeste qu'on appréciait ses qualités. Il y avait neuf services et elle dirigeait celui de chirurgie générale. Ses talents de cadre pouvaient néanmoins être notablement améliorés et, si le séminaire avait eu lieu au cours de sa vie précédente – avant qu'elle ne rencontre Thomas –, elle se serait lancée corps et âme dans l'entreprise. Maintenant, cela ne revêtait plus la même importance. Thomas la trouvait très bien comme elle était et, pour l'instant, elle ne demandait qu'à jouir de ce sentiment.

Il n'y avait qu'un seul défaut en elle qu'elle n'avait pas encore révélé.

Le pire, le plus vil de tous.

Elle était en train d'attendre à l'arrêt d'autobus. Thomas l'avait amenée en voiture et, quoi qu'on leur ait demandé d'éteindre leurs téléphones portables au cours des quatre journées de ce séminaire, elle avait promis de l'appeler tous les soirs. Elle regrettait maintenant de ne pas avoir pris sa propre voiture. Une femme qu'elle ne connaissait pas l'avait appelée pour lui proposer de faire véhicule commun, en disant que les organisateurs lui avaient donné son adresse et son numéro de téléphone. Pourquoi pas ? avait-elle pensé, sur le moment du moins. Maintenant, elle aurait aimé rester seule pour pouvoir jouir tranquillement du sentiment de vertige qu'elle éprouvait. Tout avait soudain basculé dans sa vie, et se résumait à une attente pleine de confiance et d'allégresse. C'était parfait, elle n'avait besoin de rien d'autre. Si c'était cela qu'on appelait le bonheur, elle comprenait soudain les efforts que déploient les humains pour le connaître.

Elle regarda sa montre. Il était maintenant huit heures et demie et cette femme avait promis de passer la prendre à vingt. Il y avait une centaine de kilomètres jusqu'au centre où devait se tenir le séminaire et, si elles ne partaient pas sans tarder, elles seraient en retard pour la première séance. Or, elle mettait toujours un point d'honneur à être ponctuelle, et était donc légèrement contrariée.

Elle se retourna et lança un regard en direction du kiosque à journaux. Sans qu'elle l'ait fait exprès, ses yeux tombèrent sur les affichettes des journaux du soir.

« Une fillette de 13 ans ESCLAVE SEXUELLE pendant trois mois. »

Quant au concurrent, juste à côté, il annonçait :

« Huit personnes sur dix reçoivent un diagnostic erroné. La TOUX peut être MORTELLE. Faites le test. »

Elle secoua la tête. On avait toutes les raisons de soupçonner ceux qui conçoivent les journaux d'avoir suivi des cours de mise en condition. Solliciter le système d'alarme primitif de ses acheteurs potentiels est le plus sûr moyen de capter leur attention. Il est tapi au plus profond du cerveau humain et, comme chez tous les mammifères, a pour but de scruter en permanence l'environnement en quête de dangers possibles. Ces affichettes constituaient un véritable système d'alarme à l'échelle de la nation. Un risque éventuel avait surgi. Mais ce dont l'être craintif avait besoin d'être informé, c'était le *pourquoi* de sa peur, et pas seulement le *comment*. Quant aux détails sanguinolents, mieux vaut s'en passer. Cela ne mettait pas un terme à l'anxiété, au contraire. Elle soupçonnait que les affichettes des journaux du soir avaient plus d'influence sur le climat social que les gens n'en avaient conscience. Il était impossible d'éviter de les voir. Que pouvaient faire les lecteurs de cette peur qu'on leur instillait en permanence, sinon la reléguer dans un coin obscur et lui permettre d'alimenter les soupçons envers les étrangers et de créer un sentiment général d'impuissance ?

Si les gens achetaient ce genre de journaux, c'était le signe du triomphe du cerveau profond sur l'intelligence du cortex.

Une camionnette rouge surgit alors de Storgatan à toute allure sans qu'elle y porte grand intérêt. Le prénom Börje et le nom d'une firme spécialisée dans le bâtiment étaient écrits sur ses flancs en grosses lettres. D'après ses souvenirs, la femme avait dit s'appeler Åse. Pourtant, le véhicule s'arrêta, sans que le moteur soit coupé. La femme d'une cinquantaine d'années qui était au volant se pencha par-dessus le siège du passager pour baisser la vitre.

– Monika ?

Elle saisit la poignée de sa valise roulante et se dirigea vers la voiture.

– C'est bien moi. Je vous attendais.

La femme reprit sa position initiale puis descendit. Arrivée près de Monika, elle lui tendit la main et se présenta.

– Je suis désolée de vous avoir fait attendre mais ma voiture a refusé de démarrer, aussi incroyable que ça paraisse. Ça a fait un raffut de tous les diables et j'ai été obligée de prendre la camionnette de mon mari. J'ai fait de mon mieux pour ôter le plus gros de la saleté des sièges et j'espère que ça ne vous gênera pas trop.

Monika sourit. Il aurait fallu beaucoup plus qu'une camionnette crasseuse pour venir à bout de sa bonne humeur.

– Bien sûr que non.

Åse prit la valise et la hissa dans le véhicule. Avant qu'elle ait eu le temps de refermer la porte latérale, Monika aperçut un tableau en métal sur lequel étaient fixés divers outils de menuiserie et une scie circulaire.

– C'est une chance que nous ne soyons que deux. J'ai essayé de trouver d'autres passagers mais, heureusement, ils s'étaient déjà tous arrangés autrement. Sans ça, ils auraient été obligés de faire le voyage allongés derrière.

– Combien de personnes d'ici assistent au séminaire ?

– Cinq. Tout ce que je sais, c'est que l'une d'elles est employée municipale et qu'une autre travaille dans un magasin de vêtements, Kapp Ahl ou Lindex, je ne sais plus trop.

Monika ouvrit la portière et monta sur le siège du passager. Un rameau de sapin parfumé se balançait sous le rétroviseur. se soupira en suivant son regard.

– J'aime beaucoup mon mari, mais je ne peux pas dire qu'il ait très bon goût.

Elle ouvrit la boîte à gants et jeta le rameau à l'intérieur, mais le parfum ne se dissipa pas pour autant. Elle baissa la vitre avant d'embrayer et de démarrer.

– Bon, dit-elle dans un soupir de soulagement. On est enfin parties. C'est le genre de début de journée qui vous fait beaucoup vieillir d'un seul coup.

Monika regarda par la fenêtre un sourire sur les lèvres. Elle avait déjà envie d'appeler Thomas.

L'endroit où se tenait le séminaire ressemblait à une vieille pension de famille. Le bâtiment était peint en jaune, avec des angles blancs, et était pourvu d'une annexe de construction récente qui paraissait réservée aux chambres. Le trajet avait été marqué par des éclats de rire et des propos sensés. Åse était apparemment quelqu'un de drôle et d'intelligent à la fois, et sans doute avait-elle besoin de cet humour car elle dirigeait un foyer pour jeunes adolescentes droguées.

– Je ne sais pas exactement comment on tient le coup, à force d'entendre ce qu'ont connu certaines de ces filles. Mais, quand on se rend compte qu'on a aidé l'une ou l'autre d'entre elles à se sortir de la dépendance et à reprendre une vie normale, on se dit que ça en valait la peine.

Le monde était plein de gens héroïques.

Et d'autres qui auraient souhaité l'être.

Sur le programme qui leur avait été envoyé, il était indiqué que le séminaire débuterait par une séance plénière au cours de laquelle animateurs et participants se présenteraient. Pendant le reste de l'après-midi, ces derniers apprendraient comment on motivait ses collaborateurs en « se familiarisant avec les besoins fondamentaux de l'être humain ». Monika sentait déjà son intérêt fléchir. Elle aurait voulu rentrer chez elle et, dès qu'on lui eut remis sa clé et qu'elle eut pris possession de sa chambre, elle profita de l'occasion pour l'appeler. Il répondit dès la première sonnerie, bien qu'il fût en réunion et ne pût lui parler. Après cela, son intérêt pour les « besoins fondamentaux de l'être humain » baissa encore d'un cran.

Elle n'avait plus rien à apprendre en ce domaine.

– Vous savez maintenant qui je suis et il est donc temps pour nous de savoir qui vous êtes. Nous connaissons déjà votre nom, puisqu'il figure sur votre badge. Mais cela ne nous dit pas qui vous êtes exactement.

Les vingt-trois participants au séminaire étaient assis en rond et écoutaient attentivement la femme qui se tenait au centre. Elle seule semblait à l'aise dans cette situation et les regards de l'assistance étaient un peu gênés tandis qu'ils balayaient le cercle. Monika fut frappée de constater à quel point c'était manifeste. Ces vingt-trois adultes, tous occupant des postes à responsabilité – certains en costume trois-pièces ou tailleur –, étaient soudain arrachés au confort de leur cadre habituel et privés de la maîtrise de la situation. Comme par un coup de baguette magique, ils étaient redevenus de petits enfants anxieux. Pour sa part, elle éprouvait une sensation physique de malaise et la pensée de Thomas ne suffisait pas à la rendre plus tolérable.

– Etant donné le programme de cet après-midi, j'ai une proposition à vous faire et un souhait à émettre quant à ce que j'aimerais vous entendre nous dire sur vous-mêmes. C'est pourquoi j'avais l'intention de commencer par un petit exercice.

Monika croisa le regard d'Åse et elles échangèrent un petit sourire. Dans la voiture, celle-ci lui avait confié qu'elle n'avait jamais participé à un séminaire de « développement de la personnalité » et qu'elle était légèrement sceptique à cet égard. Ce qui l'avait incitée à venir, c'était la partie concernant les façons d'affronter le stress.

La femme continuait à parler.

– Pour commencer, je vous demande de fermer tous les yeux.

Les participants s'interrogèrent mutuellement du coin de l'œil, sans rien dire, avant de se plonger l'un après l'autre dans les ténèbres. Là, Monika se sentit plus exposée encore, comme si elle était soudain nue sur son siège et ne savait pas de quels regards elle devait se protéger. Une chaise racla le parquet. Elle regrettait de s'être laissé acheter.

– Je vais prononcer six mots. Je désire que vous notiez soigneusement ce qu'ils évoquent pour vous et surtout le premier souvenir spécifique qui vous viendra à l'esprit.

Quelqu'un se racla la gorge, à gauche de Monika. Par ailleurs, on n'entendait rien d'autre que le bruit du système de ventilation.

– Vous êtes prêts ? Alors, nous pouvons commencer.

Monika changea de position sur sa chaise.

La femme prononça les six mots en observant de longues pauses entre chaque, afin de leur laisser le temps de bien pénétrer en eux.

– Peur. Chagrin. Colère. Jalousie. Amour. Honte.

Il s'ensuivit un long silence pendant lequel Monika ne prit que trop conscience de ses pensées et du souvenir précis qu'elles évoquaient pour elle. Six pensées droites comme un I qui la menaient inexorablement vers le souvenir qu'elle aurait désiré oublier plus que tout autre. Elle ouvrit les yeux pour s'en libérer.

Son besoin de se lever et de partir était impératif.

La plupart des autres avaient toujours les yeux fermés, seuls quelques-uns avaient, comme elle, cherché à fuir l'expérience qui se dissimulait derrière leurs paupières. Leurs regards honteux se croisèrent avant de se lancer dans la quête éperdue d'une issue.

– C'est terminé ? Alors, vous pouvez rouvrir les yeux.

Les paupières s'ouvrirent et les corps se mirent à bouger. Un ou deux des participants souriaient et les autres avaient l'air de méditer ce à quoi ils venaient de penser.

– Ça s'est bien passé ?

Beaucoup hochèrent la tête, les autres eurent l'air plus dubitatifs. Monika resta immobile sans rien laisser paraître. La femme au centre du cercle souriait.

– Il est communément admis que ces six sentiments possèdent un caractère universel et existent dans toutes les cultures de la terre. Comme nous allons bientôt parler des besoins fondamentaux de l'être humain, il serait plutôt bizarre de ne pas nous considérer comme des experts. Je crois en effet que ce à quoi vous pensiez il y a un instant, c'est l'événement, ou du moins l'un des événements, qui a été le plus décisif pour vous et a exercé le plus d'influence sur votre existence.

Monika serra le poing et sentit ses ongles pénétrer dans la chair de sa paume.

– Ceux d'entre vous qui désirent profiter de leur présentation pour nous dire ce à quoi ils pensaient doivent savoir qu'il n'y a pas d'inconvénient à le faire. Mais je ne peux naturellement pas vous y forcer et, surtout, je ne suis pas en mesure de vérifier que vous dites la vérité.

Sourires épars et même un éclat de rire, quelque part.

– Qui veut commencer ?

Personne ne se manifesta. Monika tenta de se rendre invisible en restant absolument immobile, le regard rivé sur ses genoux. Elle était venue de sa propre initiative. Or, cela lui était totalement incompréhensible, à cet instant. Puis elle sentit quelqu'un bouger sur sa droite, et comprit à sa grande frayeur que l'homme qui était assis là venait de lever la main.

– Je veux bien commencer.

– Parfait.

La femme s'approcha de lui en souriant, pour déchiffrer le nom inscrit sur son badge.

– Je t'en prie, Mattias.

Monika sentit son cœur battre la chamade. Le fait qu'il ait levé la main avait en quelque sorte déterminé un tour de rôle naturel et elle se trouvait soudain la prochaine sur la liste. Il fallait qu'elle trouve quelque chose à raconter.

Quelque chose d'autre.

– Eh bien, en élève obéissant que je suis, je vais sauter tous les détails purement formels pour aller droit à l'essentiel.

Monika tourna la tête pour regarder dans sa direction. Pas loin de trente ans, jean et polo tricoté. Il promena les yeux sur l'assistance, le sourire aux lèvres, en une sorte de salut, et leurs yeux se croisèrent un instant. Sa personne tout entière respirait la confiance en lui, sans pourtant verser dans l'arrogance. Simplement une saine connaissance de soi qui détendait l'entourage. Sur elle-même, cela ne produisit cependant aucun effet.

Il se gratta légèrement la nuque.

– Je n'ai pas pensé à un moment particulier, mais à un processus qui a pris plusieurs années. En fait, je n'avais pas besoin de cet exercice pour savoir que le moment le plus important de ma vie est celui où ma femme a recommencé à marcher.

Il se tut, tripota légèrement quelque chose sur le bras de son fauteuil et se racla la gorge.

– Il y a plus de cinq ans de cela. À l'époque, Pernilla et moi étions des plongeurs en eau profonde d'un niveau assez avancé. Quand l'accident s'est produit, nous étions en train d'explorer une épave avec deux amis.

On voyait qu'il avait déjà raconté plusieurs fois cette histoire. Les mots lui venaient facilement et il n'avait nulle faute à avouer.

– Cela n'avait rien de particulier, nous avions déjà effectué des centaines de plongées de ce genre auparavant. Je ne sais qui, parmi vous, est familier de ce sport mais, pour ceux qui ne le sont pas, je précise qu'on plonge toujours deux par deux. Même si on est en groupe, on a toujours quelqu'un avec qui on garde tout le temps le contact.

De l'autre côté du cercle, un homme en costume hocha la tête pour montrer qu'il connaissait cette règle lui aussi.

Mattias lui adressa un sourire avant de continuer.

– Cette fois-là, Pernilla plongeait avec une camarade. Moi et le mien, nous sommes restés trois quarts d'heure sous l'eau environ, et avons été les premiers à remonter.

Je me souviens que j'ai eu le temps d'enlever les tubes et que nous avons parlé un peu de ce que nous avions vu, puis j'ai fini par trouver le temps long et m'aviser que les seules qui n'étaient pas remontées étaient Pernilla et Anna.

À ce moment-là, sa voix défaillit. À croire qu'on pouvait raconter une expérience particulièrement pénible un grand nombre de fois sans que cela devienne plus facile. Monika ne savait pas. Comment aurait-elle pu ?

– Je n'étais pas remonté depuis assez longtemps pour pouvoir redescendre, alors les autres ont tenté de m'en empêcher. Vous avez entendu parler des accidents de plongée liés à l'azote, n'est-ce pas, enfin bref : j'ai décidé de plonger à nouveau, parce que j'avais le sentiment qu'il était arrivé quelque chose.

Il s'interrompit, respira profondément et sourit comme pour s'excuser.

– Je vous prie de me pardonner, j'ai raconté cela des dizaines de fois et pourtant…

Monika ne parvenait pas à voir qui était assis à la droite de cet homme mais, d'après la main qu'elle apercevait, elle comprit que c'était une femme. Cette main vint en effet se poser sur celle de l'orateur en un geste de compassion, avant de disparaître à nouveau de son champ visuel. D'un signe de tête, Mattias montra qu'il appréciait ce témoignage de sympathie et se lança dans la suite de son récit.

– Quoi qu'il en soit, j'ai retrouvé Anna à mi-chemin et elle était absolument hystérique. Nous ne pouvions pas nous parler, bien entendu, mais nous nous sommes fait des signes et j'ai saisi que Pernilla était restée prisonnière de l'épave et que sa réserve d'air allait bientôt être épuisée.

Sa voix redevint claire et nette, comme s'il voulait vraiment que chacun comprenne et partage cette expérience. Il poursuivit presque avec fièvre.

– Je ne crois pas avoir jamais eu aussi peur dans toute mon existence mais il s'est passé quelque chose d'étrange. La situation s'est révélée d'une parfaite évidence. Il fallait que je descende la chercher, point final.

Monika avala sa salive.

– Je ne sais pas, peut-être existe-t-il un sixième sens qui se déclenche dans des circonstances comme celle-là, car j'avais l'impression de sentir où elle était. Je l'ai d'ailleurs trouvée immédiatement, au milieu de l'épave.

Ses mots coulaient à nouveau de source et ses mains faisaient de grands gestes en l'air pour souligner ses propos.

– Elle avait perdu conscience et était à moitié enfouie sous un tas de débris qui s'était effondré sur elle, je me souviens de tous les détails comme si je les avais vus dans un film.

Il secoua la tête, semblant dire qu'il trouvait lui-même cela incompréhensible.

– J'ai fini par la remonter mais mes souvenirs s'arrêtent là. Je ne me rappelle presque rien, ce sont les autres qui m'ont raconté ce qui s'est passé.

Il se tut à nouveau et Monika enfonça ses ongles un peu plus profondément encore dans sa paume.

Il avait fait tout ce qu'elle n'avait pas…

– Lorsque cette paroi est tombée sur elle, Pernilla a été blessée à la colonne vertébrale. Pour ma part, j'ai été placé dans un caisson de décompression et je n'ai pas pu être près d'elle pendant les premières vingt-quatre heures. Une épreuve de plus.

Il tripota à nouveau le bras de son fauteuil et, cette fois, la pause fut un peu plus longue. Personne ne soufflait mot. Chacun attendait la suite en silence et lui accordait volontiers le temps dont il avait besoin. Puis son regard se détacha du bras du fauteuil. Il était maintenant très grave. Tous étaient conscients de la dureté de l'expérience et des traces qu'elle avait dû laisser dans sa vie. Pourtant, sa voix était ferme et claire quand il reprit la parole.

– Je n'abuserai pas de vos instants et me contenterai de dire qu'elle a lutté pendant trois ans pour réapprendre à marcher. Et, comme si cela ne suffisait pas, il s'est avéré que nous avions versé notre prime d'assurance avec deux jours de retard et la compagnie a refusé de nous verser un centime pour sa rééducation. Pernilla a été magnifique et je n'arrive toujours pas à comprendre comment elle a eu assez de force. Elle s'est battue comme un tigre pendant toutes ces années, et c'était vraiment affreux de ne rien pouvoir faire d'autre que de rester à côté d'elle et l'encourager.

Du regard, il fit à nouveau le tour du cercle un sourire sur les lèvres.

– Voilà pourquoi je peux honnêtement dire que le jour où elle a refait ses premiers pas est le plus beau de ma vie. Celui-là, et celui où est née Daniella, notre fille.

Il régnait un silence total. Mattias regarda autour de lui et, pour finir, y mit fin de son propre chef, ainsi qu'au respect qu'il exprimait.

– C'est à cela que j'ai pensé, voyez-vous.

Les applaudissements éclatèrent spontanément, avant de croître en intensité au point qu'on pouvait se demander s'ils allaient cesser. Ce bruit se dressa autour de Monika telle une paroi. Pendant que Mattias parlait, la femme qui dirigeait le séminaire s'était assise sur une chaise libre. Quand les applaudissements commencèrent à décroître, elle se leva et se tourna vers lui.

– Merci de cette histoire extrêmement poignante et intéressante. Je voudrais te poser une question, si tu n'y vois pas d'inconvénient.

– Bien sûr, répondit Mattias avec un grand geste des mains.

– Peux-tu, après tout ce temps, résumer en quelques mots ce que tu ressens à propos de ce qui s'est passé ?

Il n'eut besoin que de deux secondes de réflexion.

– De la gratitude.

La femme hocha la tête. Elle s'apprêtait à dire quelque chose lorsqu'il la devança.

– En fait, pas seulement parce que Pernilla s'en est tirée, même si ça vous paraît curieux.

Il observa un instant de silence, comme s'il réfléchissait pour savoir quels mots pourraient leur faire comprendre sa pensée.

– C'est un peu difficile à expliquer, mais l'autre raison est en fait très égoïste. J'ai compris par la suite à quel point je suis reconnaissant d'avoir réagi comme je l'ai fait et de ne pas avoir hésité à redescendre.

La femme hocha la tête.

– Tu lui as sauvé la vie.

Il l'interrompit presque.

– Oui, je sais, mais il n'y a pas que cela. Il y a aussi le fait de savoir comment on réagit dans une situation critique, car on n'en a pas la moindre idée avant de s'y trouver réellement, c'est quelque chose dont je me suis rendu compte après l'accident, en réalité. Ce que je veux dire, c'est que je suis bigrement reconnaissant d'avoir réagi comme je l'ai fait.

Il eut un petit sourire presque gêné et baissa les yeux sur ses genoux.

– Nous rêvons tous un peu d'être des héros, quand les circonstances s'y prêtent, n'est-ce pas ?

Monika eut l'impression que la pièce chavirait.

Et, d'une seconde à l'autre, cela allait être son tour de prendre la parole.

6

Elle ne parvenait pas à bouger. Elle était assise sur un siège, elle était encore mince mais, pour une raison ou une autre, elle était incapable de remuer. Elle avait un mauvais goût dans la bouche qui lui rappelait la cuisine de chez elle et pourtant elle était entourée d'une étendue d'eau illimitée. Il y avait des bruits de pas qui approchaient, sans qu'elle puisse déterminer d'où ils venaient. La seule envie qu'elle éprouvait était de prendre la fuite afin d'échapper à la honte et aussi pour que la personne qui arrivait ne la voie pas. Hélas, ses jambes s'y refusaient et quelque chose en elle l'empêchait de bouger.

Elle ouvrit les yeux. Le rêve était terminé, laissant derrière lui le sentiment qu'il lui avait inspiré. Il était encore retenu par de minces fils de conscience poisseux qui tentaient vainement de le replacer dans un contexte intelligible.

Le coussin avait glissé sur le côté, derrière son dos. Au prix de gros efforts, elle parvint à pivoter sur son lit et à se mettre sur ses pieds. Saba leva la tête et la regarda, avant de se recoucher et se rendormir.

Pourquoi s'était-elle mise à rêver autant ? Ses nuits étaient désormais pleines de périls. Or, il était déjà assez difficile de dormir en position assise sans avoir à s'inquiéter des caprices de son cerveau dès que sa concentration se relâchait.

C'était sûrement la faute de cette petite. Celle qui était là ces derniers temps et qui avait tant de mal à fermer son bec. Elle n'avait rien cherché à savoir et pourtant il avait fallu qu'Ellinor lui raconte tout. Les mots sortaient de sa bouche sans qu'on lui demande rien et chacun d'eux avait pénétré de force dans les oreilles rétives de Maj-Britt. Vanja était une des rares femmes du pays condamnées à la prison à perpétuité. Quinze ou seize ans auparavant, elle avait étouffé ses deux enfants dans leur sommeil, tranché la gorge de son mari et finalement mis le feu à leur maison dans l'espoir de périr dans l'incendie. C'était du moins ce qu'elle avait déclaré par la suite, après avoir survécu à de graves brûlures. Ellinor n'en savait guère plus, le peu qu'elle connaissait elle l'avait lu dans le supplément dominical de l'un des journaux du soir, qui avait publié un reportage sur les femmes les plus surveillées de Suède.

Mais c'était cependant plus que Maj-Britt n'aurait désiré en connaître. Et non seulement cela. La petite ne s'était pas arrêtée là et avait tenté de lui extorquer la raison pour laquelle elle connaissait Vanja et de savoir si elle possédait d'autres informations sur son compte. Naturellement, elle n'avait pas répondu. Il était déjà assez gênant qu'elle ne puisse se contenter de faire le ménage sans rien dire, comme elle était payée pour le faire, car elle n'avait d'autre raison de venir dans l'appartement. Elle n'arrêtait pas de jacasser. Au point de se demander si sa langue ne devait pas être sans cesse en mouvement pour que le reste de son corps accomplisse ses fonctions. Un jour, elle était allée jusqu'à apporter une plante, affreuse petite chose mauve n'aimant pas le chlore. À moins que ce ne soit les degrés en dessous de zéro, la nuit, sur le balcon, qu'elle n'ait pas appréciés. Ellinor avait dit qu'elle la rendrait au fleuriste et exigerait qu'il lui en donne une autre. Grâce à Dieu, celle-là n'était jamais entrée dans l'appartement de Maj-Britt.

– Est-ce que vous désirez quelque chose de particulier, la prochaine fois, ou j'achète comme d'habitude ?

Maj-Britt était assise dans son fauteuil, en train de regarder la télévision. Une de ces nombreuses émissions de maintenant, montrant un groupe de jeunes gens peu vêtus qui devaient à tout prix s'assurer le droit de continuer à vivre dans un hôtel en trouvant rapidement une personne de l'autre sexe avec qui partager la chambre.

– Je voudrais des boules pour mettre dans les oreilles. De préférence celles en mousse, de couleur jaune, qu'on trouve en pharmacie et qu'utilisent les gens qui exercent un métier bruyant. Elles s'adaptent au conduit auditif et le bouchent.

Ellinor ajouta cela à la liste. Maj-Britt lui lança un coup d'œil et eut l'impression d'entrevoir un petit sourire sous cape, juste au-dessus du décolleté de ce pull qui ne retenait presque pas les seins.

Cette fille la rendrait folle. Elle ne comprenait pas ce qui n'allait pas en elle, car elle ne se laissait pas provoquer. Jamais auparavant elle n'avait autant désiré être débarrassée d'une de ces petites, et pourtant ses ruses habituelles ne parvenaient pas à leurs fins, d'un seul coup.

– Où est passée Shaïba, celle qui était si gentille ? Pourquoi ne vient-elle plus ?

– Elle ne veut pas. On a échangé nos services, elle et moi, parce qu'elle refuse de continuer à venir ici.

Et voilà. Pourtant, Shaïba était loin d'être parfaite. Or, maintenant, elle faisait figure d'idéal.

– Dis-lui que je l'appréciais beaucoup.

Ellinor fourra la liste d'achats dans sa poche.

– Alors, c'est dommage que vous l'ayez traitée de sale pute noire, la dernière fois qu'elle est venue. Je ne crois pas qu'elle ait pris ça pour un compliment.

Maj-Britt se concentra à nouveau sur la télévision.

– On n'apprécie jamais ce qu'on a avant de pouvoir établir des comparaisons.

Elle lança un regard en direction d'Ellinor et aurait juré que celle-ci avait encore un de ses sourires en coin. De toute évidence, elle était dérangée, cette fille. Peut-être même handicapée mentale.

Elle imaginait ce qu'on disait d'elle au service de l'aide à domicile. À quel point elle devait être détestée en tant que Bénéficiaire. C'était ainsi qu'on les appelait : non pas patients ni clients, mais Bénéficiaires. Bénéficiaires de l'aide à domicile. Bénéficiaires des soins de ces affreux petits êtres parce qu'on n'était pas capables de vivre sans eux.

Ils pouvaient jaser autant qu'ils voulaient. Elle acceptait volontiers le rôle de Gros Crocodile dont personne ne voulait. Elle s'en moquait. Ce n'était pas sa faute si elle était devenue comme elle était.

C'était celle de Göran.

À la télévision, l'une des participantes venait de berner une amie un peu naïve et commençait à se dévêtir le haut du corps dans l'espoir d'inciter quelqu'un à partager sa chambre. Les pulsions les plus viles de l'être humain étaient soudain élevées à la dignité de divertissement très recherché et les gens acceptaient de s'humilier en public. Il y en avait sur chacune des chaînes, il suffisait d'utiliser la télécommande pour s'en rendre compte. Et ils rivalisaient en matière de sujets scabreux pour conserver leur taux d'audience. C'était affreux.

Elle manquait rarement un épisode.

Elle vit du coin de l'œil qu'Ellinor s'était figée sur place, le regard braqué vers le poste, et elle l'entendit pouffer de mépris.

– Mon Dieu, qu'est-ce qu'il ne faut pas faire pour abrutir les gens.

Maj-Britt fit semblant de ne pas avoir entendu. Comme si cela pouvait changer quelque chose.

– Savez-vous qu'il y a des gens qui discutent de ces émissions entre eux, comme si c'était quelque chose d'important ? Le monde court à sa perte mais on s'en fiche et à la place on se préoccupe de ça. Je suis sûre que c'est une entreprise concertée, c'est fait exprès pour nous rendre aussi débiles que possible afin que ceux qui nous gouvernent continuent d'agir tranquillement comme ils l'entendent.

Maj-Britt poussa un soupir. Si seulement elle pouvait fermer son clapet. Aucun risque, hélas.

– C'est navrant de voir ça.

– Eh bien, ne regarde pas, alors.

Il était impensable d'avouer qu'elle partageait assez cette opinion. Elle aurait préféré vanter les mérites d'une épidémie de choléra plutôt que reconnaître qu'elle était du même avis que cette fille. Or, Ellinor était lancée.

– Je me demande ce qui arriverait si on arrêtait toutes les émissions de télévision pendant une ou deux semaines en faisant en sorte, simultanément, que les gens ne puissent pas se consoler dans l'alcool. Au moins, ceux qui n'iraient pas se pendre aussitôt seraient obligés de réagir à ce qui se passe, bon sang.

Malgré la répugnance qu'éprouvait Maj-Britt à utiliser le téléphone, elle n'aurait bientôt plus d'alternative, il faudrait qu'elle appelle le service compétent pour faire remplacer cette petite. Jamais encore elle n'avait été obligée d'aller jusque-là. Ils avaient toujours pris les mesures nécessaires à temps.

L'idée de devoir téléphoner ne faisait qu'accroître sa colère.

– Tu pourrais peut-être demander à y participer ? Habillée comme tu l'es, tu n'aurais même pas besoin de te changer.

Il y eut un instant de silence et Maj-Britt ne quitta pas des yeux la télévision.

– Pourquoi dites-vous ça ?

Il était difficile de savoir si elle était vexée ou navrée et Maj-Britt poursuivit :

– Regarde-toi dans une glace en passant, ça t'évitera de poser des questions aussi stupides.

– Qu'est-ce qu'elle a, ma façon de m'habiller ?

– De t'habiller ? Il y a longtemps que je n'ai pas mis mes lunettes, alors je n'avais pas vu que tu l'étais.

Nouveau silence. Maj-Britt aurait aimé constater l'effet de ses paroles mais préféra s'abstenir. Sur l'écran, le générique de fin défilait, révélant que l'émission était sponsorisée par une marque de pilule contraceptive du lendemain.

– Je peux vous poser une question ? demanda Ellinor sur un ton différent.

Maj-Britt poussa un soupir.

– J'ai beaucoup de mal à croire que je serais en mesure de t'en empêcher.

– Est-ce que c'est par plaisir que vous dites toutes ces méchancetés, ou pour vous venger de l'échec de votre vie ?

À son grand effroi, Maj-Britt se sentit rougir. C'était inouï. Jusque-là, personne n'avait osé relever le gant et entamer la lutte avec elle. De tels propos étaient diffamatoires et pouvaient justifier le renvoi de cette affreuse petite.

Elle monta le volume du son sur la télécommande. Elle ne voyait pas la moindre raison de répondre à une insulte.

– Je suis fière de mon corps et j'estime ne pas avoir de raison de le cacher aux autres. Je me trouve bien dans ce pull, si c'est ce qui vous gêne.

Maj-Britt ne lâchait toujours pas du regard le poste.

– Libre à chacun d'avoir l'air d'une pute.

– En effet. Libre à chacun, aussi, de s'enfermer dans son appartement et de tenter de mettre fin à ses jours en dévorant tout ce qui lui tombe sous la main. Ni l'un ni l'autre de ces comportements ne prouvent qu'on est débiles, n'est-ce pas ?

Ce furent les dernières paroles prononcées ce jour-là. Maj-Britt fut extrêmement contrariée d'avoir laissé le dernier mot à Ellinor.

Dès qu'elle fut seule, elle appela le livreur de pizzas.

Il s'était écoulé six jours depuis qu'elle avait envoyé sa réponse à Vanja. Son déplaisir avait eu le temps de s'atténuer peu à peu et de devenir supportable. Ellinor lui procurait assez de raisons de s'irriter. Un matin, pourtant, elle entendit un petit bruit dans cette boîte à lettres inutile et, avant même que la fente se soit refermée, elle sut qu'il s'agissait d'une nouvelle missive de Vanja. Elle le sentit depuis le fond de l'appartement, nul besoin de se poster derrière la porte pour s'en convaincre.

Elle laissa la lettre où elle était et évita de regarder dans cette direction en passant dans l'entrée. Mais, naturellement, Ellinor survint alors et la lui mit sous le nez avec un grand sourire.

– Regardez ! Vous avez une lettre !

Elle refusa de la prendre. Ellinor la posa sur la table de la salle de séjour, où elle resta tout le temps du ménage. Maj-Britt, elle, demeura assise dans son fauteuil sans rien dire, comme si elle était seule dans l'appartement.

– Vous ne la lisez pas ?

– Pourquoi ? Tu désires peut-être savoir ce qu'il y a dedans ?

Ellinor continua de vaquer à ses occupations en parlant à Saba. Le pauvre animal ne pouvait se défendre et Maj-Britt vit à quel point il souffrait.

Elle se leva et se dirigea vers la salle de bains.

– Vous avez mal au dos ?

Elle n'apprendrait donc jamais à se taire, cette fille ?

– Comment ça ?

– J'ai vu que vous faisiez la grimace et que vous portiez la main à cet endroit. Il faudrait peut-être montrer ça au médecin ?

Jamais de la vie !

– Finis de faire ton ménage et fiche le camp, tu verras que ça ira tout de suite mieux.

Elle ferma la porte de la salle de bains à clé derrière elle, et y resta jusqu'à ce qu'elle soit certaine d'être seule dans l'appartement.

Ah ça oui, aucun doute : cela lui faisait mal. La douleur ne la quittait pas et, ces derniers temps, elle s'était faite encore plus précise. Mais jamais de la vie elle ne se déshabillerait et ne se laisserait examiner par qui que ce soit qui risquait de toucher son corps.

La lettre resta là où elle était. Pendant des jours et des nuits, au cours desquels elle consomma jusqu'au dernier tous les atomes d'oxygène de l'appartement, au point que Maj-Britt en vint pour la première fois depuis longtemps à souhaiter sortir. Elle ne parvenait pas à se forcer à la jeter. Elle vit qu'elle était assez épaisse, cette fois, nettement plus que la précédente, en tout cas. Et elle ne cessait de lui lancer ses sarcasmes à la face.

« Tu ne pourras pas t'empêcher de me lire ! lui disait-elle. Tu n'as aucune force de caractère, espèce de grosse loche. »

En effet, elle finit par ne plus pouvoir résister. Un jour où le réfrigérateur était vide et où le marchand de pizzas avait fermé boutique, elle finit par céder. Pourtant, elle ne voulait pas lire un seul mot de ce que Vanja avait à lui dire.

Salut, Maj-Britt !

Merci pour ta lettre. Si tu savais à quel point elle m'a fait plaisir. Surtout de savoir que tout va bien pour toi et pour ta famille. C'est une preuve de plus qu'il faut toujours écouter la voix du cœur ! La dernière fois que je t'ai vue, tu étais enceinte et je me souviens comme tu souffrais d'avoir été contrainte d'aller contre la volonté de tes parents pour épouser Göran. Je suis heureuse que cela se soit bien terminé et que tes parents aient fini par revenir à la raison. Il ne faut rien laisser d'inachevé derrière soi, c'est très pénible pour celui qui reste. Si tu savais à quel point j'admirais ton courage et ta détermination ! Et je le fais encore.

Je repense souvent à notre jeunesse. Elle était pourtant très différente. Chez moi, tu t'en souviens, c'était le désordre perpétuel et on ne savait jamais dans quel état serait mon père quand (ou plutôt : si) il rentrait. Je ne l'ai jamais dit ouvertement, mais j'avais honte devant vous autres et surtout devant toi. Pourtant, je me rappelle aussi que tu préférais qu'on joue chez moi, tu disais que tu t'y plaisais bien et j'en étais très contente. Je dois reconnaître que tes parents me faisaient légèrement peur. On parlait beaucoup de votre communauté et de ses règles extrêmement sévères. Chez moi, au contraire, on ne prononçait jamais le nom de Dieu. Le mieux aurait peut-être été quelque chose qui soit à mi-chemin entre ce qui se passait chez chacune de nous, au moins en matière de nourriture spirituelle !

Tu te rappelles la fois où on « jouait au docteur », dans votre réserve à bois, avec Bosse Öman ? On n'avait pas plus de dix ou onze ans, n'est-ce pas ? Et je me souviens comme tu as eu peur quand ton père nous a pris sur le fait et que Bosse lui a dit que c'était toi qui avais eu cette idée. J'ai encore honte de ne pas m'être dénoncée ce jour-là, mais nous savions toutes deux que cette sorte de jeu t'était interdite et cela n'aurait rien changé. Il était pourtant fort innocent, comme tous les autres à cet âge. Tu n'es pas venue à l'école pendant plusieurs semaines, après cela. Et, quand tu es revenue, tu n'as pas voulu dire pourquoi. Il y avait bien des choses que je ne comprenais pas, parce que nous menions des vies si différentes. Comme cette autre fois, plusieurs années après, je pense que nous étions adolescentes, où tu m'as dit que tu priais Dieu qu'il vienne à ton secours pour éloigner de toi des pensées que tu ne voulais pas nourrir. On avait toutes les garçons à l'esprit, à cet âge-là, je n'ai donc pas compris à quel point tu souffrais, j'ai plutôt trouvé ça un peu bizarre. Surtout que tu étais très belle. C'était à toi que les garçons s'intéressaient et j'étais assez jalouse, tu t'en doutes. Mais tu priais Dieu qu'il te broie pour t'apprendre à obéir et…

Maj-Britt laissa tomber la lettre. Du fond de ce qui était caché en elle, la nausée montait pour exercer ses ravages. Elle se leva précipitamment de son fauteuil mais eut seulement le temps d'arriver dans l'entrée avant de se mettre à vomir.

7

Tu es médecin. Tu vas y arriver. Raconte n'importe quoi !

Vingt-deux regards impatients étaient braqués vers elle. Monika avait l'esprit totalement vide. Un seul souvenir émergeait de ce néant, tel un furoncle, et paralysait son imagination. Les secondes passaient. Quelqu'un eut un sourire d'encouragement à son intention et quelqu'un d'autre baissa les yeux, conscient de sa détresse.

– Si vous le désirez, nous pouvons passer à la personne suivante et revenir à vous par la suite. Je veux dire : si vous souhaitez réfléchir encore un moment.

La femme affichait un sourire amical. Monika ne tolérait pas d'être prise en pitié. Vingt-deux personnes devaient avoir bien piètre opinion d'elle, en ce moment. Or, si elle avait visé un but quelconque, dans sa vie, c'était précisément l'opposé. Elle s'entendait souvent dire qu'elle l'avait atteint et ses collègues vantaient ses capacités. Et voilà qu'elle se trouvait au milieu de vingt-deux inconnus et qu'on venait de lui offrir un traitement de faveur, justement parce qu'elle était incapable de quelque chose. Tous les présents voyaient sûrement en elle une médiocre qui ne pouvait s'acquitter d'une tâche dont Mattias s'était tiré avec tant de brio. Elle voulait tellement rétablir la situation qu'elle parvint à surmonter ses réticences.

– J'hésitais seulement parce que le souvenir auquel je pense a aussi trait à un accident.

Sa voix était ferme et, à dessein, légèrement condescendante. Les regards se tournèrent à nouveau vers elle. Même ceux qui s'étaient détournés par discrète sympathie.

La femme qui la soumettait à ce supplice eut le mauvais goût de sourire.

– Ça ne fait rien. Le but de l'exercice est que vous procédiez librement à des associations d'idées et ce sont souvent les expériences les plus fortes qui se manifestent en premier, n'est-ce pas ? Alors, je vous en prie, faites comme il vous plaira.

Monika avala sa salive. Plus moyen de revenir en arrière. Elle pouvait uniquement procéder aux petits ajustements de la vérité qui s'avéreraient nécessaires.

– J'avais quinze ans et Lasse, mon frère aîné, deux de plus. Il était invité à une soirée chez Liselott, sa petite amie – les parents de celle-ci lui avaient laissé le libre usage de la maison –, et, comme j'en pinçais pour un des copains de mon frère qui devait également être présent, j'avais réussi à le persuader de m'emmener.

Elle sentait son cœur battre et se demandait si le reste de l'assistance l'entendait aussi.

– Liselott habitait assez loin de chez nous et il avait donc été décidé que nous passerions la nuit chez elle. Notre mère ne savait pas vraiment ce qu'on faisait dans ce genre de soirées et en particulier elle ignorait qu'on y buvait pas mal. Même si elle s'en doutait un peu, elle ne pensait pas que ce pourrait être le cas pour mon frère et moi. Elle se faisait en effet une très haute idée de nous deux.

Jusque-là, pas de danger. Jusque-là, il était possible de serrer la vérité d'assez près.

Car, jusque-là, elle était supportable.

– Pendant la soirée, certains prirent un sauna. Mais, comme ils avaient pas mal bu, aucun d'entre eux ne pensa à arrêter le système de chauffage ensuite.

Elle se tut. Elle se souvenait fort bien. Elle se rappelait même la voix de Liselott, quoiqu'il y eût longtemps de cela et qu'elle ne l'ait plus jamais entendue après ce soir-là. *Monika, est-ce que tu peux aller arrêter le sauna ?* Elle avait répondu oui, mais la bière qu'elle avait bue lui tournait la tête et le garçon dont elle était secrètement amoureuse depuis longtemps avait enfin manifesté un certain intérêt pour elle et elle avait promis de l'attendre dans l'escalier pendant qu'il allait aux toilettes.

– Ensuite, ceux qui devaient passer la nuit là sont allés se coucher. Il y en avait trois autres en plus de Lasse et moi. On avait prévu de dormir un peu n'importe où, sur des canapés aussi bien que dans des lits et ailleurs. Lasse couchait au premier, dans la chambre de Liselott, et moi en bas.

Le nouveau petit ami de Monika était rentré chez lui. Lasse, lui, dormait déjà, près de sa compagne. Pour sa part, encore étourdie de cet amour naissant et de bière, elle était allée se coucher sur le canapé qui se trouvait juste derrière leur porte fermée.

À l'étage.

Sur le palier en haut de l'escalier.

Elle n'avait jamais avoué à quiconque que c'était là qu'elle avait dormi.

– Je me suis réveillée vers quatre heures parce que j'avais du mal à respirer et, quand j'ai ouvert les yeux, la maison était déjà en flammes.

Panique, chaleur insupportable et une seule pensée : sortir de là. Elle n'avait que deux pas à faire pour aller ouvrir leur porte, mais elle n'avait pas hésité : elle s'était précipitée dans l'escalier, abandonnant Liselott et son frère à leur sort.

– Il y avait de la fumée partout et on a beau croire qu'on connaît une maison, c'est autre chose de s'y retrouver quand on ne voit rien.

Les mots lui sortaient de la bouche en un effort désespéré pour mener à bien, aussi rapidement que possible, la tâche qui lui avait été assignée, et en être débarrassée.

– Je suis revenue lentement vers l'escalier et j'ai tenté de monter à l'étage, mais les flammes m'en ont empêchée. J'ai essayé de crier pour les réveiller et le bruit de l'incendie couvrait hélas ma voix. Je ne sais pas combien de temps je suis restée dans l'escalier dans l'espoir de monter. J'étais sans cesse obligée de reculer de quelques pas avant de procéder à un nouvel essai. La dernière chose dont je me souvienne, c'est qu'un pompier m'a prise dans ses bras pour m'emporter.

Elle ne put en dire davantage. À son grand effroi, elle sentit qu'elle rougissait et que la honte lui colorait peu à peu le visage.

Elle s'était retrouvée en sécurité, sur la pelouse, à voir les fenêtres de la chambre de Liselott exploser sous la violence du brasier. Pétrifiée, elle avait compris, lentement mais sûrement, qu'il n'en sortirait jamais. Il resterait prisonnier du piège qu'elle lui avait elle-même tendu. Elle était restée là, bien vivante, à voir ces flammes cruelles détruire la maison et ceux qui étaient à l'intérieur. Son grand frère, si beau, si gai, qui aurait été beaucoup plus courageux qu'elle et n'aurait pas hésité à faire les deux pas qu'il fallait pour lui sauver la vie, à elle.

Et qui aurait dû survivre à sa place.

Ensuite étaient venues toutes les questions. Ainsi que les réponses qui, dès cette époque, étaient déformées par ce que la vérité avait d'intolérable. Elle avait couché au rez-de-chaussée, dans la salle de séjour ! Et c'était Liselott qui avait promis d'arrêter le chauffage du sauna. Puis elle avait passé des semaines d'angoisse à l'idée que l'un de ceux qui étaient rentrés chez eux l'ait entendue promettre d'éteindre le sauna ou l'ait vue dormir sur le canapé à l'étage. Mais personne n'avait contredit ses déclarations et elles avaient fini par constituer la vérité officielle.

« Où est ton frère ? »

Monika ne put prononcer les mots. Elle en avait été incapable, également, lorsque leur mère était arrivée en courant sur la pelouse, simplement vêtue d'un manteau passé sur sa chemise de nuit. L'étage supérieur de la maison s'était effondré et les pompiers avaient fait de leur mieux pour éteindre des flammes qui refusaient de se laisser dompter. Quelqu'un l'avait prévenue par téléphone et elle était montée en toute hâte dans sa voiture.

L'image la plus nette dans l'esprit de Monika, maintenant, était celle du visage de sa mère lorsque celle-ci avait proféré sa question. Ses yeux étaient écarquillés de frayeur à l'idée de ce qu'elle savait déjà mais refusait de comprendre.

« Où est Lars ? »

Impossible de répondre à cela. Les mots qu'il aurait fallu prononcer ne pouvaient être employés. C'était impossible et, tant que personne ne les prononcerait, ils ne seraient pas réalité.

Elle sentait ces mains posées sur ses épaules et ces doigts qui lui faisaient mal, tandis que sa mère la secouait pour obtenir une réponse.

« Réponds-moi, Monika ! Où est Lars ? »

Un pompier vint à son secours et il ne lui fallut que quelques secondes, à lui, pour dire les mots qui rendaient l'événement irrémédiable. Qui faisaient que rien, désormais, ne serait comme avant.

« Il n'a pas pu s'en tirer. »

Chaque syllabe creusait consciemment un gouffre entre le passé et le présent. Et le passé, dans toute sa naïveté et son innocence, était pour toujours coupé de l'avenir.

C'était alors qu'elle l'avait vu. Elle l'avait deviné dans les yeux de sa mère, qui tentait désespérément de se protéger de ces mots impitoyables. Elle vit ce qui devait être la grande peine de sa vie et que tout ce qu'elle entreprendrait par la suite aurait pour seul but de tenter d'atténuer.

Mais qui jamais…

La peine que sa mère ressentait à l'idée que Lasse soit mort était plus grande que la joie de savoir que Monika était toujours vivante.

8

« Si ta main est pour toi une occasion de chute, coupe-la : mieux vaut pour toi entrer dans la Vie manchot que de t'en aller avec tes deux mains dans la géhenne. »

Elle ouvrit les yeux. C'était la voix de sa mère. Elle retira sa main et fut écœurée par l'odeur qui monta vers elle. Elle se leva aussi rapidement qu'elle le put, gagna le lavabo de la salle de bains et se lava au savon. L'eau chaude effaça cette horreur.

Tout cela, c'était la faute de Vanja. Sa lettre avait ouvert de petits canaux que Maj-Britt était incapable de boucher, de minces ruisseaux de pensées auxquelles elle se refusait s'insinuaient en elle, et elle n'était pas en état de les écarter. Tant que la menace venait de l'extérieur, elle l'avait dominée au moyen de ses ruses habituelles, mais, aujourd'hui, celle-ci venait de l'intérieur. Des années de mécanismes de défense se trouvaient réduites à néant et laissaient le champ libre.

Des pensées impures.

Elles avaient commencé à lui venir très tôt, sans qu'elle puisse dire d'où. Soudain, elle s'était avisée de leur présence en elle. Elles étaient sorties de son cerveau tels des vers de terre et lui avaient inspiré des désirs impensables, entachés de péché. Peut-être était-ce l'œuvre de Satan, malgré tout, comme on le lui avait dit. Elle se souvenait maintenant qu'on l'avait mise en garde.

Mais elle ne voulait pas se rappeler !

Brusquement, elle avait été contrainte de se réfugier derrière ce barrage qui la protégeait et, en approchant, elle distinguait, de l'autre côté, des détails qui n'auraient pas dû exister. L'un après l'autre, des filets d'eau se mettaient à suinter par ces petits trous et à assembler des fragments de souvenirs pour en faire des ensembles cohérents. Des bribes faisant resurgir ce qu'elle croyait avoir réussi à oublier et à laisser derrière elle une fois pour toutes. Profitant des mots que Vanja avait écrits, ces souvenirs s'étaient infiltrés dans sa conscience. Personne ne mènerait la lutte à ses côtés, cette fois. Ses parents étaient morts et leur Dieu l'avait quittée bien avant cela.

Elle avait prié sans relâche mais n'était pas parvenue à partager leur foi. Dieu n'avait pas voulu de ses prières. Elle avait tout abandonné pour prouver sa soumission et pour être l'objet de Son amour, mais Il n'avait jamais répondu. Il n'avait pas donné le moindre signe ni proféré le moindre mot qui pût laisser penser qu'Il écoutait, qu'Il voyait sa lutte et ses sacrifices. Il l'avait tuée par son silence, parce qu'elle n'était pas digne. Il l'avait éloignée de Lui et l'avait laissée seule avec ses pensées malpropres.

Elle passa dans la cuisine. Il restait un peu de la viande qu'elle avait fait frire. Elle en coupa un morceau et le posa sur sa langue. Une fois confortablement installée sur son lit, elle le laissa ramollir doucement et se réchauffer au contact de sa salive, avant de fermer les yeux et de l'avaler.

Bref instant de bien-être.

Elle s'était réveillée plusieurs fois les mains sur le bas-ventre et en rougissait encore de honte. Pourquoi était-elle née dans un corps affligé d'instincts aussi pervers ? Pourquoi leur Dieu n'avait-Il pas pu l'aimer ? Pourquoi avait-Il châtié ses parents, puisqu'elle était prête à tout sacrifier ?

Une nuit, elle s'était réveillée alors qu'il était déjà trop tard, en plein milieu d'un moment de honte.

Et sa mère lui avait parlé.

Ils avaient vu ce qu'elle avait fait.

Elle se trouvait dans une vaste salle. Elle était assise sur une chaise, à nouveau entourée d'eau, et incapable de bouger. Quelque chose, dans sa jambe droite, l'empêchait de s'échapper. Un bruit l'effraya et elle leva les yeux. Il était juste au-dessus d'elle, dans son costume noir, si grand qu'elle ne parvenait pas à voir son visage. Elle chercha à fuir mais sa jambe droite l'en empêchait toujours. Derrière lui, un homme gravement blessé, dont les vêtements blancs étaient lacérés, gisait sur le sol. Du sang jaillissait des plaies laissées dans ses mains par les clous. Ce sang colorait l'eau en rouge et il la regardait, implorant son aide.

La voix de l'homme de haute taille grondait comme le tonnerre.

– Jésus est mort sur la Croix pour tes péchés, pour tes désirs impurs et pour le mal auquel tes mains t'ont incitée.

Elle entendit des bruits derrière elle. Des gens s'étaient attroupés à cause d'elle, de ce qu'elle avait fait. Elle sentait la brûlure de leurs regards sur sa nuque.

– Il existe trois formes d'amour – celui que nous portons à Dieu, celui que Dieu nous porte et un troisième, de nature érotique, qui nous détourne de Dieu.

L'eau montait de tous côtés. Ses parents étaient assis non loin de là, les mains jointes. Ils levaient les yeux vers celui qui parlait, le suppliant de leur venir en aide.

– La honte du désir, c'est que celui-ci dépend de notre volonté. La vertu nécessite un contrôle parfait de son corps. Tu comprends, Maj-Britt ?

Son nom se répercutait en écho entre les murs mais elle ne parvenait pas à répondre. Elle étouffait. Les gens qu'elle ne pouvait voir, derrière elle, posèrent la main sur sa tête.

– Avant le péché originel, Adam et Ève pouvaient procréer en dehors du désir, de ce plaisir des sens auquel nous sommes réduits, leur corps entier était soumis à leur volonté.

L'eau montait inexorablement. Le blessé allongé sur le sol disparut sous sa surface. Elle voulut se précipiter à son secours mais en fut incapable. Ses jambes, ainsi que toutes ces mains posées sur sa tête, l'immobilisaient. Ses parents aussi allaient bientôt être noyés à cause d'elle, parce qu'elle les avait forcés à venir là en quête d'assistance, dans leur désespoir.

– Tu dois apprendre à cultiver ta relation à Dieu, à purifier ton âme impure. Un vrai chrétien refuse la malédiction de la sexualité. Ce que tu as fait est un péché, tu t'es écartée du droit chemin.

Les murs s'effondrèrent dans un fracas assourdissant et la salle entière fut envahie par l'eau. Ses parents restèrent immobiles, dans leur chagrin, et laissèrent l'eau les recouvrir. Il n'était plus possible de respirer, on étouffait, on étouffait…

Quand elle se réveilla, elle était allongée sur le dos. Elle essaya de se mettre sur le côté en basculant, mais son corps l'en empêcha. Le gros coussin était tombé sur le sol et elle se trouvait maintenant prisonnière de son propre poids. Tel un scarabée se retrouvant sur le dos, elle tenta vainement de reprendre la maîtrise de la situation. Malheureusement, les efforts qu'elle déployait consumaient le peu d'air qui restait dans ses poumons.

Elle allait mourir là, étouffée, trahie par ce corps qui avait été sa prison pendant sa vie entière, aussi bien quand elle était mince que maintenant. Il avait gagné la partie. Il était finalement parvenu à ses fins et l'avait vaincue, l'avait forcée à s'incliner et à abandonner la lutte.

Ils la trouveraient dans cette position. Cette fille, Ellinor, la découvrirait au matin et raconterait aux autres membres du service qu'elle était morte sur le dos dans son lit, étouffée par sa propre graisse.

Honte éternelle.

Au prix d'un ultime effort de volonté, elle parvint à basculer latéralement et s'effondra sur le sol avec un bruit sourd. Son bras gauche était coincé sous elle, mais elle ne ressentait aucune douleur, uniquement le soulagement de constater que l'air parvenait de nouveau à ses poumons par un étroit passage.

Saba se mit à gémir d'inquiétude et à arpenter la pièce en tous sens. Saba. Son animal bien-aimé. Sa fidèle amie, toujours présente quand elle avait besoin d'elle et qui ne pouvait pourtant rien faire en ce moment. Maj-Britt resterait là, étendue sur le sol, jusqu'à l'arrivée d'Ellinor mais, au moins, elle ne serait pas morte.

Les heures se traînaient. Au bout d'un instant, son bras gauche s'engourdit. Elle n'osa cependant pas bouger, ne voulant pas risquer de se retrouver à nouveau sur le dos. Elle finit pourtant par y être obligée. Au moyen d'un très léger déplacement latéral, elle permit à son sang d'affluer à nouveau dans son bras. Le pire était la douleur en bas de son dos, cette souffrance lancinante et qui, de plus en plus souvent, l'affligeait à tel point qu'elle avait du mal à marcher.

Elle eut de la chance. Ellinor arriva de bonne heure, ce matin-là. Il n'était qu'un peu plus de dix heures quand elle entendit la clé tourner dans la serrure.

– C'est moi !

Elle ne répondit pas. Ellinor ne tarderait pas à la trouver, de toute façon. Elle l'entendit poser les sacs de nourriture sur la table de la cuisine et saluer Saba, qui avait quitté la garde qu'elle montait en entendant la porte s'ouvrir.

– Maj-Britt ?

L'instant d'après, Ellinor franchit le seuil de la chambre. Maj-Britt vit la frayeur qui s'inscrivait sur son visage.

– Mon Dieu, qu'est-ce qui se passe ?

Elle était accroupie tout près mais ne l'avait pas encore touchée.

– Depuis combien de temps êtes-vous là ?

Maj-Britt fut incapable de répondre. Le sentiment d'humiliation qu'elle éprouvait empêchait ses mâchoires de bouger. Puis elle sentit les mains d'Ellinor sur son corps et ce fut si horrible qu'elle faillit hurler.

– Je ne sais pas si je vais pouvoir vous relever. Il va sans doute falloir que j'appelle la permanence.

– Non !

Cette menace fit monter brusquement l'adrénaline de Maj-Britt et elle tendit la main vers le chevet du lit pour tenter de trouver quelque chose sur quoi prendre appui.

– On va y arriver seules. Essaie de glisser le coussin sous mon dos.

Ellinor s'affaira aussi vite qu'elle le put et Maj-Britt fut bientôt en position à moitié assise. La douleur dans le bas de son dos la forçait presque à crier mais elle serra les dents et continua à lutter. Elles s'entraidèrent alors, glissant coussin sur coussin. Cela leur prit près d'une heure et pourtant elles y arrivèrent. Sans avoir recours à la permanence et à leur contact répugnant. Quand tout fut terminé, Maj-Britt se laissa tomber dans le fauteuil, le souffle court, en proie à un curieux sentiment.

De la gratitude.

Envers Ellinor.

Celle-ci n'était pas tenue d'agir comme elle l'avait fait. D'après le règlement, elle aurait dû appeler la permanence. Elle s'en était abstenue par égard pour Maj-Britt et, à elles deux, elles avaient réussi.

Le mot eut du mal à franchir ses lèvres.

– Merci.

Elle ne regarda pas Ellinor en le prononçant, sinon il lui serait resté en travers de la gorge.

Elles n'échangèrent guère de paroles au cours de l'heure qui suivit. Devant ce travail d'équipe et la conviction que cette expérience l'avait obligée à baisser sa garde, Maj-Britt se sentit comme menacée. Elle avait désormais une dette de reconnaissance et, si elle n'y faisait pas attention, Ellinor pourrait facilement l'utiliser contre elle. Ce qui s'était passé ne signifiait pas qu'elles étaient amies. Loin de là. Elle avait Saba, elle n'avait besoin de personne d'autre.

Elle n'avait pas eu la force de se préoccuper des sacs de nourriture ce jour-là, et elle entendit Ellinor commencer à les déballer et à ouvrir la porte du réfrigérateur.

– Eh bien, il y en a, des provisions.

– Je peux les manger tout de suite, si ça t'arrange.

Elle se mordit la langue. Elle n'avait pas eu l'intention d'être méchante, ces mots lui avaient échappé. Elle regrettait ce qu'elle avait dit mais la simple idée qu'elle ait pensé à s'excuser la mettait mal à l'aise. Car il y avait cette dette de reconnaissance. Cela finirait par devenir intolérable.

Ellinor fit son apparition sur le pas de la porte.

– Je m'étonnais, c'est tout. Je veux dire : à propos des provisions. Vous n'êtes pas malade, au moins ?

Maj-Britt détourna le regard vers la lettre. C'était de là que tout était venu. De la partie dont elle n'avait pas pris connaissance aussi bien que de celle qu'elle avait lue mais aurait aimé ne jamais voir. Manger ne suffisait même plus à calmer la douleur.

– Est-ce que vous désirez quelque chose de particulier, la prochaine fois ?

– De la viande.

– De la viande ?

– Rien que de la viande. Le reste, c'est pas la peine.

Elle resta assise dans son fauteuil pendant qu'Ellinor faisait le ménage, s'efforçant d'ignorer sa présence. Elle sentait certes les regards inquiets de la jeune femme mais n'y attachait pas d'importance. Elle savait qu'elle ne parviendrait pas à imposer sa volonté : le service de l'aide à domicile refuserait d'acheter uniquement de la viande. Elle avait déjà dû mener une longue et opiniâtre lutte pour avoir droit à quelques petits suppléments, alors cette ultime consigne outrepasserait sûrement les limites.

Or, la viande était la seule chose qui pouvait mettre en sourdine les pensées qui s'étaient à nouveau emparées d'elle.

Ellinor était sur le pas de la porte lorsqu'elle hésita soudain et fit demi-tour.

– Je vais laisser mon numéro de portable sur votre table de chevet, à côté du téléphone. Je veux dire : au cas où il arriverait quelque chose, une nouvelle fois.

Elle passa dans la chambre et revint au bout d'un instant.

– À après-demain.

Elle disparut dans l'entrée et ajouta en se tournant vers l'intérieur de l'appartement, alors qu'elle avait déjà ouvert la porte :

– Au fait, j'ai posé les boules pour les oreilles que vous avez demandées sur la table de la cuisine. Au revoir.

Maj-Britt ne répondit pas. À son grand effroi, elle sentit soudain qu'elle était au bord des larmes. Une grosse boule monta dans sa gorge, la faisant grimacer, et elle dut cacher son visage derrière sa main jusqu'à ce qu'Ellinor ait disparu.

Elle était tellement déconcertante, cette fille. Maj-Britt ne parvenait pas à comprendre comment elle pouvait rester aussi gentille, quelle que soit la façon dont elle la traitait. Il y avait de bonnes raisons de se méfier, car elle attendait forcément quelque chose en retour. Un peu comme ces publicités qu'elle trouvait dans sa boîte à lettres et qui portaient parfois son nom en beaux caractères calligraphiés, comme si elles lui étaient adressées personnellement. *Chère Inga Maj-Britt Pettersson. Nous avons la joie de vous offrir ce merveilleux...* Plus l'offre paraissait alléchante, plus il y avait matière à suspicion. Tapi derrière ces formules bienveillantes, il y avait toujours un hic, et plus il était difficile à découvrir, plus il y avait lieu de faire attention. Personne ne faisait rien par pure générosité, il y avait toujours un profit masqué quelque part. C'était ainsi que fonctionnait le monde et chacun faisait de son mieux pour avoir sa part du gâteau.

Ellinor ressemblait à ces publicités.

On avait bien des raisons de se méfier.

Elle prit le bras articulé et le tendit vers la lettre. Celle-ci était restée posée sur la table, tel un aimant, dans l'attente de sa capitulation. Elle n'était plus capable de résister et c'est les mains tremblantes qu'elle la déplia et lut la suite.

Je n'oublierai jamais le jour où j'ai mis en doute la foi de ton père. Je ne comprends toujours pas comment j'ai osé. Nous venions d'apprendre, à l'école, que le christianisme n'était pas la plus grande religion au monde et je me souviens à quel point j'en ai été étonnée. Si les gens qui croyaient en un autre Dieu étaient plus nombreux, peut-être étaient-ce eux qui avaient raison ! Doux Jésus, comme ton père s'est mis en colère. Il m'a dit que des pensées de ce genre me mèneraient droit en enfer et, même si je ne me fiais pas vraiment à lui, il m'a fallu longtemps pour surmonter ses paroles. C'était la première fois que Dieu me faisait l'effet d'une menace. Il a ajouté que les gens qui n'admettent pas que Jésus-Christ est le fils de Dieu n'ont pas leur place au royaume des cieux. J'aurais aimé lui demander ce qu'il en était pour ceux qui vivaient avant la naissance de Jésus. N'était-ce pas un peu injuste envers eux de ne pas leur avoir laissé leur chance ? Je n'ai pas osé poser la question, bien entendu. Ça me suffisait d'avoir été damnée une fois, ce jour-là.

J'ai toujours trouvé étrange que les humains soient de si grands « pécheurs » et que, à l'église, il faille prier Dieu de « nous pardonner nos péchés », que l'on ait eu l'impression d'en commettre ou pas. Je me souviens que tu as tenté de me faire comprendre qu'il n'y a pas que les péchés dont on a conscience qui comptent et qu'il ne faut pas oublier le péché originel, qui vous colle à la peau dès la naissance. « Nous avons été conçus dans le péché, celui de la chair. » Je n'ai jamais oublié ces mots. Ils m'ont tellement perturbée que j'ai mis des années à m'en libérer, jusqu'à ce que je comprenne que c'est le seul moyen de procréer dont dispose l'être humain. J'ai alors décidé que c'était sans doute la volonté de Dieu qu'il en soit ainsi, puisqu'il s'était donné tellement de mal pour nous créer.

Pendant notre jeunesse, le sexe était quelque chose à quoi les garçons s'intéressaient, « hélas ». Nous, les filles, on a compris qu'il faudrait qu'on finisse par

« apprendre à nous y résigner » et qu'il ne fallait surtout pas « laisser les garçons nous approcher ». Pas étonnant que nous ayons été un peu perturbées quand, une fois adolescentes, ils sont devenus notre principal sujet de préoccupation. Nous ne demandions pas mieux que de les « laisser nous approcher » un peu, justement. Je trouve que, à ces exhortations dont on nous abreuvait et cette propagande destinée à nous effrayer, on aurait pu ajouter un petit mot pour expliquer que le désir et l'instinct de procréation sont parfaitement naturels parmi les êtres humains.

L'un de mes souvenirs d'enfance les plus vivaces est le jour où nous avons trouvé ces journaux, tu sais, dans le tiroir de la commode de ton père. Je ne me rappelle plus pourquoi on fouillait dedans, mais je crois que c'est toi qui en avais pris l'initiative, comme bien souvent quand on faisait quelque chose d'interdit. Comparées à ce qu'on voit maintenant, elles n'étaient pas bien méchantes, ces publications, mais les trouver chez toi, c'était un peu comme découvrir un signe satanique à l'intérieur d'une église, et je me rappelle à quel point ça t'avait effrayée. Tu étais persuadée que quelqu'un les avait apportées dans la maison et les avait mises là, et tu n'osais pas en souffler mot à tes parents. Je ne sais pas si tu t'en souviens : nous les avons étalées sur le sol, pour que quelqu'un les trouve, et nous sommes cachées sous le lit. Je vois encore les jambes de ta mère quand elle est entrée, et ses mains quand elle les a ramassées. Et, surtout, je me rappelle combien nous avons été surprises, ensuite, de constater qu'elle se contentait de les remettre là où nous les avions trouvées.

Une fois adulte, j'ai pensé que cet épisode en dit long sur la puissance des instincts : même une foi aussi forte que celle de ton père n'a pas été en mesure de leur résister.

Les temps ont changé. C'est en tout cas l'impression que j'en ai à la lecture des journaux et au spectacle de la télévision. De nos jours, la sexualité est si bien acceptée qu'on en a fait un passe-temps à caractère commercial qui justifie la publication de manuels ainsi que la fabrication de divers équipements. À distance, il semble qu'il soit surtout question d'accomplissement de soi et de développer sa capacité à éprouver des orgasmes de plus en plus puissants. Le fait que l'amour joue un petit rôle dans cette affaire ne paraît pas très important. C'est un peu triste, non ? Si cette idée me vient, cependant, c'est peut-être parce que je suis contrainte au célibat perpétuel, dans ma cellule.

Je crains d'avoir abusé de ton temps, mais je suis tellement contente d'avoir renoué le contact. Je savais que ma lettre finirait par te toucher !

C'est l'heure du couvre-feu et, demain, je passe un examen. On m'a accordé le droit d'« effectuer des études à distance » (curieuse expression mais, dans mon cas, on ne saurait mieux dire). J'ai déjà obtenu certains résultats en philosophie générale et je m'attaque maintenant à l'histoire des religions. Si seulement je pouvais réussir l'épreuve de demain !

Mes amitiés au reste de ta famille.
Bien des choses de la part de
Ton amie Vanja.

Maj-Britt reposa la lettre et, pour la première fois depuis plus de trente ans, elle éprouva le besoin de prier. Les propos de Vanja étaient abominables. Puisse Dieu lui pardonner les lignes qu'elle avait été traîtreusement incitée à lire.

9

Les présentations individuelles avaient continué pendant la plus grande partie de l'après-midi du jeudi. Mattias avait placé la barre très haut et les autres participants avaient tenté de relever le défi. Personne ne voulait passer pour un médiocre en débitant une histoire qui n'était que moyennement intéressante, ce n'était pas pour rien s'ils occupaient tous un poste à responsabilité. Les récits les plus fascinants s'enchaînaient. Pourtant, Monika ne les écoutait que d'une oreille distraite. Sitôt qu'elle put se détendre, lorsque l'attention de l'assistance fut braquée vers le participant suivant, elle se rendit compte qu'elle était épuisée. Le peu d'énergie qu'il lui restait suffisait tout juste à la maintenir droite sur son siège. Il y avait bien longtemps qu'elle n'avait pas évoqué ce souvenir. Les fois où elle y avait été contrainte, elle n'avait fait que l'effleurer, laissant tous les détails dans une pénombre indulgente.

Des voix étrangères se succédaient, entrecoupées de salves d'applaudissements. Elle faisait comme tout le monde frappait dans ses mains autant qu'il le fallait pour ne pas se faire remarquer. Sans pour autant oublier où elle était. L'homme assis juste à côté d'elle possédait les qualités qui lui faisaient manifestement défaut.

Toujours choisir le bien. L'intégrer à sa personnalité au point que le doute ne s'insinue jamais, même pas à l'article de la mort, lorsque la peur aveugle la raison.

À un moment, elle avait tourné la tête vers lui pour le regarder et savoir s'il était possible de lire ce qui était inscrit sur son visage. Elle désirait voir à quoi ressemblait quelqu'un qui était ce qu'elle avait toujours voulu être sans jamais le pouvoir, parce qu'on ne revient pas sur le passé. Lasse était mort à jamais et elle resterait celle qui n'avait pas éteint le chauffage du sauna, celle qui s'était ensuite refusée à faire ces deux pas supplémentaires.

Cette nuit-là, ses défauts s'étaient révélés et, depuis, pas un jour ne s'était écoulé sans qu'elle ne sente douloureusement leur présence en elle. La profession qu'elle avait choisie, les biens chargés de prestige social qu'elle possédait, sa façon de se pousser sans cesse à obtenir de meilleurs résultats, tout cela n'était qu'une façon de compenser les manques qu'elle ressentait en elle, de justifier la poursuite de son existence, alors qu'il était mort, lui. Elle avait réussi à obtenir beaucoup de choses, à force de lutter, mais elle n'était jamais parvenue à échapper à l'idée qu'elle n'était, au fond, qu'une égoïste et une lâche. On l'était ou on ne l'était pas et, une fois qu'il avait été prouvé qu'on l'était, on ne méritait pas l'amour.

Même si on était toujours en vie.

Après la séance, elle monta dans sa chambre. Les autres s'étaient dirigés vers le bar. Pour sa part, elle n'avait pas la force de bavarder, de sourire et de faire semblant que tout allait pour le mieux. Elle s'assit sur son lit et hésita, son portable éteint à la main. Elle aurait aimé entendre sa voix mais il aurait compris qu'il y avait quelque chose qui n'allait pas et elle ne pourrait lui dire quoi. Et ce qu'elle avait vécu au cours de cette matinée avait faire resurgir en elle le doute. Il ne savait pas qui elle était véritablement.

Elle était absolument seule, Thomas lui-même ne pouvait partager la honte qui était la sienne.

Elle était coupable de n'être pas allée jusqu'au bout de son deuil. Comment aurait-elle pu se le permettre ? Lars lui manquait tellement, une fois restée seule avec sa mère. Il lui avait manqué d'une façon qu'elle n'aurait pas cru possible. Il avait toujours été là et il était évident qu'il y serait à jamais. Personne ne pouvait prendre sa place. Mais sa peine était si misérable qu'elle aurait constitué une offense envers lui. Elle n'en avait pas le droit. Au lieu de cela, elle faisait tout ce qui était en son pouvoir pour rendre plus supportable le deuil de leur mère, en s'efforçant d'être gaie, de lui faire plaisir, de la réconforter dans la mesure du possible. Elle enviait le droit dont jouissait sa mère de se laisser aller à son chagrin sans être tenue par des obligations envers ceux qui restaient. Sa peine était noble, authentique, et non comme celle de Monika, qui servait à masquer une vérité qui n'était pas supportable.

Elle avait trahi. Sous l'effet du choc, elle avait compris que la vie continuait comme s'il ne s'était rien passé en dehors de chez elles. Rien n'avait été changé ni bouleversé par l'événement inouï qui s'était produit. Il y avait toujours les mêmes personnes dans le bus le matin, les mêmes émissions à la télévision et le voisin continuait à construire sa maison. Le monde suivait son cours sans s'apercevoir que Lars n'était plus là. Il en allait de même dans sa propre vie, d'ailleurs. Le souvenir qu'elle avait de lui finirait par perdre ses couleurs et sa netteté, le vide serait toujours là mais le monde extérieur changerait à un tel point qu'il serait moins évident. Le chemin que son frère aurait suivi se ferait de plus en plus étroit, pour finir par disparaître dans le flou du lointain, se changeant en une incertitude et une interrogation quant à ce qu'il serait devenu et à l'aspect qu'aurait revêtu sa vie s'il avait vécu. Et elle ne pouvait rien faire pour modifier ce qui était arrivé.

Rien.

Succès, admiration, prestige social. Chaque jour de sa vie, elle avait été prête à échanger tout ce dont elle jouissait contre la possibilité de revenir sur le passé.

Car la mort avait des prétentions exorbitantes. Elle exigeait qu'on comprenne parfaitement, qu'on accepte sans réserve que… jamais plus.

Jamais plus.

Jamais, jamais plus.

Ce soir-là, elle dîna dans sa chambre. Juste avant, elle appela Åse et prétexta une migraine. Un quart d'heure plus tard, on frappa à la porte : c'était Åse qui lui apportait un plateau bien garni.

– J'ai dit au gourou que tu croûtais dans ta chambre. J'espère que ça va aller mieux.

Elle s'endormit sitôt couchée et dormit près de neuf heures, cherchant refuge dans le sommeil pour échapper à la mauvaise conscience de ne pas avoir appelé Thomas comme elle avait promis de le faire. *Ne me laisse plus jamais seul avec un téléphone qui ne répond pas. Je ne sais pas si je pourrais le supporter une nouvelle fois.*

À son réveil, elle composa son numéro, bien qu'il fût trop tôt.

– Allô ?

Elle se rendit compte qu'il n'était pas encore bien réveillé.

– C'est moi. Pardonne-moi de ne pas t'avoir appelé hier.

Il ne répondit pas et son silence lui fit peur. Elle tenta de trouver une excuse, mais en vain. Et elle ne voulait pas mentir. Pas à lui. Il avait parfaitement le droit de se taire. Elle ne savait que trop ce qu'elle ressentirait si c'était lui qui était parti et avait omis d'appeler.

Je ne te demande qu'une seule chose c'est d'être sincère, de me dire la vérité afin que je comprenne ce qui se passe.

Elle ferma les yeux.

– Pardon, Thomas. La journée a été affreuse hier, et, une fois qu'elle a été terminée, je me suis enfermée dans ma chambre, je n'ai même pas eu la force d'aller dîner.

– Eh bien. Il n'a pas l'air marrant, ton séminaire. Qu'est-ce qui a été si affreux ?

Elle perçut dans sa voix une pointe de quelque chose et comprit aussitôt que ses propos n'avaient fait qu'aggraver la situation, qu'elle l'avait recalé à l'examen de passage en ne l'appelant pas pour lui faire partager ce qui n'allait pas et en tentant de s'en tirer seule.

Comme d'habitude.

Elle allait gâcher cela aussi. Sa lâcheté allait une nouvelle fois prendre le dessus et la priverait de ce qu'elle désirait le plus. La seule chose qu'il exigeait était la sincérité, or c'était précisément ce qu'elle était incapable de lui offrir. Le secret resterait là, douloureux comme une ampoule au pied, et maintiendrait une distance entre eux. Il était là, à sa portée, intact et sûr, ce rêve qu'elle avait cessé ne fût-ce que d'espérer. Aucune réussite au monde ne pouvait se comparer à la force que son amour lui conférait. Pourtant il n'était pas de taille. Bien sûr, elle n'y pouvait rien si elle n'était pas héroïque, mais elle devait au moins avoir le courage de lui dire ce qui s'était passé.

Si nous sommes sincères, nous n'aurons pas à avoir peur, ni l'un ni l'autre, hein ?

C'était ce qu'elle avait toujours souhaité : ne pas être obligée d'avoir peur.

Elle savait qu'elle devait lui dire la vérité. Qu'avait-elle à y perdre, à vrai dire ? De toute façon, il la quitterait si elle continuait à se taire.

Il fallait qu'elle ose.

Mais pas maintenant, pas au téléphone. Elle voulait pouvoir le voir.

– Je te le dirai quand je reviendrai. Et, Thomas…

Elle allait au moins lui avouer l'autre chose, qui était tout aussi difficile à dire.

– Je t'aime.

Le vendredi et le samedi passèrent. La décision qu'elle avait prise était bien arrêtée et un certain calme s'était installé en elle maintenant qu'elle savait où elle allait. Le rythme très soutenu du séminaire contribuait aussi à la distraire de ses pensées. Le samedi soir, lorsqu'elle prit place à l'une des tables de cette salle à manger si joliment décorée, elle était saturée de ce qu'elle avait appris sur les buts et objectifs qu'on s'assigne à soi-même, sur les avantages qu'il y a à savoir déléguer des pouvoirs, sur la façon dont on motive son personnel et sur celle de créer un climat favorable. Elle avait partagé chacun des repas avec Åse et cela leur avait permis de mieux se connaître. Dire qu'Åse était un souffle d'air frais était fort en dessous de la vérité, c'était plutôt un ouragan se déchaînant chaque fois qu'on se trouvait à proximité. Monika l'appréciait beaucoup et avait déjà formé le projet de l'inviter à dîner, un soir, avec Börje, son mari. Elle et Thomas. Un dîner de couples.

S'il ne la quittait pas.

– La place est libre ?

Elle se retourna et vit Mattias. Ils n'avaient encore échangé que quelques mots. Sans le faire exprès, elle avait choisi une autre table que la sienne lors des repas précédents.

– Bien sûr.

En fait, elle aurait préféré qu'il aille s'asseoir ailleurs.

– C'est bien Monika, ton nom, n'est-ce pas ?

Elle hocha la tête et il tira la chaise pour s'asseoir. À sa droite, comme la première fois.

Près de chaque assiette était posée une serviette en papier pliée avec ingéniosité et Mattias contempla un instant cette œuvre d'art avant de la détruire pour la poser sur ses genoux.

– Je n'ai pas encore eu l'occasion de te le dire, mais j'ai été très impressionné par la présentation que tu as faite de toi-même.

Droit au but. Elle avait déjà vu cela auparavant. Des gens qui, après avoir connu de graves crises dans leur vie, avaient dominé ces expériences et ne s'embarrassaient plus de formules de politesse surannées. Ils disaient carrément ce qu'ils pensaient, que leur entourage soit prêt à l'entendre ou non.

– Merci. Je peux te retourner le compliment.

C'est Åse qui vint à son secours en s'asseyant en face d'elle, avec son manque de discrétion habituel, et en dépliant sa serviette sans prêter la moindre attention à son pliage artistique.

– J'ai une faim de loup.

Elle parcourut rapidement le petit menu déposé dans chaque assiette et exprima aussitôt son déplaisir.

– Du carpaccio de saumon ? Ils cherchent à nous faire mourir de faim ?

Mattias éclata de rire. Sa présence à ses côtés mettait Monika mal à l'aise. Son existence même était pour elle un immense mémento.

D'autres participants vinrent prendre place à leur table et les huit chaises furent bientôt occupées. On aurait dit une réunion de famille. Il avait été fort astucieux, de la part de ceux qui avaient mis sur pied ce séminaire, de les forcer à se dévoiler dès le début. Après cela, rien n'avait paru trop intime pour ne pas être partagé avec les autres. Monika en savait déjà plus sur certains des autres participants que sur ses camarades de travail. Mais ils n'en savaient pas très long sur son compte, eux. Et elle se demandait s'il y en avait d'autres qui avaient légèrement arrangé la vérité, à supposer qu'ils en aient eu l'occasion.

– Comment va ta femme, maintenant ?

C'était bien entendu Åse qui interrogeait Mattias. Elle avait depuis longtemps dévoré son carpaccio de saumon et était en train de beurrer une tranche de pain suédois pour patienter jusqu'au plat principal.

– Assez bien, en fait. Elle ne se remettra jamais complètement, mais suffisamment pour que tout fonctionne. Et elle ne souffre plus. Si vous la rencontriez sans savoir ce qui lui est arrivé, vous n'y verriez que du feu. Elle a seulement de petites douleurs, comme lorsqu'elle reste assise trop longtemps.

– Et votre fille, quel âge a-t-elle ?

Le visage de Mattias s'éclaira à cette question.

– Daniella aura un an dans trois semaines. La paternité est quelque chose de très curieux. Tout d'un coup, il est très pénible de rester deux ou trois jours absent. Il risque d'arriver un tas de choses pendant ce temps.

Ce ne furent que hochements de tête d'approbation autour de la table, chacun ayant apparemment de jeunes enfants qui parvenaient à changer énormément en l'espace d'une journée. Seule Åse était d'un avis divergent.

– Moi, quand les enfants étaient petits, je trouvais que c'était magnifique de quitter la maison quelques jours ! Rien que pour pouvoir faire une nuit complète ! Mais, maintenant qu'ils sont grands, on regrette le bruit de ces petits pieds qui surgissent dans votre chambre au milieu de la nuit.

Åse avait ensuite parlé de ses enfants. Elle avait un fils adulte et une fille qui étaient la fierté de son existence. Pour une raison inconnue, son fils était né sans bras et elle avait évoqué les sentiments contradictoires qu'elle avait éprouvés après l'accouchement, puis sa joie devant l'étonnante faculté qu'ont les enfants de s'adapter aux circonstances. Son fils venait de lui donner deux petits-enfants.

Monika but une gorgée de vin et s'appuya contre le dossier de sa chaise. Thomas lui manquait. Elle fit abstraction du bruit ambiant et se laissa aller à son plaisir : elle avait de la chance de pouvoir penser à quelqu'un aussi intensément. Elle avait attendu cela pendant sa vie entière. Et cela arrivait enfin.

– Pardon, qu'est-ce que tu disais ? Je n'ai pas suivi.

Il sourit.

– Je l'ai bien vu. Mais tu avais l'air d'être en pensées dans un lieu très agréable, alors je ne voudrais pas te déranger.

Comme s'il ne l'avait pas déjà fait. Elle sentait d'instinct qu'elle ne désirait pas parler avec lui. D'un autre côté, elle ne voulait pas se montrer désagréable. Si elle se lançait dans une conversation, il fallait donc que ce soit sur le sujet le plus neutre possible.

– Qu'est-ce que tu fais, dans la vie ?

C'était une question d'une banalité vraiment affligeante mais Mattias ne se laissa pas décourager.

– Je viens de prendre un nouveau poste de chef du personnel dans une grosse firme d'articles de sport, pas une des grandes chaînes, une indépendante. Je n'ai encore jamais exercé ce genre de responsabilités et c'est pourquoi on m'a envoyé suivre ce séminaire.

Il eut un petit rire en disant cela.

– Je ne crois pas que c'était vraiment indispensable parce qu'il n'y a que six employés. Mais le propriétaire est un bon ami à moi et il sait que nous ne sommes pas très à l'aise financièrement, depuis l'accident de Pernilla. Tu te rappelles ce que j'ai dit à propos de notre défaut d'assurance ?

Elle aurait aimé placer quelques paroles de circonstance pour dire qu'elle était contente pour lui, mais elle avait décidé de mettre fin à tous les mensonges. Au lieu de cela, elle parla des compagnies d'assurances en général. Il embraya sur ce sujet et, d'un seul coup, elle se retrouva engagée dans une conversation fort intéressante. Impossible de le nier. Il s'avéra être un commensal très agréable et elle s'amusa beaucoup, pendant l'heure qui suivit, allant jusqu'à éclater de rire à plusieurs reprises. Et comme il parlait de sa femme ! Avec beaucoup d'amour et de loyauté. Il ne se passait pas dix minutes sans que son nom surgisse dans la conversation, de façon tout à fait normale et naturelle, puisqu'elle occupait une telle place dans sa vie. Elle se demanda si Thomas parlerait jamais d'elle en ces termes. À supposer qu'elle occupe un jour une place aussi normale et évidente dans sa vie. Mattias évoqua les années difficiles qui avaient suivi l'accident et la façon dont celui-ci les avait rapprochés plus encore. Puis il raconta, en riant, comment ils avaient tenté de combler le vide laissé dans leur vie par la plongée. Ils avaient essayé diverses activités de loisir mais, comme ils ne pouvaient se permettre trop de fantaisies sur le plan financier, le choix avait été assez limité. Il rit surtout en évoquant une vaillante tentative dans le domaine de l'observation ornithologique : comme, au bout d'une journée, ils n'avaient encore à leur tableau de chasse qu'une corneille et deux bergeronnettes, ils avaient dû s'avouer qu'il serait sans doute plus drôle de raconter cette histoire que d'en faire à nouveau l'expérience. Puis un jour, après une visite à la bibliothèque, Pernilla s'était remise à étudier l'histoire de Suède et, au bout d'un certain temps, son intérêt initial s'était mué en passion. Il admit avec un sourire qu'à la longue il avait trouvé qu'elle s'intéressait d'un peu trop près à Gustave II Adolphe et à ses semblables mais, au moins, ce n'était pas trop dur pour le dos de Pernilla. Et il confia qu'il était très content de son nouveau poste, qui allait leur permettre de s'acquitter des dettes que leur avait causées la rééducation de Pernilla, sans parler des dépenses de kinésithérapie et de massages qui lui avaient simplement évité de souffrir.

Un petit tintement mit fin à toutes les conversations et les regards se tournèrent dans la direction d'où provenait le bruit. L'animatrice du séminaire s'était levée et avait tapoté son couteau contre son verre pour demander le silence.

– Je voulais profiter du fait que nous sommes tous réunis pour vous poser une question à laquelle je souhaite que vous répondiez très sincèrement. Je désire en effet vous demander si demain, vous pouvez envisager de prolonger la journée de deux heures, afin que nous ayons le temps de mener à bien le programme prévu. Autrement, j'ai peur que nous soyons obligés de supprimer la conférence sur les solutions pour gérer le stress.

Le séminaire devait se terminer après le déjeuner. Elle avait promis d'aller chercher sa mère à trois heures, pour l'emmener sur la tombe.

Presque toutes les mains se levèrent, y compris celle d'Åse. À part Monika, le seul à leur table à ne pas le faire fut Mattias. Åse se souvint qu'elle devait servir de chauffeur à Monika et baissa la main.

– Tu es peut-être pressée de rentrer chez toi ? demanda-t-elle.

Monika n'eut pas le temps de répondre avant que la femme ne reprenne la parole.

– Il semble que la plupart d'entre vous puissent envisager de prolonger le séminaire, alors c'est entendu. Il ne me reste plus qu'à vous souhaiter bon appétit pour la fin du dîner.

Une ride apparut sur le front d'Åse.

– Attends, je vais vérifier quelque chose.

Elle se leva sans expliquer où elle allait. Mattias finit de vider son verre.

– Pour ma part, je me passerais bien de cette conférence sur le stress pour profiter de quelques heures de liberté à la maison. Et je sais que ceux avec qui je suis venu sont tout aussi pressés de rentrer.

Lui aussi était venu en covoiturage, et il faisait partie de ceux dont avait parlé Åse quand elles avaient entamé le trajet, le jeudi matin. Monika décida que c'était la première et dernière fois qu'elle renonçait à prendre sa propre voiture. À supposer qu'elle participe de nouveau à un séminaire, ce dont elle doutait fort pour le moment, elle ferait en sorte d'être indépendante. Il était exclu qu'elle appelle sa mère pour annuler leur visite au cimetière. Elle avait déjà largement dépassé les limites.

Åse revint s'asseoir.

– Non, impossible. Leur voiture est déjà pleine. Je me disais que tu pourrais peut-être rentrer avec ceux qui sont venus de la capitale, si tu es pressée, parce qu'ils vont partir de bonne heure, eux aussi. Tant pis, je me passerai des conseils pour gérer le stress.

Comme Åse était venue à ce séminaire pour cette partie du programme précisément, Monika s'en serait voulu de l'en priver. Or, elle détestait ces visites au cimetière et aurait aimé pouvoir dire à Åse que cela n'avait pas d'importance, qu'elle pouvait rester deux heures de plus si c'était aussi important pour elle. Mais elle savait ce que cela impliquerait. Des semaines de silence indigné pendant lesquelles, sans proférer un mot, sa mère ne ferait qu'aggraver sa mauvaise conscience en laissant entendre qu'elle pensait toujours à elle-même en premier lieu. Et lorsque sa mère approchait à ce point de la vérité, sans le savoir, Monika frôlait le gouffre de si près que l'existence devenait insupportable. Alors, elle n'avait d'autre choix que de se livrer à des courbettes et des cajoleries pour que tout rentre dans l'ordre. Elle en serait hélas incapable, cette fois. Maintenant qu'elle avait décidé de tout avouer à Thomas. C'était l'un ou l'autre.

– J'aimerais te dire que je peux rester, mais j'ai une visite à domicile à faire chez un de mes patients, demain après-midi.

Elle sentit qu'elle rougissait et fit semblant d'avoir quelque chose dans l'œil pour se ménager la possibilité de détourner le visage. Encore une fois, la preuve était faite : elle se surprenait en flagrant délit de mensonge. Elle refusait de se sacrifier. Mattias n'hésita pas, lui.

– Si tu es pressée de rentrer, tu peux prendre ma place dans l'autre voiture, et comme ça Åse pourra assister à la conférence sur le stress. Je ne pense pas que Daniella dira ses premiers mots demain avant quatre heures, très précisément.

La gratitude qu'elle éprouva fut si profonde qu'elle eut du mal à l'exprimer.

– Tu es sûr ?

– Absolument. Je ne demande pas mieux que de rentrer à la maison, c'est vrai, mais ça n'a rien d'urgent. Je vais rester et je repartirai avec Åse.

La question était réglée.

Rien ne changea pour autant autour d'eux. Tout semblait être comme à l'instant d'avant. Aussi étrange que cela paraisse, on franchit parfois sans s'en rendre compte des carrefours qui bouleversent votre existence.

10

Elle était restée au lit pendant deux jours sans oser fermer l'œil. Elle avait seulement eu la force de se lever pour vider sa vessie et ouvrir la porte du balcon à Saba. Elle consacrait toute son énergie à écarter de son esprit les pensées qui lui venaient. Celles-ci tentaient de prendre possession de sa réalité tels des insectes nuisibles et elle luttait avec ardeur pour les repousser. Les souvenirs et insinuations de Vanja ne cessaient de la rejeter vers la périphérie du monde qu'elle avait fait sien, cet appartement de soixante-huit mètres carrés ou un cercle de lumière aux contours nettement délimités, les deux résultant d'une version de la vérité qui soit supportable. À l'extérieur, tout était blanc. C'était un néant de blancheur dans lequel il n'y avait rien. Or, elle n'arrêtait pas de se retrouver sur le bord de ce rond lumineux, le visage tourné vers ce désert, et se rendait soudain compte que quelque chose bougeait, là-bas, que tout ne s'arrêtait pas là. Il était alors possible de distinguer des ombres dans cette blancheur. Les ombres d'une réalité qui ne voulait pas prendre forme, mais qui se rapprochait de plus en plus.

La lettre était maintenant réduite en cendres sur le balcon, et pourtant cela ne changeait rien. Vanja était folle et rapportait des événements qui ne s'étaient jamais produits. Quant à ce qui était peut-être vraiment arrivé, c'était déformé jusqu'à en être méconnaissable. Les autres pensées que cette femme lui avait attribuées étaient si répugnantes qu'elle souhaitait ne jamais en avoir pris connaissance. Même si ses relations avec Dieu étaient plutôt tendues depuis un certain temps – pour ne pas dire inexistantes –, elle ne souhaitait pas blasphémer. Or, c'était précisément ce que faisait Vanja. Elle blasphémait carrément et, dans la mesure où Maj-Britt avait pris connaissance de ses propos, elle devenait sa complice. Il fallait qu'elle interdise à Vanja de lui envoyer ce genre de lettre. L'idée d'introduire un aliment dans sa bouche ne suffisait pas à la consoler. Au cours de la semaine qui venait de s'écouler, la douleur dans le bas de son dos avait été si vive qu'elle lui donnait la nausée.

Il y avait maintenant deux jours entiers qu'elle était tombée à bas de son lit et qu'Ellinor l'avait sauvée. Aujourd'hui, celle-ci allait revenir. Au cours de la nuit, Maj-Britt avait trouvé un moyen de s'acquitter de sa dette envers elle et de réduire à néant cet embryon de rapports cordiaux qui en avait été la conséquence. Elle s'était dévêtue et attendait maintenant l'arrivée d'Ellinor en sous-vêtements. Il suffirait qu'elle aperçoive ce corps répugnant pour qu'elle recule d'horreur, perdant ainsi l'avantage qu'elle s'était procuré. Maj-Britt n'aurait aucune peine, alors, à lui reprocher sa réaction et recouvrerait par la même occasion son propre droit à manifester du dégoût.

Le papier à lettres et un stylo étaient déjà posés sur la table depuis une journée, juste à côté du numéro de portable d'Ellinor. Malgré elle, elle était obligée de reconnaître que c'était bon de savoir qu'il se trouvait là. Au cas où cela se reproduirait.

Elle avait horreur de ce sentiment.

De l'idée qu'Ellinor puisse lui proposer quelque chose qu'elle désirait.

Quatre brouillons de lettre chiffonnés gisaient sur le sol. Saba était venue une ou deux fois les flairer avec curiosité avant de comprendre qu'ils ne revêtaient aucun intérêt pour elle. La haine que Maj-Britt éprouvait envers Vanja était si forte que les mots pour la dire ne venaient pas. Ce qu'elle avait fait était impardonnable. Pénétrer de force dans un monde où elle n'était pas la bienvenue et tout y mettre sens dessus dessous. Accaparer les instants de quelqu'un comme si ses cogitations maladives valaient la peine d'être méditées.

Une fois de plus, Maj-Britt tendit la main pour prendre le stylo et le papier et se mit à écrire.

Vanja,

Je t'écris cette lettre dans un seul but : obtenir de toi que tu cesses de m'écrire !

Bon. C'était comme ça qu'il fallait commencer. Mais pourquoi ne pas terminer là, aussi, puisque c'était tout ce qu'elle avait à lui dire, en fait ?

Tes réflexions et lubies ne m'intéressent pas, je les trouve au contraire assez répugnantes.

Elle biffa « assez » et mit à la place « extrêmement ».

Ce que tu penses et imagines est une chose, mais je te serais reconnaissante d'éviter de m'en faire part. Je suis véritablement révoltée que tu t'arroges le droit de juger la foi de mes parents pour te laisser ensuite aller à une sorte de paganisme de fabrication maison et, considérant que…

– Bonjour !

Maj-Britt n'eut que le temps de poser la feuille de papier sur la table de chevet et de rejeter sa couverture. En entendant le petit bruit métallique du portemanteau dans l'entrée, elle comprit qu'Ellinor était en train d'y accrocher sa veste.

– Ce n'est que moi !

Au prix d'un effort considérable, Saba parvint à hisser son gros corps par-dessus le bord de son panier pour se porter à la rencontre de l'aide ménagère. Maj-Britt entendit celle-ci poser les sacs de nourriture dans la cuisine et se diriger vers la chambre. Elle sentit son cœur battre, non d'inquiétude : d'impatience. Pour la première fois depuis longtemps, elle était parfaitement calme, certaine d'être la plus forte. Son corps difforme constituait en fait son arme la plus puissante, l'exhiber ne pouvait manquer de perturber la personne à qui on en imposait le spectacle.

Ellinor se figea sur le seuil. On voyait qu'elle avait eu l'intention de dire quelque chose et que les mots s'étaient figés sur ses lèvres. L'espace d'un dixième de seconde, Maj-Britt crut avoir réussi. Pendant un dixième de seconde, elle savoura sa victoire, mais ensuite Ellinor ouvrit la bouche.

– Mon Dieu, qu'est-ce que je vois ! Il faut absolument soigner cet eczéma.

Maj-Britt tira brusquement la couverture sur elle pour se cacher. L'humiliation lui fit l'effet d'une brûlure. Un sentiment de nudité s'empara d'elle et, à son grand effroi, elle sentit qu'elle rougissait. Cela n'avait pas fonctionné. Comme d'habitude, ce qui marchait avec les autres avait échoué avec Ellinor. Au lieu de reprendre le dessus et de parvenir à son but, à savoir une prise de distance réconfortante, Maj-Britt avait révélé l'étendue de sa honte, elle s'était mise à nu et avait montré à quel point elle était pitoyable.

– Vous n'avez pas une pommade ? Ça doit vous faire affreusement mal.

À l'évidence, Ellinor était très impressionnée, et Maj-Britt ne put qu'avaler sa salive et tirer encore un peu plus la couverture sur elle. Elle avait échoué. Ses yeux n'avaient pas la force d'affronter ceux de la jeune femme et elle se sentit en aussi piteuse situation que la fois où…

Ce sentiment diffus finit par se dissoudre et se perdre dans le désert blanc. Pourtant, quelque chose avait approché d'elle et elle eut soudain du mal à respirer.

– Pourquoi n'avez-vous rien dit ? Vous devez avoir ça depuis très longtemps.

Elle tendit la main pour prendre le papier à lettres tout en s'efforçant de dissimuler autant que possible son bras nu sous la couverture.

– Si on ne fait rien, vous n'allez pas tarder à avoir des plaies ouvertes. Laissez-moi voir ça encore une fois, soyez gentille.

C'était inouï. Jamais ! Jamais de la vie elle ne se dénuderait devant cette fille qui n'avait pas assez de bon sens pour garder ses distances. Ellinor et Vanja. On aurait dit que le monde entier se liguait soudain contre elle, avait décidé de s'introduire chez elle par la force et de s'en prendre à elle à n'importe quel prix.

– Va-t'en ! Laisse-moi tranquille ! J'ai besoin d'écrire une lettre et tu me déranges.

Ellinor resta un instant sans rien dire, à la regarder. Maj-Britt fixait de toutes ses forces le papier à lettres. Puis elle entendit pouffer légèrement avant de voir, du coin de l'œil, Ellinor sortir de la pièce à reculons. Saba resta avec elle, mais seulement un instant, puis elle tourna elle aussi le dos à Maj-Britt et suivit l'aide-ménagère.

Etant donné que tu as tué toute ta famille et que tu es condamnée à la prison à perpétuité, je crois que tu peux m'épargner tes pensées perverses ! Tes lettres me dérangent, je te prie donc de ne plus m'en envoyer. Ma famille et moi ne demandons qu'une seule chose : que tu nous laisses en paix ! ! !

Maj-Britt Pettersson.

Elle rédigea l'adresse et colla l'enveloppe sans relire ce qu'elle avait écrit. Les bruits secs que faisait Ellinor dans l'appartement traduisaient une contrariété certaine et il ne fallut pas longtemps pour qu'elle fasse à nouveau son apparition sur le pas de la porte.

– J'ai mis les provisions dans le réfrigérateur, dit-elle sur un ton peu amène. Je n'ai acheté que de la viande, comme vous le désiriez.

Puis elle disparut à nouveau et alla vaquer à ses autres occupations en faisant du bruit avec le seau et l'aspirateur. Maj-Britt resta dans son lit et comprit qu'Ellinor venait, une fois de plus, d'accéder à ses volontés. Elle risquait sa place en allant à l'encontre des instructions qu'elle avait reçues, dans le seul but de la satisfaire et qu'elle aille bien. Maj-Britt se cacha le visage. Sa place forte était envahie, elle n'avait plus nulle part où se réfugier.

Soudain, Ellinor se présenta sur le seuil de la chambre. Maj-Britt avait entendu la porte d'entrée s'ouvrir puis se refermer, après un bref moment d'hésitation, et son cœur s'était mis à battre la chamade en entendant des pas approcher. Ellinor alla s'asseoir au pied du lit, sur le bord, à l'endroit où il restait une petite place libre. Saba sortit de son panier et s'avança vers elle.

– Mon grand frère est né sans bras. Quand on était petits, personne dans la famille ne pensait tellement qu'il était différent, pour nous c'était naturel puisque nous l'avions toujours vu ainsi. Papa et maman n'en avaient jamais fait toute une affaire. Ils avaient bien sûr été sous le choc, à sa naissance, mais ensuite ils avaient toujours affronté la situation de leur mieux. C'était le meilleur grand frère que la terre ait porté. Mon Dieu, les jeux qu'on a pu inventer, tous les deux.

Ellinor caressa la tête de Saba avec un sourire.

– Ce n'est qu'une fois adolescents qu'il s'est rendu compte combien il était différent. Par exemple, la première fois où il a été amoureux et a compris qu'il ne pouvait rivaliser avec les garçons qui avaient des bras et qui étaient « normaux », c'est-à-dire comme tous les autres.

Ses doigts lâchèrent la nuque de Saba et dessinèrent des guillemets dans l'air pour souligner qu'elle trouvait que le mot convenait mal.

– Mon frangin est le genre de type que toutes les filles rêvent de rencontrer. Drôle, malin, gentil. Il possède un humour et une imagination comme personne de ma connaissance, avec ou sans bras. Mais, quand il était adolescent, aucune fille ne le voyait. Elles ne s'attachaient qu'à ces bras qu'il n'avait pas. Et il a fini par les imiter.

Maj-Britt avait remonté la couverture jusque sous son menton et espérait que, quoi qu'Ellinor éprouve le besoin de lui raconter, cela irait vite, au moins.

– Et le jour où il a compris qu'il ne pourrait être celui dont il rêvait, il s'est mis en tête d'être le contraire. En l'espace d'une nuit, il est devenu un être infect auquel nul ne voulait avoir affaire. Il était tellement méchant qu'on ne pouvait l'approcher. Personne n'a compris ce qui se passait et nos parents ont été obligés de lui trouver une place dans une résidence pour handicapés. Mais le personnel ne le supportait pas non plus. Il avait dix-huit ans, à cette époque-là. Il menait une existence solitaire, car il refusait de me voir, moi, aussi bien que papa et maman, alors que nous étions les seuls à nous préoccuper de son sort. Mais je m'en fichais. J'allais le voir deux fois par semaine et lui disais ce que je pensais. À savoir que c'était un pauvre type qui passait son temps à s'apitoyer sur son sort et pouvait bien pourrir sur place, dans ce foyer, si c'était ce qu'il désirait. Il me disait d'aller au diable. Je continuais pourtant à aller le voir, même s'il refusait parfois d'ouvrir sa porte. Dans ces cas-là, je lui criais ce que j'avais à lui dire par le trou de la serrure.

Mon Dieu, comme elle parlait mal, et les gros mots qu'elle se permettait ! C'était vraiment quelqu'un de vulgaire et de mal élevé.

Ellinor s'était soudain tue et Maj-Britt supposa que c'était parce qu'elle avait besoin de respirer. Même une personne comme elle ne pouvait donner libre cours à sa faconde intarissable sans avoir besoin d'un peu d'oxygène. Dommage seulement que certains reprennent leur souffle aussi vite. Ellinor regarda Maj-Britt dans les yeux avant de poursuivre :

– « Tu peux passer ton temps à bousiller ta vie, espèce de chiffe molle. Mais ne crois pas que tu te vas te débarrasser de moi aussi facilement, je reviendrai toujours ici de temps en temps pour te rappeler quel foutu imbécile tu es. »

Maj-Britt serra les mâchoires au point de se faire mal.

– Voilà ce que j'ai dit à mon frère.

Ellinor caressa une dernière fois l'échine de Saba avant de se lever.

– Aujourd'hui, il est marié et il a deux enfants, parce qu'il a fini par ne plus pouvoir supporter ce que je lui disais. Est-ce que vous voulez que je vous achète quelque chose de particulier, la prochaine fois ?

11

Une nouvelle flamme se mit à vaciller sur la tombe. Elle vit les mains de sa mère remettre l'allumette consumée dans la boîte, sans être capable de dire combien de fois cela s'était produit auparavant. Seulement que le nombre en était beaucoup trop grand.

Sa décision était prise. Elle allait dire la vérité à Thomas. Pour la première fois dans sa vie, elle allait avouer ce qui s'était passé, ce qu'elle avait fait. Et omis de faire. Cette fois, elle ne laisserait pas la peur tout gâcher. Ça avait assez duré.

Son appartement sentait le renfermé mais, au moment où elle approchait de la fenêtre de la salle de séjour pour aérer, son portable sonna. Elle avait pensé l'appeler elle-même et aurait aimé le devancer. L'appareil était dans son sac à main et elle revint dans l'entrée pour répondre. Le numéro qui s'afficha ne lui était cependant pas familier et elle hésita un instant. Thomas était la seule personne à qui elle désirait parler et elle n'avait nulle envie d'entamer une longue conversation avec quelqu'un d'autre. Elle laissa pourtant le sens du devoir l'emporter.

Tous ces choix dont est tissée l'existence ! Si elle n'avait pas répondu. Si elle avait eu le temps de parler à Thomas avant d'apprendre la nouvelle. Hélas non.

– Monika, dit-elle.

Elle crut d'abord que c'était quelqu'un qui s'était trompé de numéro ou voulait lui faire une farce. Une voix de femme qu'elle ne connaissait pas hurlait dans l'appareil et il était impossible de distinguer ce qu'elle disait. Elle allait raccrocher quand elle s'avisa soudain que c'était Åse, cette femme qui, par sa simple présence, par le sentiment de sécurité et l'évidence qui émanaient d'elle, lui avait été d'un si grand secours ces derniers jours. Ce qui se passait était incompréhensible. La place d'Åse était au sein de ce séminaire et nulle part ailleurs dans la vie de Monika. Elle n'avait rien à faire dans cet appartement sentant le renfermé. Peut-être était-ce pour cette raison qu'elle n'avait pas compris immédiatement.

– Je n'entends pas ce que tu dis, Åse. Qu'est-ce qui se passe ?

Soudain, elle parvint à distinguer quelques mots. On lui demandait de venir parce qu'elle était médecin. Elle n'eut pourtant pas le temps d'avoir peur. Pas sur le moment. Il y eut ensuite quelques secondes de silence. Puis on entendit un bruit de sirènes en train de se rapprocher. C'est alors qu'elle commença à s'inquiéter. Rien de grave, seulement le début d'une attention plus poussée.

– Où es-tu, Åse ? Qu'est-ce qui se passe ?

Un halètement, rapide et saccadé comme celui de quelqu'un qui est sous le choc. À l'arrière-plan, des voix inconnues, un tapis sonore fait de mots inintelligibles et ne fournissant pas la moindre indication. Monika ne prit pas la décision consciemment, le choix s'opéra en elle de façon automatique : quelque chose, dans ce qui se passait, l'incita à se comporter en médecin.

– Ecoute-moi, Åse. Dis-moi où tu es.

Peut-être Åse perçut-elle le changement et était-ce ce dont elle avait besoin : quelqu'un qui lui dise ce qu'il fallait qu'elle fasse.

– Je ne sais pas, quelque part sur la route, j'ai seulement entendu le bruit, Monika, je n'ai rien vu, je n'ai même pas eu le temps de freiner.

La voix se brisa. Åse, cette femme si sûre d'elle, s'effondra en sanglots, accablée de désespoir. Sous le choc de la douleur de son amie, Monika sentit le médecin s'affirmer encore un peu plus en elle. Son expérience professionnelle vint former une sorte de cuirasse autour d'elle pour l'empêcher de se laisser entraîner.

– J'arrive.

Quand elle partit, elle était totalement médecin. Ses pensées avaient pris un tour parfaitement objectif, uniquement en quête d'informations. Il n'y avait pas la moindre place pour l'affectivité ni l'attendrissement. Surtout ne pas tirer de conclusions hâtives avant de s'être assurée de disposer de faits dignes de foi. Derrière chaque virage, elle s'attendait à voir une ambulance surgir en face, mais ce ne fut pas le cas. À un moment, le téléphone sonna et elle vit le nom de Thomas s'afficher. Il n'y avait hélas pas de place pour lui dans ce contexte, il fallait qu'il cède le pas pour l'instant. À ce moment précis, elle était un médecin répondant à un appel d'urgence.

Elle vit le spectacle de loin. À l'autre bout d'une longue ligne droite, des lumières bleues clignotaient, en haut d'une côte, sur le fond d'un horizon de grisaille. Des véhicules d'intervention étaient garés un peu n'importe comment derrière des cônes et des rubans de plastique rouge et blanc. Un embouteillage avait commencé à se former et un agent de police faisait de son mieux pour permettre aux voitures de contourner l'obstacle en mordant sur la berme. Monika se rangea sur le côté et alluma ses feux de détresse. Une centaine de mètres la séparaient des cônes de plastique et elle longea la queue de voitures au petit trot. Rien d'autre n'existait plus que l'accident, là-bas. Le reste n'avait aucune importance. Elle approchait peu à peu et était presque arrivée. Derrière le ruban de plastique, une voiture de pompiers lui bouchait la vue. Elle se pencha pour se glisser sous le ruban.

– Interdiction de passer, entendit-elle dire.

– Je suis médecin et je connais Åse, répondit-elle sans se donner la peine de se relever ni de regarder la personne à qui elle s'adressait.

Elle explorait seulement les lieux, en quête d'une réponse rassurante. L'arrière de la camionnette rouge portant le nom de la firme du mari d'Åse, en lettres banales et très lisibles, dépassait du fossé. Un câble y avait été accroché et le treuil d'une voiture de dépannage commençait à l'enrouler. Le véhicule bougea lentement.

Pompiers, agents de police, ambulanciers. Pourtant, il y avait quelque chose qui n'allait pas. Un calme inquiétant régnait dans ce chaos visuel. Nul autre qu'elle ne semblait pressé. Un pompier était en train de ranger calmement et méthodiquement ses outils. Dans l'ambulance, un infirmier prenait le temps de rédiger son rapport sur le siège du conducteur.

C'est alors qu'elle vit Åse. Penchée en avant, le visage entre les mains, elle était à moitié assise à l'arrière du véhicule. À côté d'elle se trouvait une femme de la police qui la tenait par l'épaule, et l'expression qui s'inscrivait sur son visage coupa le souffle à Monika. Elle resta immobile au milieu de tout ce qui se passait autour d'elle. Quelqu'un vint lui dire quelque chose mais elle n'eut conscience que d'une bouche en train de remuer. Il n'y avait que quelques pas à faire. Ce n'était guère plus que les deux pas de jadis mais ils étaient tout aussi difficiles à accomplir. L'information qu'elle ne désirait pas obtenir était dissimulée au fond de ce fossé. Or, la longueur du câble réduisait à vue d'œil et, d'un moment à l'autre, l'ampleur de la catastrophe allait lui être révélée. Elle mit la main devant les yeux. Du fond de cette obscurité, elle entendit quelqu'un dire qu'ils avaient retrouvé l'élan un peu plus loin dans la forêt. Le bruit du moteur actionnant le treuil cessa mais elle laissa sa main là où elle était, refusant de savoir.

Cela recommençait. Une fois de plus elle était là, en vie, et tout était de sa faute. Impossible de rien changer, de faire en sorte que ce qui était arrivé ne se soit pas produit, c'était elle qui avait tendu le piège et il ne pourrait en sortir.

Puis elle ouvrit les yeux et quelque chose se brisa pour de bon en elle. Du côté du passager, la cabine avait été entièrement enfoncée et il n'en restait que de la tôle froissée et un morceau de pare-brise brisé.

Et puis un corps déchiqueté impossible à identifier, mais qui aurait dû être le sien.

12

Salut Majsan !

Je suppose qu'il faut que je commence par te remercier pour ta lettre, même si je dois reconnaître qu'elle ne m'a pas fait très plaisir. Mais telle n'était pas ton intention, n'est-ce pas ? Tu peux être tranquille, je ne poursuivrai pas seule cette correspondance. Pourtant, il m'a paru nécessaire de t'envoyer cette lettre-ci. Ce sera la dernière.

Je te prie de m'excuser si je t'ai offensée par ce que je t'ai dit dans ma lettre précédente, je t'assure que ce n'était pas le but recherché. En revanche, je ne compte pas m'excuser de NOURRIR *réellement les pensées qui sont les miennes. S'il y a quelque chose dont je suis lasse, c'est des gens qui sont tellement certains de leur foi qu'ils s'arrogent le droit de juger et de mépriser les autres. Je ne condamne absolument pas celle de tes parents, contrairement à ce que tu dis. Je considère seulement que j'ai le droit de ne pas la partager. J'ai l'intention de continuer à réfléchir et de voir si je trouve des réponses qui ne me sont pas encore venues à l'esprit, car nous serons peut-être d'accord pour estimer que celles que nous avons eues jusqu'ici n'ont pas donné naissance à un monde particulièrement agréable. Comme je l'ai lu dans un livre que l'aumônier de la prison m'a donné : « Toutes les grandes découvertes et tous les grands progrès ont été possibles parce que l'on a remis en question ce que l'on pensait savoir, parce que l'on a mis de côté ce qu'on considérait comme juste et qu'on est repartis de zéro. »*

Quant à mon « paganisme de fabrication maison », il se trouve simplement que nous ne partageons pas la même foi, mais peu m'importe. Il est bien dit dans la Bible que Dieu seul a le droit de juger. La plupart d'entre nous se livrent sûrement à des réflexions d'ordre spirituel de temps en temps. Je ne comprends pas pourquoi, dès que nous, les humains, nous réussissons à trouver quelque chose en quoi avoir foi, il faut que nous nous mettions à persuader les autres que nous avons raison, comme si nous n'osions pas croire seuls et qu'il fallait le faire en groupe pour que cela compte. Il devient soudain très important, alors, que chacun pense la même chose. Mais comment parvenir à ce résultat ? Eh bien, on édicte des lois et des règlements qui confinent cette foi dans le cadre qu'on lui a astreint et, pour y trouver sa place, il faut s'adapter. On est tout bonnement obligé de cesser de poser des questions délicates et d'espérer obtenir de nouvelles réponses, étant donné que les bonnes ont déjà été insérées dans le credo de la religion. À mon sens, cela porte un coup mortel à toute réflexion d'ordre spirituel et, dès lors, ce n'est plus qu'une question de pouvoir. C'est en tout cas ce qui se passe pour les religions, car ce n'est pas Dieu mais les hommes qui les ont inventées et l'histoire témoigne de ce que nous estimons avoir le droit de faire en leur nom.

En relisant ce que je viens d'écrire, je me rends compte que je t'ai sans doute offensée une nouvelle fois dans cette lettre-ci. Je veux seulement que tu saches que je suis croyante, moi aussi, seulement mon Dieu n'est pas aussi prompt à condamner que le tien. Tu me dis que, étant donné que je suis en prison à perpétuité, on n'a aucune raison de prêter foi à mes idées perverses. Peut-être, mais je désire terminer notre correspondance en te donnant ma version de la raison pour laquelle je suis ici aujourd'hui.

Tu te souviens peut-être que je rêvais d'être écrivain. Pour mes parents, tu t'en doutes, c'était à peu près comme vouloir être roi. Pourtant, mon professeur de suédois (Sture Lundin, tu te souviens de lui ?) m'y a encouragée. Lorsque nous avons perdu le contact l'une avec l'autre, j'étais partie vivre à Stockholm, où je suis devenue journaliste. Non qu'un quelconque de mes articles soit passé à la postérité, mais j'ai pu en vivre pendant près de dix ans. Puis j'ai rencontré Örjan. Si tu savais le nombre d'heures que j'ai passées à tenter de saisir pourquoi je suis tombée follement amoureuse de lui… Car, après coup, je n'arrive pas à comprendre comment j'ai pu ignorer tous les signaux d'alarme. En effet, il y en a eu une quantité invraisemblable, mais j'étais comme aveugle. Le plus étrange, c'est que je me sentais en sécurité auprès de lui. Alors que tout ce qu'il disait et faisait aurait dû me persuader du contraire. Dès cette époque, il buvait trop et il avait toujours de l'argent plein les poches sans jamais me dire d'où il provenait. Je me suis ensuite rendu compte qu'il me rappelait mon frère, d'où ce « sentiment de sécurité » lié au souvenir du foyer de mon enfance. Je me sentais chez moi et je savais exactement comment me comporter. Je ne suis jamais tombée amoureuse de tous ces hommes si « normaux » et « gentils » que j'ai rencontrés au fil des ans, parce qu'ils me faisaient perdre ma confiance en moi. Je ne savais pas comment me conduire avec eux. Örjan n'aimait pas les femmes trop indépendantes et estimait inutile que je travaille, puisqu'il pouvait subvenir à mes besoins. Comme une imbécile que je suis, j'ai fait de mon mieux pour me plier à ses désirs et, six mois environ après notre ren-

contre, j'ai démissionné de mon emploi. Après cela, c'était mes amis qui ne lui plaisaient pas. Pour couper court aux disputes, j'ai cessé de leur donner de mes nouvelles. Naturellement, ils ne m'ont plus rappelée. Au bout d'un an, j'avais perdu tout contact avec le monde extérieur et j'étais devenue plus ou moins esclave. Je ne voudrais pas t'ennuyer par une profusion de détails, je te dirai donc seulement qu'Örjan était un malade. Bien entendu, il n'était pas né ainsi : il avait grandi dans un foyer où régnait la violence et il l'a perpétuée. Tout a commencé de façon presque imperceptible. De petites méchancetés proférées de temps en temps et devenues peu à peu si coutumières que je m'y suis habituée. J'ai fini par y croire et me suis mise à penser qu'il avait le droit de les dire. Puis il a commencé à me battre. Certains jours, je ne pouvais même plus bouger, mais il déclarait que c'était parfait ainsi, car du coup il savait où j'étais. Pourtant, il le savait toujours parfaitement, car je n'osais pas sortir de la maison sans lui demander la permission et il ne me l'accordait jamais.

C'est maintenant le moment le plus difficile, puisqu'il faut que je te parle de mes enfants bien-aimés. Ils ne quittent pas mes pensées et je me suis souvent demandé ce que j'aurais pu faire d'autre. Pourtant, il y a dix-sept ans et quatre-vingt-quatorze jours, la seule solution à mes yeux fut de les entraîner avec moi dans la mort pour les sauver de l'enfer que nous vivions et auquel nul autre que moi ne les avait condamnés, puisque c'était moi qui leur avais donné naissance. Je ne voyais pas d'autre issue. J'étais tellement lasse d'avoir toujours peur. Seul, peut-être, quelqu'un qui a longtemps vécu dans la terreur peut comprendre ce qu'on ressent, et qu'on finit par être indifférent à tout. Je me disais que mon sort n'avait aucune importance, mais je n'avais plus la force de voir mes enfants souffrir.

J'avais tellement honte, à la fois de moi, de ce que j'avais subi et de l'avoir accepté, que je n'osais pas solliciter de l'aide. J'en partageais la responsabilité, n'est-ce pas ? Je n'avais pas empêché Örjan à temps ! Je l'avais vu frapper nos enfants et je n'avais pas osé l'arrêter ces fois-là non plus. Je n'avais pas de vœu plus cher que la mort. Je ne pouvais cependant pas lui laisser mes enfants. À ce stade, mon cerveau était tellement perturbé que je ne voyais pas d'autre solution. C'était pour moi la seule porte de salut. Je leur ai donc donné des somnifères et les ai étouffés dans leur lit. Je n'avais pas l'intention de tuer Örjan mais il est rentré beaucoup plus tôt que prévu et il m'a surprise dans la chambre des enfants. Je n'ai jamais eu aussi peur de ma vie et peut-être est-ce cela qui m'a donné la force. J'ai réussi à lui échapper et à descendre dans la cuisine et, quand il m'a rattrapée, j'avais eu le temps de saisir un couteau. Ensuite, j'ai vidé le bidon d'essence qu'il gardait dans la resserre et je me suis couchée auprès des enfants pour attendre. Ce dont je me souviens le mieux de ces heures-là, c'est le sentiment que j'ai eu en entendant les flammes crépiter au rez-de-chaussée et détruire lentement mais sûrement notre prison. Pour la première fois de ma vie, j'éprouvais une paix totale.

Le pire, en revanche, est intervenu quand je me suis réveillée à l'hôpital, deux semaines plus tard. J'avais survécu et mes enfants, eux, avaient accompagné Örjan dans la mort. J'étais toujours vivante et pourtant cela ne signifiait pas que la vie m'était rendue.

Je ne cherche pas à me justifier, mais cela me soulage un peu de tenter de déterminer pourquoi les choses se sont passées ainsi. Mon châtiment, ce n'est pas de devoir passer le restant de mes jours en prison. Il est mille fois pire encore et durera autant que mon existence. C'est de revoir à chaque instant devant moi les yeux de mes enfants et de me rappeler le regard qu'ils m'ont adressé quand ils ont compris ce que j'étais en train de faire.

L'enfer après la mort auquel ton Dieu nous condamne n'existe pas. L'enfer, c'est nous qui le faisons exister sur terre en nous trompant dans nos choix. La vie n'est pas quelque chose qui « nous arrive », nous en sommes nous aussi responsables.

Je respecterai ton souhait de ne plus te donner de mes nouvelles. Il faut cependant que je te dise une dernière chose avant que nos chemins ne divergent à nouveau. Si vraiment tu as mal quelque part, je pense que tu devrais te faire examiner et, pour plus de sûreté, aussi vite que possible.

Tu sais où je suis, au cas où tu aurais besoin de moi.

Ton amie, Vanja.

13

– Merci d'être venue.

Åse était assise sur le canapé de son confortable salon et Börje, son mari, avait posé une couverture sur ses épaules. À la fois atterré et infiniment reconnaissant, il était maintenant installé à côté d'elle, l'une de ses mains dans la sienne. De l'autre, une grosse patte de travailleur manuel, il n'arrêtait pas de s'essuyer les yeux.

Le médecin-chef Lundvall était debout au milieu de la pièce. Malgré l'enfer intérieur qu'elle vivait, elle avait réussi à surmonter l'épreuve de ces dernières heures en se réfugiant totalement dans son métier. Elle s'était entretenue avec des agents de police et des ambulanciers, avait interrogé les pompiers sur le sort de la camionnette et, ainsi renseignée, avait fini par raccompagner Åse chez elle et rapporter les faits importants à son mari. Pour plus de sûreté, le médecin-chef Lundvall avait choisi de rester debout dans cette confortable pièce. Car elle avait peur, si elle s'asseyait dans l'un de ces fauteuils très tentants et se détendait, que Monika ne retrouve la liberté. Prisonnière de cette façade de rationalité, elle rôdait au milieu des débris, à la fois désespérée et effrayée. À tout moment, elle risquait de s'évader et le médecin-chef Lundvall devrait alors veiller à se trouver à distance. Elle se préparait à prendre congé lorsqu'elle entendit la porte d'entrée s'ouvrir.

– Y a quelqu'un ?

C'est Börje qui répondit.

– Nous sommes ici.

Il regarda le docteur Lundvall et lui expliqua :

– C'est Ellinor, notre fille. Je lui ai demandé de venir.

L'instant suivant, celle-ci pénétra dans la pièce. C'était une jeune femme blonde à la démarche résolue. Elle n'avait qu'une seule idée en tête, ses parents assis sur le canapé, et ne vit donc pas le docteur Lundvall en passant à environ un mètre d'elle.

– Comment ça va ?

La fille d'Åse s'assit près de sa mère et posa le front sur son épaule. Les mains du père, de la mère et de l'enfant se nouèrent sur leurs genoux. La famille était réunie et prête à affronter ensemble la tourmente de la vie.

– Elle n'est pas blessée, mais elle n'est pas encore en mesure d'en parler. On lui a donné un calmant.

Börje s'exprimait calmement et à voix basse. Sa main rajustant la couverture qui avait glissé des épaules d'Åse exprimait sa tendresse. Ensuite, il caressa la tête d'Ellinor.

Monika commençait à faire des siennes et ne cessait de se heurter à la mince carapace qui la retenait prisonnière. Le docteur Lundvall, pour sa part, avait de plus en plus de mal à respirer et les choses devenaient urgentes, vraiment urgentes.

– Si vous n'y voyez pas d'inconvénient, je vais partir.

Cela s'entendait à sa voix. Du moins le percevait-elle personnellement. Mais les personnes assises sur ce canapé étaient peut-être trop accaparées par la gratitude qu'elles éprouvaient pour l'entendre également. Börje se leva et s'avança vers elle.

– Je ne sais pas quoi vous dire d'autre que merci. J'ai un peu de mal à trouver mes mots, en ce moment.

– Vous n'avez pas besoin de dire quoi que ce soit.

Elle prit la main qu'il lui tendait et la serra rapidement, puis se tourna vers Åse, qui la dévisagea avec un chagrin infini dans le regard.

– Au revoir, Monika, merci d'être venue.

À l'instant où elle entendit son nom, la façade s'effondra. Elle eut pourtant le temps de regagner sa voiture avant que le cri ne sorte.

Le véhicule connaissait la route mieux qu'elle. Incapable de quelque décision que ce soit, elle se retrouva soudain sur le parking du cimetière. Ses jambes parcoururent le trajet bien connu. La flamme allumée dans un autre temps vacillait toujours dans son petit réceptacle en plastique. Elle tomba à genoux, appuya le front contre la stèle glaciale et pleura. Elle n'aurait su dire combien de temps. Il faisait nuit depuis longtemps déjà et le lieu était désert, il n'y avait qu'elle, la stèle et la flamme. Toutes les larmes qui s'étaient docilement laissé dominer et écarter au cours des ans affluaient maintenant en pleine liberté. Elles ne parvenaient cependant pas à atténuer sa peine, simplement à la plonger plus profondément encore dans le désespoir. Elle ne pouvait rien faire. Une femme avait perdu son bien-aimé et un enfant avait perdu son père, mais elle était toujours vivante alors qu'elle n'était utile à personne. Une fois de plus, c'était elle qui survivait après avoir causé la mort de quelqu'un qui aurait dû vivre. S'il y avait un Dieu, ses voies étaient vraiment impénétrables. Pourquoi prendre Mattias et la laisser, elle ? Il y avait sur terre deux êtres qui avaient absolument besoin de lui. Son nouveau poste aurait dû être leur salut. Tandis que, pour sa part, elle était censée continuer comme si rien ne s'était passé. Elle n'avait qu'à rentrer retrouver celui qu'elle aimait et travailler tranquillement, par tous les moyens, à son avenir. Retrouver ses belles choses, son travail bien rémunéré et faire semblant de défendre les vies humaines alors qu'en pratique elle faisait tout le contraire.

Elle se releva et parcourut une nouvelle fois, après des milliers d'autres, l'inscription gravée sur la stèle.

À mon fils bien-aimé.

Ces mots si évidents, toujours si présents. Mais toujours hors de portée, également.

Elle posa les mains sur son nom, sur cette pierre glaciale, et au fond de son cœur elle n'avait qu'un souhait à formuler.

Pouvoir échanger sa place avec lui une fois pour toutes.

14

Maj-Britt était assise dans son fauteuil devant la télévision allumée. Les émissions s'étaient succédé devant ses yeux et, dès que le moindre semblant de réflexion était parvenu à se glisser dans ces images furtives, elle avait zappé. La seule chose à laquelle elle ne pouvait échapper, c'était cette douleur en bas de son dos. Celle-ci était encore plus nette depuis qu'elle avait pris connaissance de la dernière lettre de Vanja.

Avant de se réfugier dans ce flot d'images animées, sa théorie sur la conspiration contre elle s'était confirmée. Elle n'avait pas dit un mot de son mal, mais Ellinor l'avait percée à jour, avec ses yeux qui furetaient partout. Et qui d'autre qu'elle aurait pu en informer Vanja ?

Tout aurait pu redevenir comme avant, s'il n'y avait eu Ellinor. Si Vanja lui envoyait d'autres lettres, elle pourrait y échapper en s'abstenant de les lire. Ce dont elle avait déjà été obligée de prendre connaissance, et tout ce que cela avait déclenché, elle pourrait l'étouffer en regardant la télévision et en mangeant, si elle voulait s'en donner la peine. Il y avait hélas Ellinor. La gentille Ellinor, qui était en fait de mèche avec Vanja. Ce n'était sûrement pas un hasard si elles s'étaient introduites ensemble dans sa vie, toutes les deux, et avaient presque réussi à bouleverser son univers. Elles tramaient leur infâme complot derrière son dos, même s'il était difficile de comprendre leur but. La vie n'avait-elle pas toujours été ainsi faite, pour elle ? Ne lui avait-elle pas toujours été hostile, sans qu'elle puisse saisir pourquoi ?

Et puis il y avait la honte. Vanja savait parfaitement qu'elle mentait et qu'elle dépendait entièrement du service d'aide à domicile. Par ses mensonges, Maj-Britt avait avoué à quel point sa vie était un échec.

Elle n'entendit pas de bonjour lorsque la porte d'entrée s'ouvrit et se referma presque aussitôt. Saba leva la tête et frétilla un peu de la queue, restant cependant couchée devant la porte du balcon. Elle désirait sortir, mais Maj-Britt n'avait pas eu la force de se lever.

Elle entendit des pas approcher et, quand ils s'arrêtèrent, elle sut qu'Ellinor se trouvait dans la pièce, à un ou deux mètres derrière son dos.

– Bonjour.

Maj-Britt ne répondit pas et se contenta d'appuyer sur le bouton de la télécommande pour monter le son. Puis Ellinor apparut dans le coin de son champ visuel : elle se dirigeait vers Saba et la porte du balcon.

– Tu veux sortir ?

Saba se leva, frétilla de la queue et glissa son gros corps par l'ouverture de la porte. Il y avait du vent, au-dehors, et, voyant qu'une rafale allait faire claquer la fenêtre, Ellinor la referma. Maj-Britt nota que la jeune femme restait le dos tourné, à regarder par la vitre.

Quelque chose avait changé. Ellinor ne bavardait pas gaiement comme d'habitude et paraissait gênée. Maj-Britt en fut contrariée. Ce changement la perturbait, il fallait qu'elle parvienne à s'en arranger d'une façon ou d'une autre. Ellinor resta longtemps près de la porte et, lorsqu'elle se mit soudain à parler, ce fut tellement inattendu que Maj-Britt sursauta.

– Vous connaissez des gens, dans l'immeuble ?

– Non.

Elle avait répondu malgré elle. Le comportement inhabituel d'Ellinor lui faisait peur, d'autant plus qu'elle connaissait ses intentions véritables.

– De l'autre côté de la cour, il y a une famille dont le père est décédé, hier, dans un accident de la circulation.

Maj-Britt ne désirait rien savoir, mais elle voyait très bien l'homme en question, c'était celui qui allait pousser sa fille sur la balançoire et dont la femme semblait avoir mal quelque part. Comme d'habitude, on l'informait d'événements qu'elle n'avait pas demandé à connaître et qu'elle préférait ignorer. Elle changea de chaîne.

Ellinor ouvrit la porte pour laisser rentrer Saba, puis Maj-Britt l'entendit passer dans la cuisine. À la télévision, une émission détaillait la façon dont on modifie l'apparence de diverses personnes grâce au maquillage et à la chirurgie esthétique. Maj-Britt réussit ainsi à rester à l'abri pendant un bon moment. Puis Ellinor revint. Maj-Britt fit semblant de rien mais, du coin de l'œil, elle vit Ellinor pénétrer dans la pièce avec quelque chose dans les mains. Elle alla s'asseoir sur le canapé avec l'aisance de ceux qui savent qu'ils pourront s'en relever à n'importe quel moment.

– Je vais réparer ça.

Maj-Britt tourna la tête. Ellinor avait posé sur ses genoux l'une des deux robes qu'elle pouvait encore porter, la bleue, dont les coutures commençaient à céder. Elle aurait aimé refuser, mais savait que c'était inévitable. La seule alternative aurait été de s'en faire confectionner une neuve, or elle tremblait encore de rage au souvenir de la fois précédente. Et, quant à en fabriquer une personnellement, non. Bizarrement, elle n'y avait jamais pensé, pas même à l'époque où cela lui aurait été physiquement possible. Elle n'avait d'ailleurs pas de fil ni d'aiguille. Pourtant, voir Ellinor toucher le tissu de sa robe, voir ses mains et ses doigts se promener sur ce qui, en temps habituel, était en contact avec son corps, constituait un spectacle affreux.

Elle serra les mâchoires et reporta son regard vers la télévision. Mais, peu après, un geste d'Ellinor attira son attention : elle levait le bras au-dessus de la tête. Maj-Britt n'eut pas le temps de réfléchir ni de comprendre ce qui l'avait poussée à tourner la tête vers Ellinor, tandis qu'elle éprouvait une frayeur qui la figeait sur place. Elle observa l'aide-ménagère : celle-ci tenait entre ses mains une longueur de fil à coudre et Maj-Britt, fascinée, ne put s'empêcher de suivre celui-ci jusqu'à la bobine qui se trouvait dans sa main gauche. Après cela, il fut trop tard. Des années de défenses soigneusement édifiées s'écroulèrent comme un château de cartes. Elle put même entendre le double bang qui retentit lorsque les souvenirs affluèrent soudain du désert blanc et vinrent prendre place au centre du cercle. Comme un store baissé dont le ressort tendu à l'extrême cède soudain et qui remonte avec un claquement sec. Paralysée, Maj-Britt resta à contempler ce qui prenait soudain forme dans son champ visuel. Pendant des années, elle avait réussi à le tenir à l'écart, mais cela surgissait maintenant du fond du passé. Or, elle ne pouvait rien faire pour se protéger.

Rien.

Elle était assise dans une cuisine qui n'était pas celle de ses parents mais celle du pasteur et de sa famille. Cela faisait près de deux semaines qu'elle était là, qu'elle dormait dans une chambre glaciale où il y avait deux lits, dont l'autre était occupé par la femme du pasteur.

Elle n'avait pas été seule une minute et n'avait pas eu le droit de quitter cette chambre une seconde, sauf pour se rendre dans la salle de bains, le matin et le soir. Jamais seule, cependant, car on laissait toujours la porte légèrement entrouverte et la femme du pasteur restait postée devant.

C'était une grande maison de bois et elle reconnaissait les bruits qui l'habitaient. La nuit, en particulier, ils se glissaient à l'improviste dans la chambre, le long des lames sombres du parquet. Elle se réjouissait alors de ne pas être seule mais, dans la journée, elle aurait aimé pouvoir être un moment tranquille. Impossible. Elle était sous surveillance et savait que c'était nécessaire, que c'était pour son bien, pour lui venir en aide après ce jeu auquel ils s'étaient adonnés dans la remise à bois. On allait l'aider à chasser ces pensées qui lui venaient parfois et l'incitaient à faire des choses qu'elle ne voulait pas.

Elle était alors assise sur une chaise de cuisine et voyait la femme du pasteur poser des tasses et des soucoupes sur un plateau. Elle sentait qu'elle aurait dû lui prêter main-forte et pourtant elle n'osait pas demander. Bien qu'elles ne se soient pas quittées d'une semelle ces dernières semaines, sauf en de rares occasions où le pasteur avait remplacé sa femme, elles ne se connaissaient pas. Une bonne partie de ce temps s'était écoulé en silence et le reste avait été consacré à la prière et à la lecture des Écritures. Elle était reconnaissante envers cette femme qui acceptait de sacrifier une aussi grande partie de son temps pour lui venir en aide, et pourtant cela l'effrayait aussi car on sentait nettement qu'elle ne l'aimait pas vraiment et qu'elle ne faisait cela que par devoir. C'était quelque chose qu'il fallait faire.

Maj-Britt huma la bonne odeur de petits pains frais et regarda par la fenêtre. La nuit était tombée et elle ne voyait rien. Elle ne comptait plus les fois où elle s'était trouvée de l'autre côté de la vitre, devant la barrière le long du chemin, et avait levé les yeux vers cette belle maison, vu ces fenêtres éclairées et imaginé ce que ce devait être que de vivre là. De l'autre côté, dans cette maison où l'amour de Dieu était si évident qu'Il avait choisi de parler par la bouche de celui qui y habitait. Et maintenant elle se trouvait elle-même à l'intérieur, elle avait été accueillie dans ce foyer et ils lui avaient fait don de leur temps pour lui venir en aide, ainsi qu'à ses parents, et faire en sorte que tout rentre dans l'ordre. Elle éprouvait une immense gratitude. Ces gens savaient ce qu'elle avait fait et, les premiers jours, elle n'avait pas osé les regarder en face. Elle avait fait tout ce qu'elle avait pu pour tenter de refouler le souvenir de cet instant où son père l'avait surprise, pantalon baissé et en culotte, devant Vanja et Bosse. C'était ce dernier qui jouait le rôle du docteur et Vanja tenait celui de l'infirmière. Ils n'avaient rien d'autre en tête : simplement baisser leur pantalon, l'un après l'autre. Le plus honteux était en fait de s'avouer qu'elle avait éprouvé des sortes de picotements de curiosité dans la poitrine. Elle n'avait même pas ressenti de malaise quand le Diable s'était emparé d'elle, mais elle n'osait le reconnaître. Cela devait rester un secret qu'elle dissimulerait à jamais. Mais l'on ne peut rien dissimuler à Dieu et au pasteur, non plus, peut-être, car chaque soir il n'avait cessé de lui répéter ce passage de la Bible : « Si le mal a été doux à sa bouche, s'il l'a caché sous sa langue, s'il s'y est complu sans l'abandonner et l'a retenu en son palais : la nourriture dans ses entrailles se décompose en venin de l'aspic. Il a englouti des richesses, il les vomira ; Dieu les retirera de son ventre. Il a sucé le venin de l'aspic, la langue de la vipère le tuera. »

Et elle avait prié de plus en plus fort Dieu de venir à son secours. Pendant deux semaines, elle avait demandé de figurer au nombre des élus, comme les autres membres de la Communauté, et de pouvoir être l'objet de Son amour et de Sa grâce. Elle ne demandait pas à comprendre, sachant que Ses voies étaient impénétrables, mais elle aurait tellement aimé pouvoir obéir ! Qu'Il la force à se soumettre, pour qu'elle soit pure.

Elle ne savait pas pourquoi elle était assise dans cette cuisine et, comme elle n'avait pas d'autre occupation, elle en profita pour prier ainsi qu'on lui avait appris à le faire au cours des deux dernières semaines. Il ne fallait pas faire mauvais usage de la grâce de Dieu.

Elle entendit le bruit régulier des tasses de porcelaine qu'on posait sur les soucoupes et le tintement des cuillers qu'on glissait à côté. La femme du pasteur était passée dans la salle à manger et c'était de là que ces bruits cherchaient à regagner les placards d'où on avait extrait les tasses. Ces sons avaient quelque chose d'agréable et de rassurant. L'odeur des petits pains et le bruit de cette table qu'on était en train de dresser. On lui avait accordé la permission de sortir de sa chambre et cela signifiait forcément qu'elle avait répondu à leur attente, qu'ils avaient réussi à la guérir et considéraient maintenant qu'on lui faisait confiance pour fréquenter le reste de l'humanité.

– Tu peux venir ici, Maj-Britt ?

Elle se leva aussitôt et passa dans la salle à manger, d'où la femme du pasteur l'avait appelée. Celle-ci se tenait derrière une chaise, les mains posées sur le dossier, au bout de la table. La pièce était belle. Une grande table brune trônait en son centre, entourée de douze chaises, et il y en avait quatre autres le long de deux des murs. Un immense buffet du même style que le reste de l'ameublement occupait le troisième côté de la salle à manger. Quant au quatrième, c'était celui sur lequel s'ouvrait la porte de la cuisine. Maj-Britt se tenait sur le seuil.

– Tu peux aller t'asseoir là-bas.

La femme du pasteur désigna l'une des chaises le long du mur. Maj-Britt s'exécuta en se demandant pourquoi on avait mis un aussi beau service et qui on pouvait attendre pour prendre le café ce soir-là. Elle éprouva une certaine impatience, car cela faisait de nombreux jours qu'elle n'avait vu personne d'autre que le pasteur et sa femme. Et si son père et sa mère venaient ? Elle leur montrerait, alors, que leurs prières n'avaient pas été vaines et que leur fille s'était amendée. Elle ressentit presque une pointe de fierté, rien qui fût de l'ordre de la vantardise pourtant, plutôt un léger soulagement. Elle avait réussi à se purifier de tout ce qui, en elle, l'avait incitée à s'éloigner du droit chemin. On lui était certes venu en aide et elle en était très reconnaissante, mais c'était elle qui avait obtenu ce résultat. Grâce à l'ardeur de ses prières, elle avait finalement pris le dessus sur ces pensées qui ne cessaient d'échapper à sa vigilance. Dieu l'avait enfin entendue. Il avait fait bon accueil à ses prières et était venu à son secours. Il lui avait fait la grâce de lui pardonner et ne lui imposerait plus de souffrances. Pas plus qu'à ses parents, qui seraient eux aussi épargnés.

La femme du pasteur se dirigea vers le buffet et ouvrit le tiroir central. Elle chercha quelque chose, le dos tourné, et on entendit le bruit de divers petits objets qu'elle déplaçait. Puis elle se retourna, tenant à la main une bobine. Le fil était d'un blanc parfait.

– Enlève ta jupe et tes sous-vêtements.

Pour commencer, Maj-Britt ne comprit pas le sens de ces paroles. Un bref instant, il n'y eut encore que l'odeur de ces petits pains frais et un sentiment d'espoir et de confiance. Mais, aussitôt après, la peur s'insinua en elle. Ses vêtements n'étaient pas déchirés, pourquoi donc ce fil ? Elle observa de près sa jupe, en quête d'une couture défaite, sans parvenir à en trouver.

– Allez, fais ce que je te dis, puis rassieds-toi.

La voix était douce et amicale. Elle ne cadrait pas avec les mots qu'elle prononçait et Maj-Britt ne comprit pas ce qu'on attendait d'elle. La femme du pasteur leva alors le bras au-dessus de sa tête pour tirer une longueur de fil. En l'abaissant, elle jeta un coup d'œil à sa montre.

– Dépêche-toi, pour que j'aie le temps de mettre le reste sur la table.

Maj-Britt était incapable de bouger. Ôter ses vêtements dans la salle à manger du pasteur ! Elle ne comprenait pas. Elle voyait cependant que la femme s'impatientait et ne voulait pas la contrarier. Avec des mains qui tremblaient, elle obéit et se rassit. La honte lui faisait l'effet d'une brûlure. Elle posa ses mains sur le bas de son ventre pour cacher son intimité. Ses vêtements étaient maintenant en tas à côté de la chaise, et elle avait beaucoup de mal à résister à l'envie de les ramasser et de s'enfuir en courant.

La femme du pasteur vint alors s'accroupir à côté d'elle. Puis elle prit le fil blanc et le fixa à sa jambe droite, juste sous le genou, au moyen d'un simple nœud, avant d'attacher l'autre extrémité au pied de la chaise.

– Nous faisons cela par amour pour toi, Maj-Britt, pour que tu comprennes la gravité de ce que tu as fait.

En disant cela, elle prit les vêtements et se leva.

– C'est par amour pour toi et pour tes parents. Nous cherchons tous, dans la Communauté, à t'aider à retrouver le droit chemin.

Maj-Britt sentit qu'elle se mettait à trembler. Son corps était parcouru de frissons de peur et d'humiliation. Dieu l'avait trompée. Il ne lui avait pas pardonné, Il l'avait simplement bercée de faux espoirs en attendant que vienne Son heure.

– Par amour, Maj-Britt, même si ce n'est peut-être pas l'impression que tu as. Quand tu seras grande, tu comprendras. Nous voulons simplement te montrer ce que tu aurais dû éprouver quand tu as ôté tes vêtements devant ce garçon. Et ce que tu ressentiras toujours, si tu ne changes pas de comportement.

Elle plia soigneusement les vêtements et les emporta dans la cuisine. Maj-Britt resta immobile. Elle avait très peur que le fil ne casse si elle bougeait.

Il s'écoula un certain temps. Un temps parfaitement blanc, dépourvu de minutes et de secondes, uniquement des instants qui se déplaçaient vers l'avant et perdaient de plus en plus de leur signification. Un gros lustre aux cristaux étincelants était suspendu au-dessus de cette table si joliment dressée, de ces tasses blanches décorées de belles fleurs. La femme du pasteur revint alors avec deux plats remplis de pains à la cannelle à l'odeur délicieuse. Et peut-être était-ce une bonne chose qu'elle soit immobilisée par ce fil à la patte, sinon elle aurait été capable de tous les dévorer avant l'arrivée des invités. Mais voilà justement qu'ils se présentaient. Elle entendit la sonnette et des bruits de voix confus, sans parvenir à distinguer ce qui se disait. Cela ne la regardait sûrement pas. Le courant d'air de la porte d'entrée fit étinceler les cristaux du lustre comme s'il s'agissait de pierres précieuses. Quelle joie d'être assise là et de contempler une telle merveille. Les invités pénétrèrent dans la pièce, deux par deux ou l'un après l'autre ils vinrent prendre place à la table, les Gustavsson et les Wedin, puis Ivar, le chef de ce chœur dans lequel elle aimait tellement chanter. Les Gustavsson avaient amené Gunnar, leur fils. Ce qu'il avait grandi ! Ils étaient tous bien habillés, en costume et en robe, comme pour aller à la messe du dimanche. Gunnar lui-même était en costume, bien qu'il n'eût que quatorze ans. Ses habits bleu foncé et sa cravate lui donnaient l'air d'un adulte. Et puis venaient papa et maman. C'était bon de les revoir enfin, mais elle comprenait bien qu'ils n'avaient pas eu le temps de s'occuper d'elle. Le pasteur s'était mis à parler des affaires courantes de la Communauté pendant que l'on offrait les petits pains et que l'on remplissait les tasses à café. Pourtant, sa mère avait l'air triste. À plusieurs reprises, elle s'essuya les yeux avec son mouchoir et Maj-Britt aurait aimé pouvoir aller la consoler, lui dire que tout allait bien, mais elle était attachée à sa chaise et savait qu'il fallait qu'elle reste là. Ils faisaient cela pour elle, même si, en cet instant, ils l'ignoraient, comme si elle n'était pas là. Seul Gunnar lançait de temps en temps un regard dans sa direction.

Soudain, chacun se prépara à partir. On se leva de table et on passa l'un derrière l'autre dans l'entrée, où les voix s'assourdirent. Elle ne distingua plus qu'un murmure, dominé par les voix du pasteur et de sa femme. Brusquement, les secondes reprirent leur place dans le temps en se bousculant un peu.

Elle était assise, nue, sur une chaise de la salle à manger du pasteur et elle avait maintenant compris ce qu'elle aurait dû ressentir.

Elle savait maintenant qu'elle ne referait jamais ce qu'elle avait fait.

Le lendemain, elle put rentrer chez elle, avec la bobine de fil en guise de souvenir. On plaça celle-ci sur l'étagère de la cuisine, pour qu'elle n'oublie jamais.

15

Certaines choses ne sont pas faites pour qu'on les garde. Elles sont seulement censées passer, rappeler aux gens ce qu'ils n'auront jamais et faire en sorte qu'ils ne mésusent pas de leurs désirs les plus fous, qu'ils les oublient, voire qu'ils apprennent à vivre avec eux et en éprouvent une certaine satisfaction. Quand les gens ne veulent pas comprendre l'étendue de leur misère, il est temps de la leur rappeler, de leur permettre d'en ressentir le goût et les désaltérer un peu.

C'est ce qu'avait été Thomas.

Un mémento venu dire un petit bonjour et parler du tour que sa vie aurait pu prendre.

Si elle n'avait pas été de celles qui vivaient au prix de la mort des autres.

Le genre de femme ayant épuisé tous ses droits.

Tout était en lambeaux. Cet espoir bouleversant qu'elle avait nourri s'était évanoui et dissous dans le désespoir sans bornes qui lui avait succédé.

Elle était assise sur une chaise, près de la fenêtre de la salle de séjour. Cette belle pièce aux meubles dont le prix ne l'avait jamais fait renoncer. Tout était choisi avec goût, avec soin et après mûre réflexion. Cela faisait la fierté de qui vivait là et l'envie de qui n'y venait qu'en visite.

Par comparaison.

Une source de désirs.

Toutes ses belles et précieuses choses.

Les lampes de l'appartement étaient éteintes. Seul le reflet glacial d'un réverbère dessinait une large allée de lumière sur le parquet, avant de s'arrêter au pied de la bibliothèque, près du mur opposé. Juste au-dessus trônait la sculpture en verre. Nombre de ses collègues en possédaient une du même genre, pas exactement identique mais presque. Pour marquer qu'on avait à la fois du goût et de l'argent.

Elle éteignit son portable. Il avait appelé plusieurs fois, mais elle n'avait pas répondu. Elle était simplement restée assise près de la fenêtre, dans cette salle de séjour qui avait perdu beaucoup de son importance à ses yeux, laissant les heures s'écouler.

Il lui avait été facile de meubler ses loisirs. Télévision, gymnastique, heures supplémentaires. En célibataire, elle avait l'habitude de planifier l'utilisation de son temps, non pour ne pas en perdre mais, au contraire, pour qu'il n'y ait pas de temps morts, de trop longues pauses au cours desquelles tout s'arrêtait et les idées noires prenaient le relais. Vivre était déjà assez difficile. Quand cela finissait par devenir trop pénible, elle pouvait toujours se consoler en allant acheter un nouveau vêtement, une bouteille de vin de prix, une paire de chaussures neuves ou un bibelot supplémentaire destiné à parachever la perfection de son intérieur. Elle en avait les moyens. Et le temps.

Tout ce qui lui manquait, c'était une existence.

Et nulle fortune au monde n'aurait pu réparer ce qui venait de se briser.

Dans la rue, à ses pieds, les formes se firent de plus en plus floues et finirent par se dissoudre dans la lumière de l'aube. Une nouvelle journée s'annonçait pour elle et pour tous ceux qui existaient encore. Mais pas pour Mattias. Pour Pernilla et sa fille commençait le long voyage vers l'acceptation des injustices de la vie et de ses voies impénétrables.

La première journée.

Elle ferma les yeux.

Pour la première fois de sa vie, elle aurait aimé être croyante. Avoir une petite poignée à laquelle se cramponner. Elle aurait échangé avec gratitude chacun des objets de cette pièce pour nourrir, fût-ce l'espace d'une seconde, un rien de confiance. Se dire qu'il y avait un sens à tout cela, une cause cachée qu'elle ne comprenait pas, un dessein divin auquel se fier. Mais il n'en existait pas. La vie lui avait prouvé pour de bon à quel point elle était absurde et aucun effort ne pouvait y changer quoi que ce soit. Il n'y avait rien en quoi elle puisse croire. Nulle consolation.

Son monde était bâti sur la science. Tout ce qu'elle avait appris, ce qu'elle utilisait, ce en quoi elle se fiait était pesé avec soin, mesuré, prouvé. En matière de recherches, elle acceptait seulement les résultats précis et solidement étayés par l'expérience. C'était là que résidait la sécurité. Et puis ici aussi, dans cet intérieur parfait. Dans ce qui pouvait être observé et évalué. De cette façon seulement les choses prenaient de la valeur. Mais cela ne suffisait plus, maintenant que le monde vacillait et hurlait qu'on lui assigne un but, un sens. Pourquoi cela était arrivé et ce qu'il fallait qu'elle fasse. Elle se contenterait du sentiment d'un petit, d'un tout petit peut-être, d'une infime sensation, si seulement cela pouvait l'amener à mettre de côté la logique et à avoir des raisons d'espérer.

Le téléphone sonna. Comme d'habitude, le répondeur se déclencha au bout de la quatrième sonnerie.

« C'est moi, encore une fois. Il faut vraiment que je te dise… je ne sais pas si je vais pouvoir supporter ça. Je te serais très reconnaissant si tu pouvais me donner de tes nouvelles et m'expliquer ce qui se passe, pour que je sache. Ce n'est peut-être pas trop demander, hein ? »

Elle ne ressentit rien en reconnaissant sa voix. Il l'appelait depuis une autre vie, qui ne la concernait plus. Comme si elle n'avait pas le droit de partir en fumée. Elle ne lui devait rien, à lui, c'était envers les autres qu'elle avait une dette.

Le téléphone était posé sur le rebord de la fenêtre. Elle souleva le combiné et composa pour la dernière fois ce numéro qu'elle connaissait si bien. Il répondit dès la première sonnerie.

– Thomas.

– Monika Lundvall à l'appareil. Tu m'as laissé un message sur mon répondeur pour me demander une explication, alors je voulais simplement te dire que je ne désire plus te rencontrer. D'accord ? Au revoir.

Elle passa dans la cuisine, versa de l'eau dans la bouilloire, appuya sur le bouton et resta à attendre. Il était sept heures moins vingt. Quelque part, non loin de là, ne tarderait pas à se réveiller un enfant d'un an qui n'avait plus de père. Elle passa ensuite dans son bureau, prit l'annuaire et chercha le nom. Il n'y avait qu'un seul Mattias Andersson. Là, au moins, il existait encore. Ce ne serait que lors de la prochaine édition que ce patronyme disparaîtrait. Elle nota l'adresse et enregistra le numéro de téléphone sur son portable. Puis l'attente reprit. De la vapeur se mit à jaillir de la bouilloire et le bouton indicateur passa au vert, signe que l'eau était chaude. Mais elle n'y toucha pas. Au lieu de cela, elle passa dans l'entrée et mit son manteau.

C'était un immeuble de quatre étages en forme de U. Sur la pelouse, au milieu, se trouvait un petit terrain de jeux clos : un banc, un bac à sable et quelques balançoires. L'entrée portant leur numéro était située dans l'aile gauche. Elle resta un instant immobile pour s'imprégner de ce milieu inconnu et chercha des signes indiquant que certains habitants venaient de vivre une tragédie. Un bruit lui fit tourner la tête. Au rez-de-chaussée de l'aile droite, la porte d'un balcon s'ouvrit et le chien le plus gras qu'elle ait jamais vu sortit par une ouverture pratiquée entre les lattes. L'animal la regarda un instant avant de se désintéresser d'elle. Puis il eut l'air de se demander si cela valait vraiment la peine de traîner son gros corps le long de la petite échelle conduisant à la pelouse. Monika laissa le chien à son sort et commença à se diriger vers l'entrée. À chaque pas qu'elle faisait, elle avait conscience de marcher sur ses traces, de suivre un chemin qu'il avait lui-même emprunté. Elle posa la main sur la poignée en plastique, noire et ronde, de la porte d'entrée de l'immeuble. Elle ferma les yeux et laissa un instant sa main là où elle se trouvait. C'était étrange, les poignées. Elle ne pensait jamais à elles mais quand, après bien des années, elle revenait dans des bâtiments où elle avait fréquemment séjourné plus tôt dans sa vie, ses mains reconnaissaient toujours la poignée de la porte. Elles n'oubliaient jamais. Les mains avaient une aptitude particulière à emmagasiner le savoir et les souvenirs. Cette poignée-ci avait été celle de Mattias. Ses mains avaient gardé le souvenir de sa forme, elles avaient tiré tout naturellement cette porte chaque fois qu'il rentrait et, quand il était parti de chez lui, ce jeudi-là, il ne pouvait pas savoir qu'il ne le ferait plus jamais.

Elle ouvrit et pénétra dans la cage d'escalier. Sur le mur de gauche un tableau sous verre indiquait le nom des occupants, en capitales blanches de plastique sur fond de feutre bleu. L'appartement des Andersson était situé au deuxième étage. Lentement, elle monta l'escalier. Elle laissa sa main courir sur la rampe en se demandant s'il faisait souvent cela, lui aussi. Elle écouta les bruits matinaux qui émanaient des appartements devant lesquels elle passait. Des voies sourdes, quelqu'un qui actionnait une chasse d'eau, un peu plus haut une porte qu'on ouvrait puis refermait au moyen d'un trousseau de clés assez bruyant. Ils se croisèrent dans l'escalier, à mi-chemin entre le premier et le deuxième étage. C'était un homme d'un certain âge, portant un manteau et une mallette, qui la salua poliment. Monika répondit avec un sourire. Puis il disparut et elle continua à monter. Sur le palier, il y avait trois portes, les Andersson habitaient derrière celle du centre. C'était là qu'ils vivaient.

Au-dessus de la fente de la boîte à lettres, on avait scotché un dessin d'enfant. Monika approcha. Des traits et des formes diverses et incompréhensibles, pêle-mêle, au stylo-feutre vert. De ces formes partaient des flèches rouges au bout desquelles quelqu'un sachant écrire avait interprété l'œuvre de l'artiste : « Daniella, maman Pernilla et papa Mattias. »

Elle leva la main vers la poignée de la porte mais s'interrompit juste avant de la toucher : elle voulait simplement éprouver un sentiment de proximité. Au même moment, elle entendit Daniella qui se mit à pleurer derrière la porte, et elle retira très vite la main. Le bruit d'une autre porte qu'on ouvrait quelque part dans l'escalier l'incita à redescendre rapidement et à regagner sa voiture.

Mais maintenant, elle savait où les trouver.

Quand elle rentra chez elle, il l'attendait, assis sur le palier. Elle le vit avant d'avoir monté les dernières marches et ses jambes ralentirent l'allure sans pour autant s'arrêter. Elle se contenta de passer devant lui et de gagner sa porte.

– Je croyais m'être fait comprendre, au téléphone. Je n'ai pas grand-chose d'autre à te dire.

Elle lui tournait le dos, cherchant la bonne clé. Il ne répondit pas mais elle sentit son regard peser sur sa nuque. Elle déverrouilla la porte et se retourna.

– Qu'est-ce que tu veux ?

Il avait l'air fatigué, ses yeux étaient cernés, et il était mal rasé. Elle ne désirait rien plus ardemment que se jeter dans ses bras.

– Je voulais seulement que tu me le dises en face.

Le médecin-chef Lundvall changea de pied d'appui pour montrer son impatience.

– Bon : je ne veux plus te voir.

– Tu ne pourrais pas aller jusqu'à me dire ce qui s'est passé ?

– Rien. J'ai simplement compris que nous ne sommes pas faits l'un pour l'autre, tous les deux. C'était une erreur dès le début.

Elle fit un pas vers l'intérieur de l'appartement puis s'apprêta à tirer la porte derrière elle.

– Tu as rencontré quelqu'un d'autre ?

Elle s'arrêta au milieu de son geste, hésita une seconde et se rendit compte que c'était en effet ce qui s'était passé.

– Oui.

Le bruit qu'il émit avait tout de celui qu'on produit quand on pouffe de dédain. Instinctivement, elle éprouva le besoin de se défendre. Si quelqu'un pouffait ainsi, c'était qu'on avait mérité son mépris.

– J'ai rencontré quelqu'un qui a vraiment besoin de moi.

– Parce que moi, ce n'est pas mon cas ?

– Peut-être que si, mais pas autant que lui.

Elle ferma la porte, le rejetant définitivement hors de sa vie. Et elle comprit que chacune des paroles qu'elle avait prononcées était exacte. Elle avait rencontré quelqu'un d'autre. Thomas n'avait pas besoin de savoir que cet homme était mort. Le lourd fardeau de Mattias était toujours là et, désormais, elle se devait de l'assumer. C'était le moins qu'on pouvait exiger d'elle. On ne pouvait revenir en arrière, la seule solution consistait à réparer ce qui pouvait l'être. En s'accordant Thomas, elle avait tenté de s'arroger un bonheur auquel elle n'avait pas droit et ce qui venait d'arriver à Mattias était une ultime remontrance. Il ne lui restait plus qu'à s'incliner. Son sacrifice n'était rien en comparaison du mal qu'elle avait occasionné.

Elle alla dans la salle de bains se laver les mains et entendit la porte d'entrée de l'immeuble se refermer derrière lui. Ce n'est qu'alors qu'elle s'aperçut, en voyant son visage dans la glace, qu'elle pleurait.

Ses doigts composèrent sur son portable le numéro abrégé du directeur de la clinique. Pour la première fois depuis onze ans qu'elle y travaillait, elle se mettait en congé maladie. Comme elle ne voulait pas contaminer les autres, il valait mieux ne pas compter sur son retour avant la fin de la semaine suivante. Puis elle passa dans la salle à manger et laissa ses doigts courir sur le dos de ses livres. Sur la troisième étagère, elle trouva ce qu'elle cherchait, sortit le volume et s'allongea sur le canapé. Elle prit une pomme dans la coupe de fruits posée sur la table et ouvrit l'*Histoire de Suède* à la première page.

16

Debout devant la glace de sa chambre, elle se contorsionnait pour tenter de se voir de dos, ce qui était impossible car il aurait fallu que son corps adopte une position totalement acrobatique. Elle n'aurait jamais eu l'air qu'elle avait en ce moment si elle avait regardé droit devant elle. Pourtant, elle voulait absolument savoir à quoi elle ressemblait vue de dos, car c'était le spectacle qu'elle lui offrait en général. Mais pas aujourd'hui. Ce jour-là avait quelque chose de particulier.

Elle avait emprunté le corsage neuf de Vanja, la seule qui était au courant, la seule à laquelle elle ait osé en parler. Elle était étrange, Vanja. Cela faisait des années qu'elles étaient amies sans qu'elles sachent pourquoi. Elles formaient une paire peu vraisemblable. Vanja était courageuse, n'hésitait pas une seconde à dire ce qu'elle pensait et s'y tenait en toutes circonstances. Maj-Britt savait qu'elle n'avait pas l'existence facile, chez elle, son père était bien connu dans la localité, personne n'ignorait qui il était et surtout pas ses problèmes d'alcool. Pourtant, Vanja ne se laissait pas impressionner par ce mépris. Dès qu'elle percevait la moindre condescendance dans une remarque, elle répliquait sur le même ton avec la rapidité de l'éclair. Elle réagissait comme un boxeur, pas physiquement mais verbalement. Maj-Britt l'admirait et aurait aimé oser dire ce qu'elle pensait avec autant de naturel et surtout ne pas en démordre.

Chez Vanja, il n'était jamais question de Dieu. En revanche, Satan était souvent invoqué [1]. Maj-Britt avait du mal à savoir quoi en penser. Elle n'aimait pas les jurons mais, curieusement, l'air était plus respirable chez Vanja que chez elle. On aurait dit que Dieu avait ménagé un petit havre de liberté et que celui-ci se situait justement chez Vanja. Même quand le père de celle-ci était ivre, qu'il restait assis à la table de la cuisine à proférer dans sa barbe des propos incohérents, et que Vanja l'abreuvait des qualificatifs les plus affreux, même dans ces cas-là, elle se sentait plus à l'aise là-bas que chez elle. Car, dans la maison de Maj-Britt, Dieu était sans cesse présent. Il notait le moindre écart de conduite et voyait la moindre pensée ou intention afin de déterminer, ensuite, si les bonnes actions les équilibraient. Chez eux, il n'y avait pas de porte fermée, de lampe éteinte ni de solitude qui soit à l'abri de Son regard.

Aussi loin que Maj-Britt pouvait se souvenir, Vanja avait été pour elle une soupape de sécurité, une petite ouverture donnant sur le monde extérieur et par laquelle pénétrait un air frais venu d'ailleurs. Mais elle faisait très attention à ne pas montrer à ses parents l'importance que cela revêtait à ses yeux. Ils auraient sûrement préféré la voir fréquenter les jeunes de la Communauté et n'avaient pas fait grand-chose pour cacher ce qu'ils pensaient de Vanja. Cependant, ils n'avaient jamais été jusqu'à lui interdire de la voir, ce dont elle était reconnaissante ; l'existence aurait été beaucoup plus difficile sans elle. À qui d'autre aurait-

1. Comme tous les protestants, les Suédois jurent par le Diable. (*N.d.T.*)

elle pu confier ses angoisses sans cesse croissantes ? Elle avait tenté d'interroger Dieu et Il n'avait pas répondu.

Peut-être Vanja pensait-elle que ce qui la tracassait tellement était parfaitement normal et y voyait-elle même une preuve de bonne santé. Mais Maj-Britt en savait plus qu'elle. C'était à cause de toutes ces pensées qui la travaillaient et l'incitaient à se livrer à ces horreurs que Dieu ne voulait pas d'elle. Elle avait très peur de devenir aveugle ou d'avoir des plaies aux mains, elle savait que c'était parfois le sort de ceux qui péchaient comme elle. Mais elle n'avait jamais osé le dire, même à Vanja.

Elle entendit sa mère faire du bruit dans la cuisine, ce qui signifiait que le repas n'allait pas tarder. Après manger, Maj-Britt irait chanter. Pas avec les enfants : à quatorze ans, il y avait de cela quatre ans, elle avait rejoint le chœur des adultes – altos, sopranos, basses et ténors. Elle chantait bien et avait réussi à convaincre ses parents de la laisser faire partie du chœur de l'église, et pas seulement de celui de la Communauté. Ils avaient accepté à condition que, en cas d'incompatibilité d'horaires, elle accorde toujours la priorité à ce dernier.

Il avait une très belle voix de ténor et le chef de chœur le choisissait toujours pour les morceaux les plus délicats.

– Göran, tu prendras l'octave supérieure. Vous autres, vous vous arrêterez plus bas, si vous n'y arrivez pas.

Elle savait qu'il l'avait remarquée, même s'ils n'avaient échangé que quelques rares propos. Lors de la pause, elle restait toujours assise parmi les autres sopranos, mais il arrivait que leurs regards se croisent, entre les altos et les basses. Ils s'effleuraient un instant, pour s'éloigner ensuite timidement. Ce jour-là, cependant, il en irait différemment. Ce soir, leurs regards ne pourraient se cacher nulle part, car ils seraient seuls avec le chef de chœur. Il leur avait demandé, à Göran et elle, de venir avant les autres. Il les avait en effet choisis comme solistes pour le concert de Noël. Elle était extrêmement fière de cet honneur. Surtout en compagnie de Göran.

Elle le vit de loin, en arrivant à l'église. Il était assis sur les marches, en train d'étudier sa partition. Instinctivement, elle ralentit l'allure, ne sachant pas si elle allait oser rester seule avec lui. Si le chef de chœur tardait, ils devraient l'attendre devant l'église et que lui dirait-elle ? Peu après, il leva les yeux et la vit. C'est le cœur battant qu'elle continua à avancer. En la voyant approcher, il sourit.

– Bonjour.

Elle répondit à son salut et baissa rapidement le regard. Elle avait l'impression que ses yeux avaient décidé seuls de se porter ailleurs, sous le coup de la brûlure qu'elle ressentait.

Le silence dura un peu trop longtemps pour être agréable. Ils restèrent tous deux plongés dans leur partition comme s'ils ne l'avaient encore jamais vue. Stupéfaite, Maj-Britt comprit que Göran, qui, habituellement, se faisait toujours remarquer, ne savait soudain plus quoi dire.

– Tu as eu le temps de répéter ?

Elle fut reconnaissante de pouvoir répondre à cela.

– Oui, un peu. Mais je trouve que c'est dur, *a capella.*

Göran approuva d'un signe de tête et, juste après, prononça d'étranges paroles qu'elle ne devait cesser de se remémorer, au cours des jours suivants.

– Je suis presque plus inquiet de chanter devant toi seule qu'à l'idée du concert de Noël.

Elle eut un sourire gêné en entendant cela. Et, lorsque les pas du chef de chœur se firent entendre sur le gravier de l'allée, ses yeux osèrent pour la première fois croiser les siens.

– On saute le prélude et tu prendras directement à la deuxième strophe après le refrain.

Maj-Britt était assise au premier rang. Bien que Göran ait avoué être nerveux, elle était soulagée de ne pas avoir à chanter la première. Car il n'était pas le seul à être sur des charbons ardents. Elle s'étonnait encore des paroles qu'il venait de prononcer. Dire qu'il avait pu éprouver ce genre de sentiment. Elle le voyait devant elle, si beau et si doué, et suivait le moindre de ses mouvements. Il se mit à chanter, les yeux fermés. Sa voix joliment timbrée éclata d'une joie qui se répercuta entre les murs de l'église et elle sentit un frisson parcourir sa colonne vertébrale. La veste de Göran était posée sur le banc, à côté d'elle. Elle glissa subrepticement la main à l'intérieur et tâta la doublure juste à l'endroit du cœur. Aucun homme ne l'avait encore approchée et voilà qu'un petit désir égaré voltigeait deci de-là dans sa poitrine. Elle désirait être près de lui, s'assurer qu'il s'intéressait à elle car, quand il n'était pas là, il était présent dans ses pensées malgré tout. Il était incompréhensible que quelqu'un qui n'avait rien à faire là puisse soudain accaparer son être de la sorte.

Quand il eut fini de chanter, il ouvrit les yeux et la regarda. Ils restèrent un moment sans rien dire, mais ce n'était pas la peine, ils savaient tous les deux.

Après coup, elle avait raconté cela à Vanja. Elle lui avait répété à plusieurs reprises ce qui s'était passé, ce qu'il avait dit, sur quel ton et l'air qu'il avait quand il avait prononcé ces paroles. Vanja l'avait écoutée patiemment, avec intérêt, et lui avait fourni exactement le genre d'interprétation qu'elle souhaitait. Le soir, elle restait allongée sur son lit en comptant les heures qui la séparaient de la répétition suivante et de leur prochaine rencontre. Mais rien ne se conformait à ses désirs. Mêlés au reste du chœur, ils étaient comme des étrangers l'un pour l'autre. On entendait la voix de Göran et on le remarquait comme à l'accoutumée, il n'y avait plus la moindre trace de ce manque d'assurance qu'il avait révélé devant elle. Et, les rares fois où leurs regards se croisèrent, ils se lâchèrent aussitôt et allèrent se perdre dans le reste du chœur.

Vanja lui avait donné de bons conseils.

– Il faut que tu lui parles, Majsan, enfin !

Mais que lui dire ?

– Entame la conversation sur un sujet qui l'intéresse. Qu'est-ce qu'il fait d'autre, à part chanter ? Il ne passe pas tout son temps à ça, hein ? Ou alors laisse tomber un truc devant son nez, pour que vous ayez l'occasion de vous adresser la parole. Ta partition, par exemple, elle peut s'envoler au moindre courant d'air.

C'était facile pour Vanja, qui était très courageuse. La partition de Maj-Britt restait hélas obstinément collée à ses doigts et il aurait fallu un miracle pour qu'elle aille atterrir parmi les ténors. Or, Celui qui opérait les miracles avait clairement manifesté Son manque d'intérêt pour la situation présente. Et Vanja ne s'en tenait pas là. Après chaque répétition, elle l'appelait pour l'interroger sur les détails.

C'est d'ailleurs elle qui trouva finalement la solution au problème. Elle mena son enquête parmi leurs connaissances et elle apprit que Göran était loin d'être indifférent, lui aussi. Voyant que, malgré son insistance, Maj-Britt se refusait toujours à faire le premier pas, elle prit les choses en main. Un soir, elle l'appela et lui demanda de venir la rejoindre près du kiosque.

Maj-Britt ne voulait pas y aller et, pour la première fois, Vanja se mit en colère et la traita de rabat-joie. Or, elle détestait qu'on la considère ainsi, surtout son amie. En dépit des regards inquiets de ses parents, elle prit sa veste et sortit. Elle n'avait pas le droit d'utiliser du maquillage mais elle en empruntait à Vanja le matin et l'essuyait soigneusement avant de rentrer. Elle ne s'était même pas peignée avant de sortir, ce qu'elle regretta en arrivant au kiosque. Car c'était lui qui l'attendait. Près du garage à vélos et des réclames pour les crèmes glacées. Il la salua avec un petit sourire. Elle lui répondit pareillement et ensuite ils restèrent là, l'un à côté de l'autre, timides et gênés, exactement comme sur les marches de l'église ce jour-là. Pas le moindre signe de Vanja. Ni de Bosse, l'ami que Göran devait retrouver. Maj-Britt n'arrêtait pas de regarder sa montre pour lui faire comprendre qu'elle attendait quelqu'un et Göran fit de son mieux pour meubler la conversation, qui porta exclusivement sur les deux absents. Il leur fallut une vingtaine de minutes pour comprendre. Bosse était le cousin de Vanja et, au fil des minutes qui s'écoulaient, Maj-Britt se rendit compte que celle-ci n'avait sans doute pas l'intention de venir au kiosque ce soir-là, qu'elle avait fini par se lasser d'attendre que les partitions tombent d'elles-mêmes, et avait décidé de donner un petit coup de pouce au destin. Göran avait fini par deviner, lui aussi, et ce fut lui qui trouva le premier quelque chose à dire.

– Si Bosse ne vient pas et Vanja non plus, qu'est-ce qu'on va faire ?

En effet, quelle attitude adopter ? Elle n'en avait pas la moindre idée. Qu'est-ce qu'on fait, un mardi soir, quand on a dix-huit ans et qu'on vient de comprendre que l'objet secret de votre amour n'a plus rien de secret et qu'il est là, de l'autre côté du garage à vélos, et vient d'être démasqué lui aussi. Maj-Britt n'en avait vraiment pas la moindre idée. Pour comble de malheur, il se mit à pleuvoir, mais ni l'un ni l'autre ne se décidèrent à partir. Et ce ne fut pas une petite pluie fine qui se mit à tomber, ce fut un véritable déluge. Le propriétaire du kiosque avait commencé à plier bagage et était en train de remonter l'auvent qui aurait pu les protéger. Or, il n'y avait pas d'autre abri à proximité.

C'est Göran qui se mit à rire le premier. Il s'efforça d'abord de se retenir et n'émit qu'un petit gémissement involontaire. Ensuite, la pluie forcit tellement qu'elle éclata de rire elle aussi. Soulagée, elle le laissa lui prendre la main et ils partirent en courant avec sa veste tendue au-dessus de leurs têtes.

– On peut aller chez moi, un moment, si tu veux ?

– Tu crois qu'on a le droit ?

Ils s'étaient arrêtés de l'autre côté de la route, à l'endroit où leurs chemins auraient normalement divergé. Il eut l'air étonné de cette question.

– Pourquoi pas ?

Elle hésita seulement un bref instant, puis hocha la tête et se laissa entraîner dans cette merveilleuse aventure.

Comme il l'avait dit, on accédait directement à sa chambre depuis l'extérieur. Une porte s'ouvrait sur le perron de la maison et, juste derrière, un escalier conduisait à l'étage. Il disposait même d'un petit réchaud à deux plaques et d'un four, ce qui donnait à sa chambre l'aspect d'un appartement. Et pourquoi n'y aurait-il pas eu droit, à vrai dire ? Il avait vingt ans, il était majeur et aurait pu partir de chez lui s'il le voulait. Elle aussi, d'ailleurs.

Mais c'était impensable.

Il ouvrit un placard et lui donna une serviette-éponge pour qu'elle se sèche. Puis il posa sa veste trempée sur le dossier d'une chaise qu'il plaça devant le radiateur.

C'était une chambre simple pourvue d'une entrée, d'une étagère sur laquelle étaient posés quelques livres, d'un lit qui n'avait pas été fait, d'une table et d'une chaise. Le bruit de la télévision de ses parents témoignait de la médiocrité de l'isolation.

– Je ne savais pas que tu allais venir, s'excusa-t-il en tirant la couverture sur les draps, sans aller jusqu'à refaire entièrement le lit. Tu veux du thé ?

– Volontiers, merci.

Le réchaud était placé sur l'étagère et il alla chercher la casserole posée sur l'une des plaques.

– Assieds-toi, si tu veux.

Il passa dans l'entrée puis dans ce qu'elle supposa être un cabinet de toilette, car elle entendit de l'eau couler et un bruit de vaisselle. Elle chercha un endroit où s'asseoir, mais son choix se limitait à cette chaise sur laquelle était posée sa veste trempée et ce lit pas entièrement refait. Elle resta donc debout. Une fois qu'il eut fait chauffer leur thé et qu'elle eut entre ses mains une de ses tasses dépareillées, elle accepta pourtant sa proposition de s'asseoir près de lui. Ce fut surtout lui qui parla pendant qu'ils buvaient. Il lui exposa ses projets d'avenir et lui expliqua qu'il en avait assez de ce trou dans lequel ils vivaient, qu'il voulait le quitter et peut-être tenter d'entrer au conservatoire de Stockholm ou de Göteborg. Et elle, qui chantait si bien, n'avait-elle pas l'intention de faire quelque chose de sa voix ? Elle se laissa entraîner dans ses rêves et s'émerveilla des possibilités qu'il faisait soudain surgir comme par magie. Une telle pensée ne l'avait jamais effleurée. Bien qu'elle eût dix-huit ans et fût majeure, jamais il ne lui était venu à l'idée qu'il existât d'autres solutions que celles que la Communauté estimait convenables. Elle n'avait pas compris qu'être majeure signifiait que, en adulte et citoyenne qu'elle était désormais, elle avait le droit de décider du tour que prendrait sa vie.

La seule chose dont elle fût sûre, en cet instant précis, c'était qu'elle ne désirait être nulle part ailleurs que là où elle se trouvait. Dans la chambre de Göran, avec une tasse de thé à la main. Le reste n'avait aucune importance.

Après ce soir-là, tout rentra dans l'ordre. Les mois passèrent et les choses semblaient avoir repris leur cours habituel. Mais, intérieurement, un changement était en train de s'opérer en elle. Une curiosité incitant à la désobéissance osait se manifester et commençait à remettre en question les interdictions édictées à son encontre. Au fil du temps, cet élan prit tant d'importance qu'il lui fit oublier sa ligne de conduite passée.

Aucun Dieu au monde ne pouvait avoir d'objection à ce qu'elle vivait enfin.

Même pas leur Dieu à eux.

Mais, pour plus de sûreté, il valait mieux qu'ils n'en sachent rien.

17

Le septième jour après l'accident, Åse appela. La seule fois où Monika avait quitté l'appartement, c'était pour emmener sa mère sur la tombe. Elle était ensuite passée à la librairie pour acheter quelques livres. Elle était presque arrivée au XIXe siècle et aucun détail de l'histoire de Suède ne lui avait paru trop anodin pour qu'elle ne le confie à sa mémoire. Elle n'avait jamais eu de mal à retenir les faits.

– Je suis désolée de ne pas t'avoir téléphoné plus tôt, mais je n'étais plus capable de rien. Je voulais seulement te remercier d'être venue, Monika. Ce jour-là je n'ai pas osé appeler Börje, à la maison, parce qu'il a déjà fait un petit infarctus et je ne savais pas s'il serait en mesure de supporter cette nouvelle.

La voix d'Åse était lasse et dépourvue d'intonation. Il était difficile de croire que c'était la sienne.

– C'était la moindre des choses.

Il y eut un petit moment de silence. Monika continua à lire ce qui concernait les mauvaises récoltes de l'année 1771.

– J'y suis allée, hier.

– Sur le lieu de l'accident ?

Elle tourna la page.

– Non. La voir. Pernilla.

Monika interrompit sa lecture et se redressa sur le canapé.

– Tu es allée chez elle ?

– Je ne pouvais pas faire autrement, je n'aurais pas pu me regarder en face, sinon. Il fallait que j'ose lui dire, les yeux dans les yeux, à quel point je suis navrée.

Monika posa son livre.

– Comment allait-elle ?

Un grand soupir.

– C'est tellement horrible.

Monika ne se contenta pas de cette réponse et voulut obtenir d'Åse tous les détails qui pourraient lui être utiles.

– Comment allait-elle, au juste ? insista-t-elle.

– Que dire ? Elle était triste, bien sûr. Et pourtant maîtresse d'elle-même, d'une certaine façon. Mais je pense qu'on lui avait donné un calmant pour qu'elle surmonte les premiers jours. La petite fille, en revanche…

La voix d'Åse se brisa.

– Elle marchait à quatre pattes en riant et c'était tellement… c'est inconcevable, le mal que j'ai fait.

– Ce n'était pas ta faute, Åse. Personne ne peut éviter un élan qui traverse une route aussi brusquement.

– J'aurais dû rouler moins vite. Je savais qu'il n'y avait pas de clôture à cet endroit.

Monika hésita un instant. Rien n'était de la faute d'Åse. Tout cela était voulu. Sauf que la personne assise à côté d'elle ce jour-là n'était pas la bonne.

Elles se turent un instant, pendant lequel Åse reprit le contrôle d'elle-même. Elle renifla à plusieurs reprises puis cessa de pleurer.

– Les parents de Mattias sont venus un ou deux jours. Mais ils vivent en Espagne et sont repartis. Le père de Pernilla est toujours vivant mais il est atteint de démence sénile et vit dans un foyer. Sa mère est morte il y a dix ans. C'est pour ça qu'elle a reçu l'aide de la commune. Des membres d'un groupe de soutien bénévole viennent s'occuper de la petite pour qu'elle puisse dormir un peu.

Monika dressa l'oreille. Un groupe de soutien bénévole ?

– De quel groupe s'agit-il ? Tu le sais ?

– Non.

Elle écrivit « GROUPE DE SOUTIEN ? ? ? » en dessous des notes qu'elle venait de prendre sur Jacob Magnus Sprengporten [1] et souligna ces mots de plusieurs traits.

– J'avais très peur qu'elle m'en veuille, mais non. Elle est même allée jusqu'à me remercier d'avoir eu le courage de venir la voir. Börje et Ellinor étaient avec moi, je n'aurais pas osé m'y rendre seule. Elle a dit qu'elle m'était reconnaissante de l'informer des détails. Selon elle, cela lui était d'un grand secours.

Monika sentit son corps se raidir.

– Quels détails ?

– Eh bien, ceux de l'accident. À quel endroit il a eu lieu. La façon dont s'est déroulé le séminaire. Je lui ai dit qu'il nous avait beaucoup parlé d'elle et de Daniella.

Il fallait qu'elle en sache plus sur ces détails. Poser une telle question était difficile mais se ne lui laissait pas le choix. Elle fit de son mieux pour tenter de lui donner un tour anodin.

– Ce n'est pas très important, mais… est-ce que tu lui as parlé de moi ?

Nouveau petit moment de silence. Monika attendait la réponse, le souffle court. Et si Åse avait réussi à tout gâcher ?

– Non…

1. Noble suédois (1727-1786), allié de Gustave III lors du coup d'État de 1772. (*N.d.T.*)

Elle resta un instant les yeux dans le vide puis se leva et se dirigea vers l'ordinateur dans le bureau. Elle était à mi-chemin lorsque Åse lui posa la question.

– Et toi, comment vas-tu ?

Elle s'immobilisa. Son regard se fixa sur le mur, au-dessus de l'écran. Åse avait posé sa question prudemment, presque avec timidité, comme si elle osait à peine la formuler.

– Qu'est-ce que tu veux dire ? demanda-t-elle sur un ton plus sec qu'elle n'aurait voulu.

– Eh bien, j'ai simplement pensé que tu avais peut-être eu… enfin que tu t'étais peut-être dit que… mais il n'y a aucune raison pour cela.

L'espace d'une demi-minute, Åse fit de son mieux pour tenter de faire oublier sa question en la noyant sous un flot de banalités incohérentes. Monika resta sans bouger. Sa culpabilité lui appartenait et ne regardait personne d'autre. Pourtant, cette question venait de lui faire comprendre qu'Åse se doutait qu'elle se sentait coupable, et qu'il fallait absolument qu'elle tienne les deux femmes à l'écart l'une de l'autre. Elle ne pouvait risquer qu'elles se fréquentent car, tôt ou tard, Åse révélerait à Pernilla que tout était de sa faute, à elle.

– Tu es toujours là ?

– Oui, oui, répondit aussitôt Monika. Je réfléchissais, simplement.

– Je ne sais pas quoi faire, au juste. Il faudrait lui venir en aide, d'une façon ou d'une autre.

Monika alla jusqu'à son ordinateur et fit apparaître à l'écran le site des services communaux. Elle tapa ensuite « groupe de soutien » et obtint aussitôt une réponse. Puis elle détourna le regard. Devant la fenêtre était posé un hibiscus qui semblait avoir besoin d'eau. Elle alla s'en assurer en enfonçant le doigt dans la terre du pot.

– En fait, Åse, je crois que le mieux est de la laisser en paix. Il n'y a rien que tu puisses faire. Je te le dis par expérience, en tant que médecin. Il faut que tu apprennes à saisir la différence entre ce qui est bien pour elle et ce que tu ne désires que pour toi-même, à vrai dire.

Åse ne répondit pas et Monika attendit. Elle voulait avoir Pernilla pour elle seule. C'était elle qui était responsable de cette femme et personne d'autre.

– Tu le crois vraiment ? demanda Åse, un peu surprise.

– Oui. J'ai déjà connu ça lors d'accidents précédents.

Nouveau silence. Elle détacha une feuille fanée et se dirigea vers la cuisine.

– Essaie de te prendre en charge, Åse, ta famille a besoin de toi. Il n'est pas possible de revenir en arrière et le mieux que tu puisses faire est de t'efforcer d'aller de l'avant en te disant que rien n'est de ta faute.

Elle gagna l'évier, ouvrit le petit placard dans lequel était placé le sac à ordures, écrasa la feuille dans sa main et jeta les morceaux avec le reste des détritus.

– Je t'appellerai dans quelques jours pour savoir comment tu vas.

C'est sur ces mots que prit fin la conversation.

Mais Monika ne la rappela pas. La fois suivante comme la première, ce serait se qui la contacterait.

Après ce coup de fil, elle se sentit plutôt mal à l'aise. Il se produisait, chez Pernilla, des choses qui lui échappaient. Il était temps de passer à l'étape suivante. De se couler pour de bon dans son nouveau rôle. Elle alla mettre son manteau.

Sitôt installée au volant de sa voiture, elle se sentit mieux. La difficulté consistait toujours à déterminer le cap à tenir. Une fois qu'elle s'était décidée, le reste n'était qu'une question de volonté. Et elle n'en manquait pas. La mission qu'elle s'était assignée avait dissipé son désespoir et elle se sentait désormais en situation de contrôle. Tout avait retrouvé un sens.

Cette fois, elle n'hésita pas avant de pénétrer dans l'entrée de l'immeuble. Elle s'assura simplement de la forme de la poignée, certaine qu'elle lui serait bientôt familière. Elle passa devant l'appartement de Mattias et Pernilla et continua à monter vers le troisième étage, prêtant seulement l'oreille au passage, sans rien percevoir de particulier. À l'intérieur, tout était silencieux. Elle s'assit sur l'une des marches de l'escalier en repliant son manteau sous elle pour se protéger du froid du dallage. Une heure s'écoula. Chaque fois qu'elle entendait quelqu'un venir, elle se levait et faisait semblant d'être en train de monter ou de descendre, selon la direction d'où venaient les autres personnes. Une fois, elle vit revenir un homme qui était déjà passé là un peu plus tôt et ils échangèrent un sourire pour souligner ce hasard. Monika venait de replier à nouveau son manteau pour s'asseoir, lorsque la porte s'ouvrit enfin.

Elle se leva. La vue était en partie masquée et elle ne voyait que les pieds de la personne qui sortait, mais c'étaient des chaussures de femme. La porte se referma sans qu'un mot soit échangé et ces pieds s'engagèrent dans l'escalier. Monika les suivit. La femme était d'âge plus que mûr, elle portait un manteau beige et ses cheveux étaient remontés en chignon. Quand elle parvint à la porte d'entrée, Monika avait eu le temps de la rattraper. Elle fit un sourire à l'inconnue pour la remercier de lui tenir la porte et se dirigea vers sa voiture.

Elle avait déjà programmé le numéro sur son portable, après l'avoir relevé sur le site de la commune.

– C'est au sujet de Pernilla Andersson, à qui vous venez en aide depuis quelques jours.

– Oui, en effet, c'est exact.

– Elle m'a demandé de vous appeler pour vous remercier et vous dire que ce n'est plus nécessaire. Elle a des amis qui vont s'en charger, maintenant.

Son interlocutrice se réjouit que leur groupe ait été utile et ajouta que Pernilla pourrait toujours s'adresser à eux si elle avait à nouveau besoin d'aide ou de soutien. Monika ne pensait pas que ce serait nécessaire mais ne manqua pas de la remercier poliment de cette proposition.

Il était important que tout se passe comme il le fallait. Vraiment très important.

Elle resta une demi-heure dans sa voiture avant de revenir. Puis elle prit sa respiration et se drapa dans son rôle professionnel en prenant toutefois soin de ne pas fermer le bouton supérieur de sa veste. Elle venait en tant qu'amie et non docteur, c'était Monika et non le médecin-chef Lundvall qui s'acquittait de cette mission, même si elle avait besoin pour cela de la maîtrise que lui valaient ses années d'expérience. Monika seule n'était pas à la hauteur de ce qui l'attendait.

Elle frappa doucement à la porte, au cas où la petite dormirait. Comme il ne se passait rien, au bout d'un moment elle frappa un peu plus fort. Elle entendit alors un bruit de pas derrière la porte.

Se contenter d'écouter. Ne pas tenter de consoler, seulement être présente et prêter une oreille compatissante.

Elle avait suivi pas mal de cours sur la façon de se comporter vis-à-vis des personnes en deuil.

La porte s'ouvrit.

– Pernilla ? demanda-t-elle avec un sourire.

– Oui.

Elle n'était pas comme elle se l'était imaginée : petite, menue, avec des cheveux bruns coupés court, vêtue d'un survêtement gris et d'un pull en laine beaucoup trop grand pour elle.

– Je m'appelle Monika et je suis envoyée par le groupe de soutien de la commune.

– Ah bon. Je n'attendais personne d'autre aujourd'hui. On m'a dit qu'on manquait de bénévoles.

– On s'est arrangés, répondit Monika en accentuant encore son sourire.

Pernilla laissa la porte ouverte et revint vers l'intérieur de l'appartement. Monika franchit le seuil. Elle sentit aussitôt à quel point cela la soulageait. Elle eut l'impression d'être libérée d'un poids et, l'espace d'une seconde, eut peur de se laisser aller à sa faiblesse naturelle. Le simple fait de voir Pernilla de ses propres yeux, de se faire une image de son visage et d'avoir le droit d'être près d'elle rendait la situation beaucoup plus facile à supporter. Elle allait servir à quelque chose. Faire en sorte que tout soit moins impardonnable. Pourtant, il fallait qu'elle soit prudente, qu'elle n'aille pas trop vite en besogne. Elle devait laisser à Pernilla la possibilité de comprendre qu'elle pouvait se fier à elle, qu'elle était venue pour l'aider et résoudre tous les problèmes.

Elle ôta son manteau et plaça ses bottes sur l'étagère à chaussures, à côté de plusieurs modèles masculins : des baskets et souliers de ville bien trop grands pour convenir aux petits pieds de Pernilla mais ne pouvant plus servir à qui que ce soit. Elle passa devant la porte des W.-C., ornée d'un cœur en céramique rouge, et s'enfonça dans l'appartement. La cuisine était sur la droite et, de l'autre côté de l'entrée, s'ouvrait une pièce qui devait être la salle de séjour. Afin de se faire une idée de celle qui vivait là, elle observa soigneusement les lieux, ne voulant manquer aucun détail. Ses goûts, ses opinions, les qualités qu'elle préférait chez ses amis. Cela prendrait le temps qu'il faudrait, la seule chose urgente était de déceler les pièges les plus dangereux. Si Pernilla la repoussait, elle était perdue.

Elle était assise sur le canapé et feuilletait un journal. Aucun signe de Daniella. Sur une commode délavée, une bougie allumée était posée sur un chandelier en laiton et sa lumière tombait sur le large sourire de Mattias. La photo avait été agrandie et placée dans un cadre doré uni. En croisant ce regard, Monika baissa les yeux. Elle aurait aimé sortir de son champ visuel, mais ses yeux accusateurs embrassaient l'ensemble de la pièce. Il n'y avait aucun endroit où elle pût y échapper. Elle eut l'impression qu'il l'observait avec méfiance et s'interrogeait sur sa présence. Mais elle allait lui montrer, peu à peu il comprendrait qu'elle était son alliée et qu'il pouvait se fier à elle. Elle n'allait pas le tromper une nouvelle fois.

Pernilla posa le journal sur la table et la regarda.

– Sincèrement, je pense que nous n'avons besoin de personne, ce soir. Si vraiment vous êtes à court de volontaires.

– Non, pas de danger. Absolument pas.

Monika se demanda avec inquiétude ce que Pernilla attendait d'elle et ce que les autres membres de ce groupe de soutien avaient fait pour se rendre nécessaires. Elle n'eut pas le temps de le deviner car Pernilla reprit la parole.

– Je ne voudrais pas me montrer ingrate mais, pour être tout à fait honnête, cela commence à devenir un peu pénible d'avoir constamment des étrangers chez soi. N'y voyez rien de personnel.

Monika sourit pour cacher sa détresse. Pas maintenant, alors qu'elle était si près du but.

À ce moment précis, Pernilla lança la bouée de sauvetage dont elle avait si grand besoin.

– En revanche, j'aimerais que vous m'aidiez à descendre quelque chose, dans la cuisine, avant de partir.

Monika sentit sa peur la quitter. Tout ce qu'il lui fallait, c'était une ouverture, une minuscule occasion de se montrer indispensable. Elle accepta donc avec gratitude.

– Bien sûr, de quoi s'agit-il ?

Pernilla se leva du canapé et Monika nota la grimace qu'elle fit lorsque son dos se rappela à son souvenir. Elle la vit pencher l'épaule droite vers l'avant, dans son effort pour se libérer de la douleur.

– C'est le détecteur de fumée qui est au plafond. La pile est usée et il n'arrête pas de se déclencher sans raison.

Monika suivit Pernilla dans la cuisine et en profita pour observer rapidement les lieux et parfaire la connaissance qu'elle en avait ; principalement des meubles Ikea, une foule de photos et mémentos apposés sur le réfrigérateur, divers objets en céramique ayant l'air d'être de fabrication maison et trois portraits de personnages historiques, dans des cadres ordinaires, au-dessus de la table de cuisine. Elle résista à l'envie d'aller lire ce qui était marqué sur les pense-bêtes. Ce serait pour plus tard.

Pernilla tira une chaise et la plaça sous le détecteur de fumée.

– J'ai des problèmes de dos et je ne peux pas lever le bras au-dessus de la tête.

Monika monta sur la chaise.

– Quel genre de problème de dos avez-vous ?

C'était parfait pour faire connaissance. À partir de maintenant, Monika allait oublier tout ce qu'elle savait déjà.

– J'ai eu un accident de plongée, il y a cinq ans.

Monika dévissa l'appareil de son socle.

– Grave, on dirait.

– Oui, en effet, mais ça va mieux maintenant.

Pernilla se tut et Monika lui remit le détecteur. Pernilla ôta la pile et alla ouvrir le placard sous l'évier. Monika aperçut alors divers produits d'entretien et un dépliant sur le tri des ordures.

Pernilla se retourna et Monika comprit qu'elle attendait qu'elle parte, maintenant qu'elle avait fait ce qui lui avait été demandé. Mais ce n'était pas du tout ce que Monika avait en tête. Elle se tourna vers les cadres placés sur le mur.

– Quel beau portrait de Sofia Magdalena. C'est Carl Gustav Pilo qui l'a réalisé, n'est-ce pas ?

Elle nota l'étonnement de Pernilla.

– Peut-être bien. À vrai dire, je ne sais pas exactement.

Pernilla approcha pour tenter de distinguer une signature quelconque mais n'en trouva pas. Elle se retourna vers Monika.

– Vous vous intéressez à l'art ?

– Pas à l'art, mais à l'histoire, rectifia-t-elle avec un sourire. Surtout celle de Suède. Et, dans ce cas, on ne peut éviter de croiser le nom de certains artistes. Par moments, je suis fanatique des livres d'histoire.

Pernilla eut un petit sourire et, cette fois, une lumière s'alluma dans ses yeux.

– C'est curieux. Je m'intéresse énormément à l'histoire, moi aussi. Mattias utilisait souvent cette expression, d'ailleurs. Il me qualifiait de fanatique.

Monika garda le silence pour lui laisser l'initiative de la suite. Pernilla regarda à nouveau les portraits.

– C'est consolant, l'histoire, d'une certaine façon. Se familiariser avec tous ces destins du passé. En tout cas, ça m'a aidée à tenir un peu mes propres problèmes à distance, je veux dire : mon dos, après mon accident, et le reste.

Monika hocha la tête, intéressée, comme si elle était d'accord. Parfaitement d'accord. Pernilla baissa les yeux vers ses mains.

– Mais maintenant…, reprit-elle en observant une petite pause. Je veux dire : quelle consolation puiser dans l'histoire ? Outre le fait qu'il est mort comme tous les autres.

Se contenter d'écouter. Ne pas tenter de consoler, seulement être présente et prêter une oreille compatissante.

Nouveau silence. Pas seulement parce qu'on lui avait appris à se taire, lors de ses cours et séminaires, mais plus encore parce qu'elle ne trouvait rien à dire. Elle lança un regard en coin vers le fatras apposé sur le réfrigérateur. Elle aurait aimé voir cela de plus près, pour tenter de découvrir d'autres moyens de s'introduire dans la vie de Pernilla.

– Il a choisi entre celui-ci et celui qu'il avait sur lui quand il est mort. Au moment de faire ses bagages.

Pernilla passa la main sur le gros pull qu'elle portait, en releva le col et s'en caressa la joue.

– J'ai fait une grande lessive la veille de sa mort. Tout le panier d'un seul coup. Maintenant, il ne me reste même plus son odeur.

Se contenter d'écouter.

Mais ce qu'elle n'avait guère eu l'occasion d'apprendre, c'était comment supporter de tels propos.

C'est Daniella qui vint à son secours. On entendit un appel venant de la pièce voisine, l'appel de quelqu'un qui n'était pas content de se réveiller. Pernilla lâcha le pull et sortit. Monika fit les trois pas qui la séparaient du réfrigérateur et examina rapidement ce véritable collage. Des photos de famille. Une carte de réduction à faire poinçonner dans une pizzeria. Une série de photos de Mattias et de Pernilla prises dans une cabine automatique. Divers dessins d'enfant assez incompréhensibles. Quelques coupures de journaux. Elle eut seulement le temps de lire le titre de l'une d'elles avant le retour de Pernilla.

– Voici Daniella.

L'enfant dissimula son visage dans l'épaule de sa mère.

– Elle n'est pas encore très réveillée mais elle ne va pas tarder à être en pleine forme.

Monika alla poser la main sur le dos de la fillette.

– Bonjour, Daniella.

Celle-ci se cacha un peu plus encore dans le cou de sa mère.

– On va attendre que tu sois mieux réveillée pour se saluer.

Pernilla tira une chaise de cuisine et s'assit avec l'enfant dans les bras. Monika eut à nouveau le sentiment qu'elle attendait qu'elle parte, comme si elle le lui avait demandé. Mais elle désirait rester encore un peu. S'attarder en ce lieu où il était possible de respirer.

– Quel joli bol en céramique, dit-elle en désignant l'objet posé sur le rebord de la fenêtre.

– Ah ça. C'est moi qui l'ai fait.

– Vraiment ?

Monika alla l'examiner de plus près. Il était bleu et avait été tourné légèrement de travers.

– Il est magnifique. J'ai suivi quelque cours de poterie, moi aussi, mais je n'ai pas eu le temps ces dernières années. Trop de travail.

Ce n'était même pas un mensonge. Au collège, elle avait choisi la poterie comme option.

– Il est de travers. Je le garde en souvenir, parce que j'ai été obligée d'arrêter la céramique à cause de mon dos. Je n'arrivais pas à rester assise assez longtemps.

Pernilla continua à regarder le bol avant d'ajouter :

– Mattias l'aimait bien, lui aussi. Il trouvait qu'il me ressemblait. J'ai voulu le jeter, mais il a tenu à le conserver.

Chaque fois que ce nom était mentionné, Monika sentait qu'elle avait le cœur qui battait et que son pouls s'accélérait pour l'avertir d'un danger.

Daniella était enfin sortie de sa cachette et la regardait. Monika lui adressa un sourire.

– Je peux m'en occuper un moment, si vous voulez. Pour que vous ayez un peu de tranquillité. J'ai vu qu'il y avait un terrain de jeux devant l'immeuble.

Pernilla posa sa joue contre la tête de sa fille.

– Qu'est-ce que tu en dis, ma petite vieille ? Tu veux aller te balancer un peu ?

Daniella redressa la tête et fit signe que oui. Monika sentit son inquiétude se dissiper et son cœur se calmer avant de retrouver son rythme habituel. Elle avait subi le premier test avec succès.

Il ne restait plus que la suite.

18

Quand elle alla uriner, elle vit du sang dans la cuvette. Elle l'avait déjà remarqué quelques jours auparavant, c'était peut-être plus ancien encore. Comme elle n'avait plus ses règles depuis longtemps, cela signifiait qu'il y avait quelque chose qui n'allait pas. Pourtant, elle n'avait pas la force d'y penser. En plus du reste. Elle tenta de refouler cette information, mais en vain. Tout ce qu'elle avait réussi à maintenir à distance avait resurgi sous la forme de ce cône de lumière vive, causant à Maj-Britt une peine trop lourde à porter. Un peu de sang dans les urines ne changeait pas grand-chose. L'ensemble était insupportable, de toute façon.

Tout ce que Vanja lui avait écrit s'était bel et bien produit. Ses souvenirs n'avaient été ni inventés de toutes pièces ni déformés et les mots qu'elle avait mis noir sur blanc avaient réveillé les anciennes douleurs de Maj-Britt. Comme elle s'en était doutée sur le moment, elle était de nouveau en proie à la peur. Seulement, elle n'avait pas eu la force de le comprendre.

Car on ne fait pas cela à son enfant.

Pas si on l'aime.

Il aurait été plus simple d'oublier.

Elle était près de la porte du balcon et regardait la pelouse. Une femme qu'elle n'avait encore jamais vue poussait une balançoire. L'enfant, elle la reconnaissait. C'était la petite fille qui venait avec son père et parfois avec sa mère souffrante. Elle se demanda si c'était la famille dont lui avait parlé Ellinor. Celle dont le papa était mort dans un accident de voiture quelques jours plus tôt. Elle porta son regard vers la fenêtre derrière laquelle la maman se tenait parfois : il n'y avait personne.

Il s'était écoulé une semaine depuis qu'elle avait été rattrapée par son passé. Elle savait que c'était la faute de Vanja. Mais aussi d'Ellinor. Pendant sept jours, Maj-Britt avait tenté de la tuer par le silence. Elle l'avait regardée aller et venir sans lui dire un mot. Ellinor avait vaqué à ses occupations, tandis que Maj-Britt faisait comme si elle n'existait pas. Pourtant, elle avait besoin de savoir. Les questions ne faisaient que se multiplier en elle et elle n'avait plus la force de demeurer dans l'ignorance. Elle avait déjà bien assez peur et la menace émanant de ces deux-là lui était insupportable. Comment se faisait-il qu'elles se connaissent, pourquoi avaient-elles décidé de mener une attaque en commun ? Il fallait qu'elle découvre leur objectif afin d'avoir une possibilité de se défendre. À supposer qu'elle ait quelque chose à protéger. Le seul résultat auquel elles étaient parvenues, en forçant Maj-Britt à se souvenir, était de la priver de sa raison d'être.

De défendre quoi que ce soit.

Mais il fallait au moins qu'elle sache.

Elle entendit la clé tourner dans la serrure et l'habituel salut que lançait Ellinor en accrochant sa veste. Saba se précipita vers la porte de la chambre pour aller à sa rencontre. Elle les entendit se dire bonjour, chacune accueillant l'autre à sa manière, puis elle perçut le bruit des pattes de Saba qui revenait se coucher. Elle resta pour sa part à la fenêtre, le dos tourné, faisant semblant de ne pas remarquer qu'Ellinor la regardait tout en se dirigeant vers la cuisine. Elle l'entendit poser les provisions sur la table et c'est à ce moment-là qu'elle prit sa décision. Cette fois, elle ne lui échapperait pas. Elle passa dans l'entrée et tâta la veste d'Ellinor pour s'assurer que son portable était dans l'une des poches. Il ne fallait pas qu'elle l'ait sur elle. Car elle allait en avoir le cœur net, maintenant.

Elle l'attendit. Ellinor sortit de la cuisine en tenant un seau à la main et s'arrêta en la voyant.

– Bonjour.

Maj-Britt ne répondit pas.

– Comment ça va ?

Ellinor patienta quelques secondes avant de pousser un soupir et de répondre elle-même :

– Pas mal, merci, et vous ?

Au cours de la semaine qui venait de s'écouler, elle avait pris la mauvaise habitude de faire les questions et les réponses, au lieu d'accepter le mutisme de Maj-Britt. Et il était stupéfiant de constater de quelle faconde était capable une aussi frêle jeune fille. C'était stupéfiant, il n'y avait pas d'autre mot. Elle n'avait pas honte de son hypocrisie. Mais elle allait bientôt devoir arrêter son cinéma.

Ellinor ouvrit enfin la porte de la salle de bains et disparut. Maj-Britt l'entendit remplir le seau d'eau. Elle n'avait que trois pas à effectuer. Puis claquer la porte.

– Qu'est-ce que vous faites ?

Maj-Britt s'appuya de tout son poids contre la porte et ne vit qu'une seule chose : la poignée qui s'abaissait. Impossible de faire bouger la porte, surtout pour une gamine comme Ellinor, alors qu'une montagne de chair faisait obstacle de l'autre côté.

– Qu'est-ce que vous faites enfin, Maj-Britt ? Arrêtez !

– Comment connais-tu Vanja ?

Une ou deux secondes de silence.

– Quelle Vanja ?

Maj-Britt secoua la tête, contrariée.

– Pas de ça.

– Quoi ? Quelle Vanja ? Je ne connais personne de ce nom-là.

Maj-Britt ne répondit pas. Tôt ou tard, elle avouerait. Sinon, elle resterait enfermée dans la salle de bains.

– Ouvrez, Maj-Britt. Qu'est-ce que vous faites, bon sang ?

– Ne jure pas.

– Pourquoi pas ? C'est moi qui suis enfermée, enfin zut !

Pour l'instant, elle était simplement en colère. Mais quand elle comprendrait que Maj-Britt était sérieuse, elle commencerait à s'inquiéter. Et elle comprendrait ce que c'est que d'éprouver une frayeur affreuse, paralysante.

Et de n'avoir aucun recours.

– Vous voulez peut-être parler de cette Vanja Tyrén ?

Tiens, tiens.

– C'est ça. Tu n'es pas si bête, après tout.

– Je ne la connais pas, moi, c'est vous. Alors, ouvrez la porte, s'il vous plaît.

– Tu ne sortiras pas avant de m'avoir dit comment tu la connais.

Sa douleur dans le dos lui brouilla soudain la vue. Elle se pencha en avant dans l'espoir de la faire disparaître, mais elle ne céda pas. Elle lui transperçait le corps comme une aiguille. Maj-Britt respira très vite par le nez, à plusieurs reprises, sans que la douleur diminue pour autant.

– Je vous dis que je ne connais pas Vanja Tyrén. Comment le pourrais-je, puisqu'elle est en prison ?

Une chaise. Peut-être la douleur s'atténuerait-elle si elle pouvait s'asseoir.

– Si elle vous a dit qu'on se connaît, elle a menti.

La chaise la plus proche se trouvait dans la cuisine. Pour aller la chercher, il fallait hélas qu'elle s'éloigne de cette porte, et c'était exclu.

– Laissez-moi sortir, Maj-Britt, pour qu'on parle de ça. Sinon, j'appelle la permanence de mon portable.

Maj-Britt avala sa salive. Il était difficile de parler quand on avait aussi mal.

– C'est ça. Tu n'as qu'à le prendre dans la poche de ta veste, hein ?

Le silence se fit de l'autre côté de la porte.

Maj-Britt sentit les larmes lui venir aux yeux et appuya sa main à l'endroit où la douleur était la plus intense. Elle avait besoin de vider sa vessie. Dire que rien n'allait jamais comme elle le voulait. Le sort s'acharnait contre elle. L'idée n'était pas excellente, bien sûr, mais il était trop tard. Ellinor était enfermée dans la salle de bains et, si elle ne réussissait pas à la faire parler maintenant, elle ne saurait jamais. La probabilité qu'Ellinor revienne chez elle après cela était à peu près nulle. Elle resterait dans l'ignorance et une autre petite bonne femme – aussi écœurante que la précédente – viendrait avec ses seaux à eau et ses regards de mépris.

Tous ces choix. Certains opérés si vite qu'il était impensable que leurs conséquences soient aussi décisives. Ensuite, cependant, ils se transformaient en grasses croix rouges sur le calendrier. Tels des panneaux routiers, ils indiquaient le parcours suivi dans le passé. *Là, tu as bifurqué. C'est ici que les choses ont commencé à évoluer pour finalement devenir ce qu'elles sont aujourd'hui.*

Impossible de revenir sur ses pas, hélas. C'était ça, le problème : la voie était en sens unique.

La houe et le panier d'osier étaient posés près d'elle dans l'allée du jardin. La terre ne semblait pas avoir besoin d'être retournée, mais cela n'avait pas d'importance. Le but recherché, c'était la joie d'effectuer ce travail. Maj-Britt le savait parce qu'on le lui avait dit. Mais elle savait aussi instinctivement que le jardin devait absolument être parfait : il fallait être soigneux dans tout ce qui était extérieur, apparent. Le for intérieur, chacun en était responsable et, là, c'était le Seigneur qui était le juge omnipotent.

Son père cessa de biner lorsqu'elle se présenta à la barrière. Il ôta sa casquette et se gratta la tête.

– Comment s'est passée la répétition ?

Elle était allée chanter. C'était du moins ce qu'il croyait. Au cours de l'année qui venait de s'écouler, les répétitions supplémentaires s'étaient multipliées, à des heures assez peu banales, et sa double vie commençait à lui peser. Elle sentait qu'elle ne pourrait continuer à dissimuler la vérité, à aimer en cachette. Or, elle avait maintenant dix-neuf ans et sa décision était ferme. Elle avait mis des mois à prendre son courage à deux mains. Göran lui avait apporté son appui et ils allaient abattre leurs cartes ce jour-là. Pour l'instant, il se tenait à une certaine distance de là, hors de leur champ visuel.

Elle regarda autour d'elle, dans le jardin, et vit sa mère, à quatre pattes près de la plate-bande, sous la fenêtre de la cuisine.

– Papa, je voudrais vous dire quelque chose, à maman et à toi.

Une ride se creusa aussitôt entre les sourcils de son père. Il n'était encore jamais arrivé qu'elle prenne l'initiative d'une conversation.

– Il ne t'est rien arrivé, j'espère ?

– Rien de grave, ne t'inquiète pas, mais il faut que je vous fasse part d'une chose. Est-ce qu'on peut rentrer un moment ?

Son père baissa les yeux vers l'allée de gravier. Il n'avait pas encore terminé et n'aimait guère interrompre une tâche inachevée. Elle le savait parfaitement, aussi, que ce n'était pas la meilleure occasion pour ce genre d'entretien. Mais elle l'avait promis à Göran, qui attendait là-bas, sur la route, lui avait juré qu'elle allait leur donner enfin la possibilité de vivre vraiment, et de vivre ensemble, qui plus est. Pour de bon.

– Entrez, tous les deux. Moi, je vais chercher quelqu'un que je désire vous présenter.

Son père détourna aussitôt le regard vers la barrière. Elle le vit dans ses yeux et l'aurait su même si elle avait fermé les siens.

– Tu nous amènes de la visite ? Mais nous ne sommes pas…

Il baissa les yeux vers sa tenue de travail et s'essuya rapidement les mains dessus, comme si cela pouvait les nettoyer. Elle regretta aussitôt son initiative. Faire venir qui que ce soit à la maison sans que ses parents aient le temps de se préparer allait à l'encontre des règles prévalant dans leur foyer. C'était sa faute, elle s'était laissé convaincre de prendre une initiative qui ne pouvait qu'échouer. Göran avait toujours beaucoup de mal à voir la situation en face. Il est vrai que, chez lui, tout était très différent.

– Inga, Maj-Britt nous amène de la visite.

Sa mère s'arrêta aussitôt de sarcler la plate-bande et se redressa.

– De la visite ? Qui ça ?

Maj-Britt sourit et tenta d'afficher un calme qu'elle ne ressentait pas.

– Si vous voulez bien rentrer, nous… Dans un quart d'heure ? Vous n'avez pas besoin de préparer du café ou quoi que ce soit, je veux seulement vous présenter…

Elle avait eu l'intention d'ajouter son nom, mais décida d'attendre encore un peu. Les choses étaient assez difficiles comme cela. Sa mère ne répondit pas. Elle se contenta de brosser le plus gros de la saleté des jambes de son pantalon et se dirigea à grands pas vers la porte de la cuisine. Son père prit la houe et le panier pour aller les ranger dans la cabane de jardin. À l'évidence, il était contrarié qu'on le dérange dans son travail. En traversant la pelouse, il balaya l'horizon du regard, pour s'assurer que rien ne traînait.

– Va ranger les outils de ta mère.

Ce n'était pas un souhait : un ordre.

Ils s'arrêtèrent un instant sur le perron. Göran lui prit la main et elle serra très fort la sienne. Elle sentit qu'elle était un peu moite, contrairement à l'habitude.

– Ça va bien se passer. D'ailleurs, j'ai promis à ma mère de leur proposer de venir prendre le café chez nous, pour faire connaissance. Rappelle-moi ça, pour que je n'oublie pas.

Tout était toujours très facile pour Göran. Mais ce le serait bientôt pour elle également.

Elle posa la main sur la poignée de la porte et sentit que le grand moment était arrivé. C'était maintenant ou jamais.

Elle était bien décidée.

Personne ne vint à leur rencontre dans l'entrée. Ils accrochèrent leur veste et entendirent de l'eau couler dans la cuisine, puis le bruit de quelqu'un qui approchait. Juste après, sa mère fit son apparition dans l'encadrement de la porte. Elle portait sa robe à fleurs et les souliers noirs qu'elle ne mettait que dans les grandes occasions. Un instant, Maj-Britt se dit qu'ils avaient saisi ce que l'occasion avait de solennel et qu'ils faisaient cela pour elle.

Sa maman tendit la main à Göran avec un sourire.

– Sois le bienvenu.

– Voici Inga, ma mère. Et Göran.

Ils se serrèrent la main et le visage de sa mère se fendit d'un sourire.

– Je suis contente que Maj-Britt nous amène un de ses camarades, mais il faut nous excuser de ne pas avoir grand-chose à offrir, elle ne nous a pas prévenus.

– Je n'ai besoin de rien, vraiment, répondit Göran en souriant à son tour. Je viens seulement vous saluer en passant.

– Mais si, bien sûr que nous allons t'offrir quelque chose. Le papa de Maj-Britt nous attend dans le salon, alors entre. Moi, je vais aller chercher du café. Maj-Britt, viens m'aider dans la cuisine.

Sa mère disparut à nouveau et ils restèrent un instant à se regarder. Puis ils se serrèrent la main convulsivement en hochant la tête. On va y arriver. Maj-Britt lui montra où était la salle de séjour et Göran prit sa respiration. Puis il prononça du bout des lèvres, sans les articuler, ces trois mots qui lui donnaient toujours du courage. Elle sourit, se désigna du doigt avant de le pointer vers lui et de hocher la tête. Car c'était bien vrai.

Sa mère lui tournait le dos, occupée à verser de l'eau bouillante dans le filtre. On avait sorti le service du dimanche : la belle cafetière décorée de fleurs bleues. Elle eut soudain mauvaise conscience. Elle aurait dû les préparer à cette visite, au lieu de les prendre à l'improviste. Elle vit que les mains de sa mère tremblaient, tellement elle se dépêchait.

– Vous n'aviez pas besoin de vous donner tout ce mal.

Sa mère ne répondit pas. Elle continua simplement à verser l'eau de la casserole pour qu'elle se mélange à la masse noire du marc de café. Maj-Britt était pressée de regagner la salle, soucieuse de ne pas laisser Göran seul avec son père. Ils avaient décidé d'agir de concert, comme pour tout le reste, désormais.

Elle balaya la pièce des yeux.

– Qu'est-ce que je peux faire ?

– Il est choriste, lui aussi, n'est-ce pas ?

– Oui. Il est ténor.

Pas le moindre bruit, fût-ce de voix, en provenance de la salle de séjour.

– Tu veux que j'emmène ceci ? demanda Maj-Britt en montrant le petit plat sur lequel étaient posés le sucre et le pot à crème, du même service que la cafetière. Ils avaient mis les petits plats dans les grands, c'était le cas de le dire.

– Verses-y de la crème d'abord.

Maj-Britt alla chercher la crème dans le réfrigérateur et, quand elle eut rempli le pot, le café avait fini de passer. Sa mère tenait la cafetière dans une main et de l'autre se recoiffait.

– On y va ?

Maj-Britt acquiesça d'un signe de tête.

Son père était assis à la table de la salle à manger, vêtu de son costume noir du dimanche. On voyait nettement les plis de repassage de la nappe blanche même si, à certains endroits, ils étaient aplatis par les belles tasses de porcelaine et le plat contenant huit sortes de gâteaux. Quand elles entrèrent dans la pièce, Göran se leva.

– C'est trop. Il ne fallait pas vous donner tant de mal.

Sa mère eut un sourire.

– Bah, ce n'est rien, j'ai simplement sorti quelques petites choses que nous avions. Un peu de café ?

Maj-Britt n'osait pas bouger. La situation avait quelque chose d'irréel. Göran, son père et sa mère dans la même pièce. Deux mondes aussi différents que possible et soudain l'un en présence de l'autre. Les personnes qu'elle aimait le plus réunies sous le même toit. Et Göran chez elle, où Dieu montait sans cesse la garde. Ils étaient tous ensemble et cela n'avait rien de clandestin. Ses parents étaient allés jusqu'à passer leurs beaux habits et lui servir du café dans le service en porcelaine.

Les tasses étaient maintenant remplies et les assiettes bien garnies. On échangeait de fugaces sourires par-dessus la table, mais sans rien dire, du moins rien d'important, rien qui sortît des habituelles politesses sur la qualité du café et de la pâtisserie. Göran faisait de son mieux et elle sentit les secondes s'écouler implacablement. La situation devenait de plus en plus intenable. Elle avait l'impression d'être au bord d'un gouffre et de profiter de quelques secondes de répit avant le saut dans l'inconnu.

– Vous avez fait connaissance à la chorale ?

C'était son père qui posait la question. Il remua son café avec sa cuiller et laissa celle-ci s'égoutter avant de la poser sur la soucoupe.

– Oui.

Maj-Britt aurait aimé ajouter quelque chose. Elle ne trouva rien.

– Nous t'avons vu au concert de Noël dernier, vous chantiez en solo, tous les deux. Tu as vraiment une belle voix. C'est bien *O sainte nuit*, que tu chantais ?

– Oui, c'est ça, et puis *Voici venu le temps de l'avent*. On connaît surtout *O sainte nuit*, je crois.

Le silence retomba. À nouveau, son père remua son café. Le petit bruit de la cuiller contribuait à créer une atmosphère douillette. On n'entendait que le tic-tac de l'horloge et ce léger tintement. Tout était comme il fallait, il n'y avait pas à s'inquiéter. Ils étaient réunis, peut-être auraient-ils dû parler un peu plus mais personne ne posait de question et la conversation ne pouvait se développer. Göran chercha son regard. Elle le croisa rapidement et baissa aussitôt les yeux.

Elle n'osait pas.

Göran posa alors sa tasse.

– Il y a une chose que nous voulons vous dire, Majsan et moi.

La cuiller s'immobilisa. Maj-Britt cessa de respirer. Elle était toujours au bord du gouffre mais, soudain, le bord cédait sous ses pieds… ou bien elle le franchissait volontairement.

– Ah bon ?

Le regard de son père alla de l'un à l'autre. Un sourire de curiosité s'afficha sur son visage, comme si on venait de lui faire un cadeau inattendu. Maj-Britt comprit aussitôt que ce qu'ils allaient dire était tellement impensable pour lui que l'idée ne l'avait sûrement jamais effleuré.

– J'ai l'intention de suivre les cours de la Haute École populaire de musique de Björkliden. Je vais donc partir d'ici et j'ai demandé à Majsan de m'accompagner. Elle a accepté.

Elle n'avait encore jamais vu, dans la réalité, ce qui se passa alors, même si elle y avait déjà assisté à la télévision. Tout s'était soudain figé en une parfaite immobilité. Elle n'était pas sûre que le tic-tac de l'horloge se fît toujours entendre. Puis, lentement, très lentement, les choses se remirent à bouger, comme si la paralysie qui les frappait n'était pas totalement terminée et qu'il leur fallait procéder à des exercices d'assouplissement pour que tout rentre dans l'ordre. Le sourire de son père ne s'effaça pas instantanément, son visage changea plutôt graduellement d'expression. Ses traits se recomposèrent et, quand ils eurent enfin trouvé leur nouvel aspect, Maj-Britt put lire qu'ils n'exprimaient rien d'autre que le désarroi.

– Mais…

– Naturellement, nous allons nous marier, puisque nous avons l'intention de vivre ensemble.

Elle perçut le désespoir dans la voix de Göran et regarda sa mère. Celle-ci était assise, tête baissée, les mains jointes sur son giron. Son pouce droit n'arrêtait pas de passer et repasser sur son poignet gauche.

Maj-Britt croisa le regard de son père et ce qu'elle vit alors, il lui faudrait le restant de sa vie pour l'oublier. Il y avait une part de tristesse, mais le reste était encore plus clair : du mépris. Elle les avait trahis, eux qui avaient tout fait pour elle, pour lui venir en aide. Ses mensonges venaient d'être percés à jour. Elle leur avait tourné le dos ainsi qu'à la Communauté, en choisissant quelqu'un qui n'était pas des leurs, et elle n'avait même pas sollicité leur autorisation. Elle les avait simplement informés de sa décision, après les avoir forcés à mettre leurs habits du dimanche.

Elle n'aurait pu définir la couleur du visage de son père.

– Je veux parler seul à seule avec Maj-Britt.

Göran ne bougea pas.

– Non, je reste. À partir de maintenant, nous formons un couple et ce qui concerne Majsan me regarde aussi.

Si, en fait, l'horloge marchait toujours. Elle entendait maintenant son rythme régulier et impitoyable : tic-tac, tic-tac, ding, dong, ding, dong.

– J'ai le droit de parler seul à ma fille, non ?

Oh, que le temps est long…

– C'est ma future femme. Désormais, nous ferons tout ensemble.

– Reste, alors. Autant que tu entendes ce que j'ai à lui dire, toi aussi. Cela fait longtemps que nous avons décidé avec qui Maj-Britt se marierait et ce n'est pas avec toi, je peux te l'assurer. C'est avec Gunnar Gustavsson, jeune membre de notre Communauté en qui la mère de Maj-Britt et moi avons pleine confiance. Je ne sais pas de quelle nature est ta foi mais, comme je ne t'ai vu à aucune de nos réunions, je doute fort que ce soit la même que celle de Maj-Britt. De ce fait, le mariage entre vous est exclu.

Maj-Britt dévisagea son père. Gunnar Gustavsson ? Ce garçon qui avait assisté à son humiliation, chez le pasteur, revêtu de son beau costume ? Son père la regarda et sa voix vibrait de dégoût quand il lui dit :

– Ne prends pas cet air étonné. Tu sais très bien qu'il en est question depuis longtemps. Mais Gunnar et nous avons décidé d'attendre que Dieu considère que tu es prête, étant donné les problèmes que tu as connus avec…

Il ne termina pas sa phrase et sa lèvre inférieure tremblait quand il referma la bouche, double trait rose avec beaucoup de blanc autour. Sa mère, elle, oscillait d'avant en arrière en gémissant et se tordant les mains.

– Quels problèmes ?

C'était Göran qui posait cette question. Lui seul pouvait se demander quel genre de problèmes elle avait eus. Elle se revoyait dans la salle à manger du pasteur, dénudée et ligotée, peut-être par sa faute. Ils avaient tout fait pour la sauver et elle avait refusé leur secours. Or, non seulement elle se vouait à la damnation éternelle en refusant d'obéir, mais elle les entraînait dans sa chute. Parce qu'ils l'avaient engendrée dans le péché et que leur Dieu ne voulait pas d'elle. Parce qu'elle avait fini par abandonner la lutte et n'était plus disposée à renoncer à tout pour Lui être agréable. Et voilà que Göran demandait quels problèmes elle avait eus. S'il existait un seul moyen d'effacer l'ensemble de ses fautes, elle y aurait recours en cet instant.

– Je vous ai demandé quels problèmes Majsan a eus.

Sa voix trahissait maintenant une certaine irritation et Maj-Britt s'étonna qu'on ose adopter un ton pareil dans cette maison. Tout ce qu'elle avait appris et compris au cours de l'année écoulée n'était plus qu'un souvenir : la certitude que l'amour qu'ils se portaient, Göran et elle, était pur et beau et la grandissait en tant qu'être humain ; la conviction que, s'il pouvait les rendre aussi heureux, c'était parce qu'il avait le droit d'exister et que ce n'était pas un péché. Pas même aux yeux de leur Dieu. Brusquement, rien ne paraissait plus aussi évident.

– Pourquoi ne dis-tu rien, Maj-Britt ? As-tu totalement perdu la parole ?

C'était son père qui s'adressait à elle de cette façon.

– Pourquoi ne lui parles-tu pas de tes problèmes ?

Maj-Britt avala sa salive. La honte lui brûlait le visage et le colorait en rouge sang.

– Maj-Britt a eu des problèmes dans ses relations avec Dieu. Et, si tu es là maintenant, on peut dire que c'en est le résultat. Quand on a l'âme pure, on ne peut être la proie de telles perversions car, en bon chrétien, on rejette la malédiction de la sexualité et ce avec joie et gratitude ! Nous avons tout fait pour lui venir en aide, mais il est désormais clair qu'elle s'est laissé entraîner pour de bon hors du droit chemin.

Göran dévisagea son père, qui poursuivit cependant d'une voix dont chaque syllabe claquait comme un coup de fouet.

– Tu demandes quels problèmes elle a eus. Cela s'appelle l'impureté.

Dieu du Ciel, je t'en prie, épargne-moi. Pardon, mon Dieu. Viens à mon secours, je T'en supplie !

Comment pouvaient-ils savoir ?

– La luxure, Maj-Britt, voilà à quoi tu t'adonnes. C'est un péché qui écarte l'être humain du droit chemin.

Göran eut l'air surpris, comme si les mots qu'il venait d'entendre étaient prononcés dans une langue étrangère. Lorsque son père reprit la parole, elle sursauta devant la violence de sa voix.

– Maj-Britt. Je veux que tu me regardes dans les yeux et que tu répondes à ma question. Est-il vrai que, comme il vient de le dire, tu as l'intention de partir avec lui ? Est-ce pour nous annoncer cela que tu es là ?

Sa mère éclata en sanglots en se balançant toujours d'avant en arrière et se cachant le visage dans ses mains.

– Tu sais que Jésus est mort sur la Croix pour nos péchés. Il est mort pour toi, Maj-Britt, pour toi ! Et voilà comment tu Le remercies. Tu ne comprends pas que tu seras damnée pour l'éternité ? Tu seras bannie à jamais du royaume de Dieu.

Göran se leva.

– Qu'est-ce que c'est que ces bêtises ?

Son père se leva aussi. Ils se dressaient maintenant l'un contre l'autre, par-dessus cette nappe si bien repassée, comme des coqs de combat. Son père ne put s'empêcher de postillonner quand il s'insurgea de l'impiété de ces propos.

– Suppôt de Satan ! Le Seigneur te châtiera pour ce péché, car c'est toi qui l'as incitée au mal. Tu regretteras ces paroles, crois-moi.

Göran se dirigea vers Maj-Britt et lui tendit la main.

– Viens, Majsan, ne restons pas là à écouter ce qu'il dit.

Maj-Britt ne parvenait pas à se lever, ses jambes ne la portaient toujours pas.

– Si tu pars maintenant, Maj-Britt, notre porte te restera fermée à jamais.

– Viens, Majsan !

– Tu m'entends, Maj-Britt ? Si tu choisis de suivre cet homme, tu ne pourras revenir en arrière. Il faut arracher les mauvaises graines, pour ne pas qu'elles contaminent les autres. Si tu pars, tu renonces à ta communauté et à la grâce de Dieu, tu n'es plus notre fille.

Göran prit Maj-Britt par la main.

– Viens, Majsan, on s'en va.

L'horloge sonna cinq fois, projetant l'heure exacte dans la pièce. À ce moment précis, elle ne savait pas qu'une grosse tache rouge était en train de prendre forme dans le calendrier.

Maj-Britt se leva et laissa Göran la conduire par la main dans l'entrée puis, après l'avoir aidée à mettre sa veste, il la guida à l'extérieur de la maison. On n'entendait pas le moindre bruit venant de la salle de séjour. Même pas les gémissements de sa mère. Rien qu'un silence de mort qui ne devait jamais prendre fin.

Il lui fit descendre l'allée du jardin et franchir la barrière mais, une fois arrivé là, il s'arrêta et la prit dans ses bras. Ceux de Maj-Britt pendaient le long de son corps.

– Laisse-leur un peu de temps. Ils changeront d'avis.

C'était le vide. Elle n'éprouvait nulle joie ni soulagement devant la fin des mensonges, elle n'attendait plus ce que l'avenir lui réservait. Elle ne parvenait même pas à partager la colère de Göran, rien qu'une grande tristesse noire devant leur impuissance. La sienne aussi bien que celle de ses parents. Et celle de Göran, qui n'avait pas été capable de comprendre le mal qu'il venait de faire dans cette maison. Et devant leur Dieu, qui les avait dotés du libre arbitre mais damnait ceux qui ne se pliaient pas à Sa volonté et s'acharnait maintenant à la punir.

Elle avait tellement désiré qu'ils passent une nuit entière ensemble : ils allaient enfin pouvoir le faire, mais tout était gâché. Comme Maj-Britt voulait voir Vanja, Göran emprunta la voiture de ses parents pour aller la chercher. Pendant le trajet, il lui expliqua soigneusement ce qui s'était passé au cours de leur visite chez les parents de Maj-Britt et, quand elle franchit la porte, Vanja écumait de colère.

– Ne les laisse pas détruire ça aussi, merde ! Montre-leur plutôt, Majsan.

Et Vanja avait passé la nuit avec eux. Göran n'avait pas arrêté de faire chauffer du thé et, au fil des heures, Maj-Britt avait écouté Vanja examiner le problème sous tous ses angles, plus surprenants les uns que les autres. Son amie avait même réussi à la faire rire. Mais, à la fin d'une longue tentative de persuasion, elle prononça soudain des mots qui la firent sursauter.

– Il faut oser se débarrasser de toutes ses vieilleries, si on veut faire de la place pour le neuf, hein ? Rien ne peut pousser là où il n'y a pas d'espace.

Vanja se tut et médita ce qu'elle venait de dire. Puis elle eut un grand sourire.

– C'est pas mal, ça, vous ne trouvez pas ?

Elle demanda un stylo à Göran et griffonna ses propos sur un morceau de papier. Puis elle relut en silence ce qu'elle avait écrit et lança un petit cri de joie.

– Si jamais j'écris ce livre, j'y mettrai ces mots-là.

Maj-Britt sourit. Vanja et ses rêves d'écriture. Pourtant, elle sentit qu'elle lui souhaitait de tout cœur la réussite.

Vanja regarda sa montre.

– Rien que pour avoir trouvé ça, je prends, ce 15 juin 1969 à quatre heures vingt du matin, la décision d'aller vivre à Stockholm. On peut partir ensemble, Majsan, même si on ne va pas dans la même ville. Parce que tu ne veux sûrement pas rester dans ce trou sans moi ?

Göran et Maj-Britt éclatèrent tous deux de rire.

Lorsque l'aube arriva, elle avait retrouvé son assurance. Elle avait fait le bon choix et ils ne pourraient pas lui en faire démordre.

Merveilleuse Vanja. Elle était toujours là, véritable colonne de pierre, lorsque Maj-Britt avait besoin d'elle. Qu'aurait-elle fait, si elle n'avait pas été là ?

Vanja.

Et Ellinor.

Maj-Britt prêta l'oreille en direction de la salle de bains. Le silence régnait. La douleur dans son dos s'était atténuée. Il ne lui restait plus qu'une sensation sourde, supportable, mais qui refusait de disparaître totalement. Et un besoin pressant d'aller aux toilettes.

– Je jure devant Dieu que je ne connais pas cette Vanja.

Maj-Britt pouffa. Tu peux jurer tant que tu veux, ça ne me fait ni chaud ni froid. Et à Lui non plus.

– Ils ne vont pas tarder à s'inquiéter. Ça fait une demi-heure que je devrais être chez la Bénéficiaire suivante.

Inutile. Elle ne parviendrait jamais à lui arracher la vérité. Et elle n'allait pas tarder à faire dans sa culotte. Maj-Britt poussa un soupir, se retourna et ouvrit la porte. Ellinor était assise sur le siège des toilettes, couvercle baissé.

– Sors d'ici. Il faut que j'aille aux W.-C.

Ellinor la regarda en secouant la tête.

– Vous êtes complètement folle. À quoi jouez-vous ?

– Je t'ai dit que j'avais envie de pisser. Va-t'en de là.

– Je ne bougerai pas avant de savoir pourquoi vous croyez que je la connais.

Ellinor s'inclina tranquillement en arrière sur le siège, les bras croisés sur la poitrine, puis s'installa encore plus confortablement, en croisant une jambe sur l'autre. Maj-Britt, elle, serrait les mâchoires. Si elle n'avait pas éprouvé un tel dégoût à l'idée de la toucher, elle lui aurait flanqué une tournée. Une bonne paire de claques.

– Alors, je vais pisser par terre. Et qui c'est qui devra nettoyer ?

– Allez-y.

Du revers de la main, Ellinor épousseta la jambe de son pantalon. Bientôt, Maj-Britt n'y tiendrait plus, et pourtant jamais de la vie elle ne s'humilierait devant cette affreuse petite bonne femme qui avait toujours l'avantage sur elle. Et elle ne pouvait surtout pas risquer qu'elle s'aperçoive qu'il y avait du sang dans ses urines, car la traîtresse appuierait aussitôt sur le gros signal d'alarme. Il ne restait qu'une seule solution à adopter, bien à contrecœur.

– C'est quelque chose qu'elle m'a dit dans une de ses lettres.

– Dans une lettre ? Et qu'est-ce qu'elle vous a dit, exactement ?

– Ça ne te regarde pas. Tu veux bien te pousser de là, maintenant ?

Ellinor ne bougea pas. Maj-Britt était de plus en plus désespérée. Elle sentait que sa culotte commençait à être mouillée.

– J'ai sans doute mal compris. Je te demande de m'excuser de t'avoir enfermée. Bon, tu peux partir, maintenant ?

Ellinor finit par se lever, avant de prendre le seau et de sortir en lançant un regard mauvais à Maj-Britt, qui se dépêcha de verrouiller la porte et de s'asseoir sur le siège. Quand elle fut enfin en mesure de vider sa vessie, elle éprouva une délicieuse sensation de soulagement.

Puis elle entendit claquer la porte d'entrée. Au revoir, Ellinor. Enfin, façon de parler.

Soudain, sans le moindre signe avant-coureur, elle sentit une grosse boule dans sa gorge. Impossible d'avaler, malgré les efforts qu'elle déployait. Puis vinrent les larmes, qui se mirent à jaillir de ses yeux sans raison. À son grand effroi, elle se rendit compte qu'elle ne parvenait pas à les arrêter. C'était comme si quelque chose s'était brisé en elle, et elle cacha son visage entre ses mains.

Sa peine était trop lourde à porter.

Une fois qu'elle eut accepté sa défaite, elle fut obligée d'admettre qu'elle souhaitait qu'il y ait un être humain, un seul, qui accepterait de lui-même, et sans être payé pour cela, de rester un moment, un petit moment, auprès d'elle.

19

Elle avait appelé la clinique et pris cinq des jours de congé qui lui restaient. Elle en avait perdu le compte exact car, jusque-là, cela ne l'intéressait pas. Cinq semaines de vacances, c'était trop pour elle et, au fil des ans, sa réserve de congés avait atteint des proportions considérables. On ne lui avait pas demandé de motiver sa demande et elle savait qu'elle jouissait de la confiance de ses supérieurs. Un chef de service doté de son sens du devoir ne s'absente pas sans raisons sérieuses.

Au cours des jours qui suivirent, elle rendit visite à Pernilla tous les après-midi. Elle l'avait prévenue que, désormais, elle serait la seule des membres du groupe de soutien à venir. Pernilla avait accueilli la nouvelle sans manifester de joie ni de contrariété. Monika y vit un bon signe. Pour l'instant, elle se contentait d'être acceptée.

Elle passait le plus clair de ce temps à l'extérieur, avec Daniella. Le terrain de jeux ne tarda pas à se révéler trop peu attrayant et le cercle de leurs promenades s'élargit. Lentement mais sûrement, elle parvint à gagner la confiance de l'enfant et elle savait que c'était un bon moyen de se rapprocher de la mère. Car c'était Pernilla qui détenait le pouvoir. Chaque seconde de la journée, Monika était consciente qu'elle risquait d'être mise à la porte si Pernilla avait le sentiment qu'elle et sa fille se tireraient mieux d'affaire sans elle. Le malaise qu'elle ressentait à l'idée de ne plus être autorisée à venir faisait comprendre à Monika qu'elle était prête à tout pour éviter cela. Il lui restait tellement de choses à régler.

Un jour, une amie de Pernilla passa à l'improviste et c'est avec des sentiments assez contradictoires que Monika dut partir et les laisser seules. Naturellement, elle était contente pour Pernilla mais, en même temps, elle désirait prendre part à ce qui se passait, savoir de quoi elles parlaient et si Pernilla nourrissait des projets dont elle n'avait pas connaissance. La plupart du temps, celle-ci dormait pendant ses promenades avec Daniella. À son retour, Monika s'arrangeait pour s'attarder dans l'appartement, afin de montrer comme elle s'entendait bien avec l'enfant. Pernilla se retirait souvent dans sa chambre et elles ne parlaient guère l'une avec l'autre. Pourtant, Monika appréciait énormément chaque seconde qu'elle passait là. Seul le regard de Mattias lui faisait encore de la peine. Il la surveillait du haut de la commode quand elle jouait sur le sol avec Daniella. En voyant qu'elle revenait chaque jour ponctuellement pour assumer ses responsabilités, peut-être commençait-il cependant à comprendre qu'elle n'avait que de bonnes intentions.

Pernilla avait beau ne pas parler beaucoup, Monika sentait que sa simple présence lui était bénéfique et, chaque fois qu'elle quittait l'appartement, le calme s'instaurait en elle pour quelques heures. Le sentiment d'avoir franchi la première étape d'une mission très honorable et d'avoir mérité un moment de répit. Elle se rendait aussi compte que le reste avait perdu toute espèce d'importance à ses yeux, comme si les contingences avaient été éliminées et qu'elle n'avait plus qu'un seul but à atteindre. Au bout de quelques heures, pourtant, son cœur se mettait à palpiter de nouveau. Elle connaissait le phénomène et savait précisément les changements automatiques dont son corps était le théâtre, et qu'ils visaient uniquement à lui procurer le maximum de chances de survie. Sa peur propulsait son sang vers ses principaux muscles et son foie libérait son stock de glucose pour leur fournir l'énergie nécessaire. Si elle percevait son pouls dans ses oreilles, c'était parce que son cœur luttait pour augmenter sa tension artérielle, que sa rate se contractait pour libérer un maximum de globules rouges et accroître la capacité de son sang à transformer l'oxygène, et que l'adrénaline et la noradrénaline se répandaient à flots dans son corps. Mais, dans le cas présent, les mentions « très bien » obtenues lors de ses examens ne lui étaient d'aucun secours. Car on avait oublié de lui apprendre comment se comporter pour faire face à sa réaction. Son corps entier s'efforçait de lui donner la force de fuir le plus vite possible, mais que faire quand il n'y avait aucune échappatoire ? Pendant la journée, elle avait le sentiment de se trouver dans une bulle de verre, coupée de ce monde extérieur qui ne la concernait plus. Le soir, elle se rendait au gymnase et s'imposait une rude séance de musculation, pour se fatiguer. Pourtant, une fois rentrée chez elle, elle ne parvenait pas à dormir. Quand elle éteignait la lampe, l'angoisse s'emparait sournoisement d'elle. Ainsi que la perplexité. Les pensées qu'elle parvenait à écarter d'elle dans la journée, en se forçant à être perpétuellement en mouvement, exigeaient d'être formulées le soir, dans le noir, alors qu'elle en était incapable. Elle redoutait qu'elles ne remettent en question ses actes, ce qui lui donnait parfaitement le droit de les maintenir à l'écart. Étant donné que rien ne suivait les lois de la raison ni de la justice, elle pouvait définir sa propre stratégie afin de mettre un peu d'ordre dans cette affaire. Les forces qui déterminaient la vie et la mort étaient dépourvues de logique et de discernement. Il était impossible de s'y soumettre. Il fallait absolument qu'elle ait la possibilité de réparer.

Une fois qu'elle était parvenue à s'endormir, d'autres périls la guettaient. Thomas la rejoignait dans ses rêves. Il allait et venait comme il voulait et éveillait en elle un désir qui faisait chanceler tout le reste. Si elle avait forcé son cerveau à oublier, son corps, lui, se souvenait, et ses mains refusaient de lui obéir.

Elle rédigea alors une ordonnance par laquelle elle se prescrivait des somnifères.

Après cela, ses rêves la laissèrent en paix.

Le troisième jour, elle prit son courage à deux mains et proposa à Pernilla de rester préparer le dîner. Bien entendu, il fallait d'abord qu'elle procède à certains achats. Elle ajouta qu'elle leur en faisait volontiers cadeau. Pernilla hésita un instant, avant de répondre qu'elle apprécierait. Elle souffrait de plus en plus du dos, depuis qu'elle était seule, et il y avait plus de trois semaines qu'elle n'était pas allée chez son kiné. Monika se doutait que c'était faute d'argent, mais elle avait besoin de l'entendre de la bouche de Pernilla pour en être sûre et, surtout, il lui fallait d'autres détails. Elle espérait que ce dîner lui permettrait de les obtenir.

Elle était dans l'entrée en train d'enfiler son manteau. Elle venait de se dire qu'elle allait préparer cette bonne recette de filet de bœuf en croûte au gratin de pommes de terre et se demandait si elle n'allait pas acheter également une bouteille de vin, lorsque Pernilla vint la rejoindre.

– Au fait, je crois que j'ai oublié de te dire que je suis végétarienne, non ?

Monika s'en tira par un sourire.

– Quelle chance. Je n'osais pas te confier que je le suis aussi, parce que j'avais peur que tu aies envie de manger de la viande. Depuis combien de temps l'es-tu ?

– Depuis mes dix-huit ans.

Monika acheva de boutonner son manteau.

– Il y a quelque chose qui te ferait plaisir ?

Pernilla poussa un soupir.

– Je sais que ce n'est pas gentil de répondre non mais, au moins, c'est sincère.

– Tu devrais essayer de manger un peu, je trouverai bien quelque chose. Est-ce que tu aimerais un peu de vin ? Je peux passer en acheter, si tu veux.

Pernilla réfléchit un instant.

– Une autre personne du groupe de soutien m'a avertie qu'il fallait que je fasse attention à l'alcool dans les semaines à venir. Il semble qu'il soit courant de se mettre à boire un ou deux verres de vin, le soir, pour se consoler, quand on est dans ma situation.

Monika ne répondit pas, se demandant, l'espace d'une seconde, si c'était une façon de la remettre en place. Mais Pernilla reprit alors :

– Aucun risque de mon côté, puisque je n'ai pas les moyens de m'en offrir. Mais j'aimerais bien en boire un verre.

Elle procéda à un choix minutieux au rayon des légumes. Comme elle ne connaissait pas de recette végétarienne, elle finit par demander de l'aide à la vendeuse. Celle-ci lui répondit que certaines suggestions étaient accrochées là-bas, près du lait, et elle choisit un plat aux champignons qui lui parut assez cher et qu'elle pensait être en mesure de confectionner. En regagnant sa voiture, avec ses sacs pleins de provisions, elle se sentit pleine d'optimisme. Pernilla semblait avoir davantage confiance en elle, ce qui réduisait le risque d'être rejetée. Au moins pour l'instant. Et, ce soir-là, elles allaient dîner ensemble et avoir l'occasion de faire un peu plus connaissance. Surtout, elle devait veiller à ne pas décevoir Pernilla. Elle venait de poser les sacs pour prendre ses clés lorsqu'elle vit la colombe argentée aux ailes à reflets mauves. Elle n'aurait su dire d'où elle sortait, elle se trouvait simplement là, sur l'asphalte, à côté de l'un des sacs. De surprise elle en laissa tomber ses clés. L'animal la fixait de ses yeux noirs et Monika eut soudain peur qu'il lui fasse mal. Sans le lâcher du regard, elle se baissa lentement, ramassa ses clés et ouvrit la portière. Ce n'est que lorsqu'elle souleva les sacs que l'oiseau s'envola et traversa le parking. Elle chargea la voiture aussi vite qu'elle le put et s'assura que les portes étaient bien verrouillées avant de démarrer.

Elle dut s'attarder un instant dans la voiture, sur le parking de l'immeuble de Pernilla, afin de reprendre le contrôle d'elle-même. Elle vit à nouveau ce chien adipoux qui errait à un mètre environ de la porte du balcon de sa maison mais, dès qu'il eut fait ses besoins, il voulut rentrer. Quelqu'un lui ouvrit. Comme il faisait sombre à l'intérieur de l'appartement, elle ne vit cependant pas si c'était un homme ou une femme.

Pernilla était assise sur le canapé et regardait la télévision. Elle avait enfilé à nouveau le large pull de Mattias et Monika vit qu'elle avait pleuré. Devant elle, sur la table, se trouvait un tas d'enveloppes à fenêtre décachetées. Monika posa les sacs. L'espoir qu'elle se sentirait mieux dès qu'elle serait revenue dans l'appartement s'était avéré fondé et elle retrouva toute sa résolution.

Elle alla s'asseoir à côté de Pernilla. Le moment était venu de passer à l'étape suivante.

– Ça va ?

Pernilla ne répondit pas. Elle se contenta de fermer les yeux et de dissimuler son visage derrière sa main. Monika jeta un coup d'œil sur les enveloppes. La plupart étaient au nom de Mattias et ressemblaient à des factures. Elle décida de faire un pas de plus. Elle ne pouvait laisser passer une si belle occasion.

– Je sais que ce doit être dur d'ouvrir toutes ces lettres.

Pernilla ôta sa main de son visage et renifla un peu. Puis elle remonta ses jambes contre son buste et de ses bras entoura ses genoux.

– Je n'avais pas le courage d'ouvrir le courrier ; je l'ai fait pendant que tu étais partie faire les courses.

Monika se leva et alla chercher dans la cuisine un morceau d'essuie-tout qu'elle tendit à Pernilla. Celle-ci se moucha et chiffonna ensuite le papier dans sa main.

– Nous n'aurons pas les moyens de continuer à vivre ici. Je le savais déjà, seulement je n'avais pas encore eu la force d'y penser.

Monika garda le silence. Elle tenait le renseignement qu'elle attendait que Pernilla lui confie.

– Excuse-moi de te poser cette question, mais qu'en est-il de vos assurances ? Je veux dire en matière d'accident et ce genre de chose.

Pernilla poussa un soupir et lui raconta l'histoire qu'elle avait déjà entendue de la bouche de Mattias et qu'elle avait seulement maintenant le droit de connaître. D'ailleurs, le récit était un peu plus complet, cette fois. Monika enregistra chaque détail, chaque chiffre, chaque information dans sa mémoire factuelle bien entraînée. Lorsque Pernilla eut fini de parler, elle était parfaitement au courant de la situation. À savoir que l'emprunt qu'ils avaient été obligés de contracter pour faire face aux dépenses entraînées par l'accident de Pernilla n'était pas un banal prêt bancaire et qu'il était frappé d'intérêts à un taux réel de 32 %. Et, comme ils n'avaient pas les moyens de régler les mensualités, la dette ne cessait de croître et se montait maintenant à 718 000 couronnes. Or, Pernilla avait pour tout revenu sa pension d'invalidité et, même en tenant compte d'une éventuelle allocation logement, elle ne parviendrait pas à joindre les deux bouts.

– Nous étions tellement contents que Mattias ait ce nouveau poste. Certes, les premières années auraient encore été difficiles, mais nous aurions au moins pu commencer à rembourser ce maudit prêt qui a gâché notre existence.

Monika avait déjà préparé ce qu'elle dirait quand l'occasion se présenterait, et le moment était enfin venu.

– Écoute, je ne peux naturellement rien te promettre, je sais simplement qu'il existe un fonds auprès duquel on peut solliciter une aide dans ce genre de situation.

– Quel fonds ?

– Je ne sais pas exactement. J'en ai entendu parler quand j'étais chez quelqu'un, après un décès. Je veux dire : là où le groupe de soutien m'avait envoyée. Et je sais que la personne en question a obtenu de l'argent de ce fonds. Je te promets de m'informer dès demain matin.

Pernilla changea de position et se tourna vers elle. Toute son attention était maintenant braquée vers Monika.

– Si tu as le temps de le faire, ce serait très gentil de ta part.

Son cœur se remit à battre posément.

– Naturellement. Mais j'ai besoin de renseignements sur ta situation. L'acte de prêt, ton attestation d'assurance, le montant de ton loyer et ce genre de choses.

Sans compter tes soins de rééducation, ton kiné… Tu crois que tu auras la force de me fournir ça ?

Pernilla l'en assura d'un simple hochement de tête.

Et, tandis qu'elle faisait cuire les girolles en sirotant un verre de vin, que Daniella jouait à ses pieds et que Pernilla ne cessait de venir lui demander si elle avait besoin de tel ou tel papier, Monika éprouva pour la première fois depuis très longtemps un étrange sentiment de paix.

20

Elle était restée trois jours sans aucune aide-ménagère : ni Ellinor ni qui que ce soit. Heureusement, elle avait assez de provisions pour tenir un certain temps. Cela ne l'empêchait pas de s'interroger. Ellinor aurait-elle été tellement fâchée qu'elle ne se serait même pas souciée de se trouver une remplaçante, laissant Maj-Britt se débrouiller seule ? Ce serait bien elle.

Pourtant, même au bout de ces trois jours sans réapprovisionnement, elle n'avait pas encore vidé son réfrigérateur et cela faisait des semaines qu'elle n'avait pas eu recours au livreur de pizzas. Quelque chose avait changé et elle se demandait si c'était lié à sa douleur dans le dos et le sang dans ses urines. Elle ne parvenait plus à manger comme d'habitude et avait perdu le goût de la nourriture, ainsi que du reste. D'un seul coup, elle se trouvait très à l'aise dans cette robe qu'elle craignait de voir devenir trop petite et elle avait parfois l'impression de se lever plus facilement de son fauteuil. Pourtant, elle était encore plus triste que d'habitude et avait perdu toute motivation.

Elle se tenait près de la fenêtre de la salle de séjour et regardait la cour. La femme qu'elle ne connaissait pas était à nouveau là, en train de pousser la petite fille sur la balançoire. Elle semblait ne jamais s'en lasser et s'appliquait avec une patience infinie. Maj-Britt regarda l'enfant mais fut obligée de fermer les yeux. Il y avait si longtemps de cela. Ce souvenir était resté à l'état latent pendant des années, et pourtant il n'avait rien perdu de sa vivacité. Les choses étaient plus simples quand les détails restaient à distance. À quoi servaient les souvenirs quand ils étaient insupportables ?

– C'est vrai ?

Elle se demanda soudain comment elle avait pu douter de lui, dans ses rêves les plus fous, et imaginer qu'il ne serait pas heureux. Elle s'était inquiétée, pensant que cela perturberait ses projets de formation musicale et qu'ils devraient attendre encore un peu. Or, il rayonnait de joie à la perspective d'être bientôt papa. Elle était déjà au quatrième mois de sa grossesse et tout le monde allait bientôt savoir qu'elle datait d'avant leur mariage. Mais cela ne la préoccupait plus. Elle avait choisi son camp et ne regrettait rien.

Tout s'était passé comme son père l'avait dit ce jour-là. Ses parents n'étaient même pas venus à leur mariage, alors qu'il avait lieu à l'église située tout près de chez eux. Maj-Britt se demandait ce qu'ils avaient pensé en entendant sonner les cloches. Elle trouvait étrange que le Dieu qui, à son foyer, condamnait leur amour soit prêt à le bénir à une centaine de mètres de là.

Le côté du marié était bien rempli. Quant au sien, il n'y avait que Vanja, au premier rang.

Elle aimait Göran et celui-ci l'aimait. Et elle refusait de considérer que cet amour soit entaché de péché. Pourtant, elle était parfois en proie au doute en pensant à ses parents qui ne voulaient plus d'elle. Il était difficile, alors, d'être forte et de préserver la certitude d'avoir bien agi. Car les autres avaient disparu de sa vie, ils l'avaient arrachée, telle une mauvaise herbe, de leur existence et de leur Communauté. Or, elle en était membre depuis le jour de sa naissance et ils emportaient donc avec eux une bonne partie de son enfance. Plus personne ne partageait ses souvenirs. Ce sentiment d'appartenance, d'être membre d'un groupe, lui manquait. Tout ce à quoi elle était habituée, qu'elle connaissait et dont elle était familière avait disparu. Elle n'avait plus rien vers quoi revenir, si cela devait s'avérer nécessaire un jour, ni personne à qui rendre simplement visite si elle était prise de nostalgie.

Même si sa colère n'avait pas faibli, elle sentait parfois une boule dans sa gorge en pensant à son père et à sa mère. Mais elle se rappelait alors les paroles de Vanja.

Ne les laisse pas détruire ça aussi, merde ! Montre-leur plutôt, Majsan.

Certaines nuits, elle se réveillait en proie au même rêve. Elle était seule, sur un rocher, sur le rivage d'une mer déchaînée, tandis que les autres étaient montés à bord d'un navire. Ils se tenaient tous sur le pont, mais elle avait beau crier et agiter les bras, ils faisaient semblant de ne pas la voir. Chaque fois elle se réveillait, étouffant de frayeur, en voyant le bateau s'éloigner à l'horizon et se rendant compte qu'ils l'abandonnaient à son sort. Elle tentait d'expliquer à Göran ce qu'elle ressentait et celui-ci ne voulait pas comprendre. Il se contentait de qualifier ses parents de cinglés et, d'une certaine façon, se montrait aussi intolérant que son père l'avait été envers eux. Comme si cela arrangeait les choses.

Il ne lui restait plus que Vanja, mais elles habitaient désormais loin l'une de l'autre et elles avaient du mal à trouver des sujets de conversation lorsqu'elles s'appelaient ou s'écrivaient, étant donné qu'elles menaient maintenant des vies très différentes. Celle de Vanja, à Stockholm, semblait mouvementée et passionnante, alors qu'il se passait si peu de choses chez Maj-Britt. Elle ne sortait pratiquement pas de la petite maison qu'ils avaient louée, juste à l'extérieur de la ville, et s'efforçait de passer le temps pendant que Göran suivait ses cours. Ce logement ne devait être que provisoire, car il ne comportait ni baignoire ni W.-C. et était presque impossible à chauffer. Pour l'instant ils pouvaient se résigner à une hygiène aussi rudimentaire. Quand l'enfant serait né, ce serait plus difficile.

Et puis il y avait une autre difficulté, aussi. Ce qu'elle désirait tellement mais avait aussi tant de mal à avouer ne pas refuser. Elle pensait que ce serait plus facile après le mariage, mais rien ne changea. Il y avait toujours quelque chose en elle qui lui disait qu'ils n'avaient pas le droit de faire cela. Pas pour leur simple plaisir, en dehors de toute idée de procréation.

Elle veillait toujours à ce que la lumière soit éteinte et à voiler son corps si Göran risquait de la voir nue. Au début, il s'était moqué d'elle, affectueusement et sans méchanceté, mais Maj-Britt pensait maintenant déceler une pointe de contrariété dans sa voix. Il lui disait qu'elle était belle, qu'il aimait beaucoup la voir nue et que cela l'excitait. Maj-Britt ne voulait pas l'entendre, surtout pas. C'était une chose de faire cela dans le noir, c'en était une autre, très différente, d'en parler. Elle n'aimait pas sa façon de mettre en mots ce qu'ils faisaient, cela la gênait et elle le priait de cesser. À croire que les mots rendaient la chose indécente. Comme s'ils l'avaient fait ouvertement, la lumière allumée. Non qu'elle se refusât à lui. Elle aimait beaucoup qu'il la caresse. Et quand ils ne faisaient plus qu'un, elle avait l'impression que leur union se renforçait et qu'ils partageaient un grand secret. Mais, ensuite, un sentiment de honte s'emparait toujours d'elle. Il lui arrivait de plus en plus souvent de se demander si ce qu'ils faisaient était vraiment bien et admissible. S'il était possible de justifier cette immense jouissance qu'elle s'autorisait. Et, parfois, elle s'imaginait que quelqu'un l'observait en cachette, se scandalisait d'un tel libertinage et en prenait soigneusement note.

Ils avaient convenu que Göran finirait son année d'études à l'école de musique. Le loyer de la maison était si peu élevé qu'ils parvenaient à vivre sur son seul prêt d'études. Une fois que l'enfant serait né, il prendrait un travail, n'importe lequel, à la seule condition que celui-ci leur permette de joindre les deux bouts. En son for intérieur, elle se doutait pourtant que le rêve du conservatoire ne se laisserait pas étouffer aussi facilement qu'il tentait de le lui faire croire. De temps en temps, ils téléphonaient à sa mère, à lui. Maj-Britt aurait aimé savoir si elle avait vu ses propres parents mais n'osait pas le lui demander. Personne ne prononçait plus leur nom, ils étaient rayés de leur existence, comme s'ils n'avaient jamais existé. C'est d'ailleurs ainsi que la Communauté et ses parents avaient agi avec elle.

Les journées se faisaient de plus en plus longues. Elle ne connaissait personne d'autre que Göran et certains de ses camarades du coin. Pourtant, elle se sentait encore plus seule quand elle les rencontrait en sa compagnie. Ils avaient en commun leur formation musicale et, entre eux, utilisaient un langage particulier qu'elle ne comprenait pas très bien. Göran était l'élève le plus âgé de l'école et elle trouvait qu'il se comportait de façon puérile quand il était avec les autres. Ils buvaient de l'alcool et écoutaient de la musique, et cette vie était très différente de ce à quoi elle était habituée avant leur départ du pays. À cette époque, le chœur était un trait d'union entre eux et ils ne désiraient rien d'autre que passer leurs soirées en tête à tête. Ils lisaient des livres, bavardaient, faisaient l'amour. Quand ils étaient en compagnie, elle se sentait toujours inférieure aux autres, surtout aux autres filles. Elle était là, avec son ventre qui commençait à s'arrondir, et gardait le silence, au risque de passer pour un bonnet de nuit, parce qu'elle n'avait rien à dire. Göran ne semblait pas comprendre qu'elle se fatiguait vite et qu'elle aurait aimé rentrer à la maison. Elle regrettait Vanja. Celle-ci l'aurait comprise et pris son parti. Elle aurait dit ce qu'elle ne parvenait pas à formuler personnellement. Elle nourrissait surtout une aversion envers Harriet, car elle n'aimait guère la façon dont elle regardait Göran. Au fond d'elle-même, elle se demandait ce qu'aurait fait Vanja si elle avait vu cela. Penser à son amie la soulageait un peu.

Un vendredi soir, à son retour à la maison, elle comprit qu'il avait bu. Il ne titubait pas mais, quand il vint se placer derrière elle, dans la cuisine, et qu'il posa ses mains sur ses épaules, elle le sentit à son haleine. Elle continua à faire la vaisselle. Ses mains montèrent alors le long de son corps et se glissèrent sous son pull. Puis il la pressa contre lui et elle sentit son excitation. Elle ferma les yeux et tenta de maîtriser sa respiration. Elle était décidée à ne pas lui céder, cette fois. Elle voulait lui montrer qu'elle était capable de contrôler ses désirs et n'était pas esclave de ses sens.

– Ça suffit.

Göran continua à la caresser.

– Arrête, Göran, s'il te plaît.

Il retira ses mains et elle entendit peu après la porte d'entrée claquer.

Il lui fallut près d'une heure pour se libérer du désir qu'il avait éveillé en elle.

Son ventre grossissait toujours. Vanja donnait de moins en moins de signes de vie et les journées de Göran à l'école se faisaient de plus en plus longues. Il lui arrivait de ne pas rentrer avant huit heures du soir. Il arguait alors de répétitions supplémentaires, de chorale et d'autres choses encore auxquelles il ne pouvait se soustraire. Son ventre était maintenant lourd et gênant et elle pensait que c'était pour cette raison qu'ils n'échangeaient plus de caresses.

Parce qu'elle s'était refusée.

Peu à peu, il avait même cessé d'essayer.

Elle avait le temps de ressasser des idées noires, dans sa solitude. Ses pensées ne cessaient de tourner en rond, ne rencontrant pas d'arguments contraires puisqu'elles n'étaient jamais exprimées. Elle avait cru que ce serait beaucoup plus facile si elle parvenait à échapper à tous ces yeux qui la surveillaient. Qu'elle se sentirait enfin pleinement elle-même une fois qu'elle se serait libérée de ses obligations et qu'elle se serait familiarisée avec ce monde qu'elle avait entrevu, au fil des ans, en partie à travers Vanja mais surtout par l'intermédiaire de Göran. Elle avait cru que tout irait mieux si elle pouvait assumer son existence et ses décisions, au lieu de toujours s'incliner devant Celui qui ne répondait jamais ni ne montrait ce qu'Il pensait. Il n'en avait rien été. Au lieu de cela, elle se rendait maintenant compte que sa vie était beaucoup plus facile à l'époque où il lui suffisait de se conformer aux principes et aux façons de voir de la Communauté. Comme c'était simple, de ne pas avoir à réfléchir par soi-même. Ici, elle était entièrement seule.

On l'avait arrachée, telle une mauvaise graine, pour ne pas propager la contagion.

Et c'était elle qui l'avait voulu.

Elle avait été sûre que leur amour, avec tout ce qu'il impliquait, était sain et naturel. Que c'était son père et sa mère, ainsi que la Communauté, qui avaient tort. Elle se rendait compte désormais à quel point elle avait été égoïste. Elle n'avait pensé qu'à elle et à sa propre satisfaction. Maintenant que sa colère s'était apaisée et que la peine l'avait remplacée, elle comprenait quel désespoir elle avait dû inspirer à ses parents et quelle honte ils avaient dû ressentir. Elle n'avait pas eu le moindre égard envers eux, elle s'était comportée comme la pire des égoïstes. Elle avait cru qu'elle pourrait troquer sa peur de Dieu contre son amour pour Göran et que celui-ci la guérirait, elle les avait accusés de la forcer à choisir. Et elle avait fait son choix. Mais le doute s'était insinué en elle et elle se disait qu'elle avait peut-être cédé à ses propres désirs et que son choix n'avait été basé que sur son incapacité à les dompter. Les paroles du pasteur la poursuivaient.

De même que la finalité biologique de l'acte de manger est de nourrir le corps, celle de la vie sexuelle, c'est les enfants. Si nous mangions chaque fois que nous en avons envie et autant que nous le voulions, il serait inévitable que certains d'entre nous mangent trop. La vertu exige qu'on soit maître de son corps, or c'est de la vertu que vient la lumière. Il n'existe pas de conflit entre Dieu et la nature mais, si par le mot « nature » nous entendons nos désirs naturels, il nous faut apprendre à les dompter si nous ne voulons pas faire de nos vies des tas de ruines.

Et il avait cité l'Épître aux Romains : *Je le sais en effet, le Bien n'habite pas en moi, c'est-à-dire en ma chair.*

Au fil des jours qui tournaient ainsi en cercle fermé, elle finit par se convaincre qu'il avait raison. Car elle sentait maintenant que ce qu'ils avaient fait n'était pas bien. Ils avaient engendré un enfant pour ainsi dire dans le cadre du mariage et c'était parfait. Cependant, continuer à s'unir ainsi n'était pas défendable. Si elle avait changé d'avis, ce n'était pas parce que ses parents pensaient de la sorte mais parce qu'elle était parvenue d'elle-même à cette conclusion. Elle s'était soudain mise à se sentir sale. Impure. Et, comme elle savait que c'était dû à ce qu'ils faisaient, cela ne pouvait être bien. Puisqu'elle en ressentait de tels tourments.

Impure.

Les aspirations de la chair sont hostiles à Dieu.

Il était difficile de se laver convenablement dans l'évier de la cuisine. Heureusement, des autobus passaient devant chez eux deux fois par jour, en direction de la ville. Et, du terminus, il n'y avait que quelques centaines de mètres jusqu'aux bains publics. Elle s'abstint de parler à Göran de ses voyages quotidiens, s'arrangeant pour être à la maison à son retour. Ils dînaient et échangeaient quelques mots, mais leurs conversations devenaient de plus en plus étiques et ses pensées, à elle, de plus en plus étouffantes. Elle se disait que tout irait sûrement mieux quand l'enfant serait né et que Göran aurait terminé ses cours. Ils pourraient alors se retrouver tous les deux, et peut-être faire un autre enfant. S'unir sans que ce soit mal.

Elle s'était informée du numéro de téléphone de l'école de musique et l'avait appris par cœur. En effet, la date de l'accouchement approchait et, si les douleurs se déclenchaient pendant que Göran était là-bas, elle l'appellerait. Il avait déjà pris ses dispositions pour emprunter une voiture, afin qu'elle n'ait pas à s'inquiéter. Disait-il.

Lorsqu'elle perdit les eaux, elle était sous la douche, dans les bains publics. Elle sentit soudain qu'il se passait quelque chose et, après avoir coupé l'arrivée d'eau, vit qu'elle ne cessait pas pour autant de couler le long de ses jambes. Maj-Britt avait tourné le dos à la femme d'un certain âge qui occupait la cabine d'en face, car elle trouvait déplaisant de montrer sa nudité, même à d'autres femmes. Elle saisit sa serviette, sortit et alla s'asseoir sur le banc du vestiaire. Les premières douleurs survinrent au moment où elle mettait son linge de corps. Elle parvint à enfiler ses vêtements et, une fois habillée, demanda à l'autre femme si elle pouvait s'informer où il y avait un téléphone.

Pendant l'accouchement, ils se rapprochèrent l'un de l'autre. Il lui tint la main et caressa ses cheveux, angoissé de ne savoir quoi faire pour l'aider à supporter les douleurs. Elle savait que tout allait redevenir comme avant. Elle lui confierait ces pensées qui étaient, lentement mais sûrement, en train de la détruire, et tenterait de lui faire comprendre. Elle fit de son mieux pour accepter ces douleurs qui lui tailladaient le corps et s'étonna que Dieu puisse être assez cruel pour punir aussi durement la femme à cause du péché qu'avait commis Ève. Les paroles de l'Écriture résonnaient dans sa tête : *Oui, je suis né dans l'iniquité, et ma mère m'a conçu dans le péché.*

Le temps passa. Les douleurs ne décrurent pas au fil des heures, son corps refusait de s'ouvrir et de laisser sortir ce qu'il avait engendré. Il ne relâchait pas son étreinte sur cet enfant qui luttait, à l'intérieur, pour parvenir à la vie, et la sage-femme paraissait de plus en plus inquiète. Au bout d'une vingtaine d'heures, il fallut renoncer et on emmena Maj-Britt dans la salle d'opération pour procéder à une césarienne.

Oui, je suis né dans l'iniquité, et ma mère m'a conçu dans le péché.

– Majsan.

Elle entendit une voix, très loin. Elle était dans un autre endroit que celui d'où elle provenait. Une lueur diffuse perçait à intervalles réguliers les brumes de son champ visuel et la voix qu'elle entendait résonnait comme dans un tunnel.

– Majsan, tu m'entends ?

Elle parvint à ouvrir les yeux. Les contours de son entourage immédiat se précisèrent, sa vision redevint involontairement normale puis se brouilla à nouveau.

– C'est une fille.

Soudain, elle vit. L'anesthésie relâcha peu à peu son emprise et elle put voir qu'il tenait un enfant dans les bras. Göran était toujours là, il ne l'avait pas abandonnée. Et le petit être qu'il tenait dans ses bras était sûrement leur enfant, celui auquel son corps n'avait pas réussi à donner naissance par ses propres moyens. Elle vit aussi qu'il portait des vêtements blancs. Il était venu au monde propre et vêtu de blanc.

– C'est une petite fille, ma chérie.

Il posa l'enfant sur son bras et elle chercha désespérément à focaliser de nouveau son regard. Une petite fille.

La porte s'ouvrit et une infirmière entra en poussant une table roulante sur laquelle était posé un téléphone.

– Il faut que vous annonciez la nouvelle à tout le monde, n'est-ce pas ?

Göran appela ses parents. Et puis Vanja. Maj-Britt n'eut la force de lui dire que quelques mots, mais son amie poussa des cris de joie à l'autre bout du fil.

Ils n'appelèrent personne d'autre.

Göran ne tint pas vraiment parole. Au lieu de prendre un emploi, il demanda de l'argent à ses parents afin de pouvoir suivre également les cours de deuxième année à l'école de musique. Et, quant à l'appartement dans lequel il lui avait promis d'emménager, il fallut l'attendre un certain temps. Il avait pris contact avec la commune et on lui avait répondu qu'il n'y aurait aucun problème le moment venu. Selon eux.

Maj-Britt continua à garder pour elle ses pensées, elle avait au moins quelque chose pour l'occuper, maintenant. Ils décidèrent que la fillette s'appellerait

Susanna, qu'elle serait baptisée dans l'église où ils s'étaient mariés et par le même prêtre. Elle envoya une lettre à ses parents pour les informer qu'ils avaient une petite-fille ainsi que de la date du baptême, mais elle ne reçut jamais de réponse.

Maj-Britt sentait que l'enfant avait quelque chose. Non qu'elle ne l'aimât pas, mais il lui paraissait nécessaire de garder une certaine distance. Il était très exigeant, or il était important que, dès le début, il apprenne à dominer ses besoins. Éduquer, c'était aussi fixer des limites, et aucun parent digne de ce nom ne laisse la volonté de son enfant l'emporter sur l'autorité d'un adulte. Ce serait lui rendre un très mauvais service. Elle l'allaitait toutes les quatre heures, comme on lui avait dit de le faire, et le laissait pleurer jusqu'à l'épuisement s'il avait faim entre-temps. À sept heures, il devait dormir, lui avait-on dit à la Protection de l'enfance. Il pourrait lui arriver de mettre des heures à trouver le sommeil mais, au bout d'un certain temps, on n'entendrait plus ses cris, lui avait-on dit aussi. Göran avait du mal à s'y faire, pourtant. Les soirs où il rentrait avant que le bébé soit endormi, il ne cessait de faire les cent pas dans la maison en remettant de plus en plus fortement en question cette méthode d'éducation.

L'enfant n'avait que quatre mois lorsqu'ils l'apprirent. Maj-Britt sentait qu'il y avait quelque chose qui n'allait pas mais elle avait interdit à ses soupçons de mûrir. Divers prétextes lui avaient permis de soustraire le bébé aux premières visites médicales obligatoires, jusqu'à ce qu'on finisse par l'appeler au téléphone et la menacer de venir à domicile si elle ne le présentait pas. Elle avait gardé ses doutes pour elle, sans en faire part à Göran, et il ne savait pas non plus qu'elle avait négligé ces visites. Elle se refusait à apprendre la nouvelle et faisait semblant de ne pas savoir de quoi souffrait sa fille. Et pour quelle raison il en était ainsi.

On appelle cela impureté.

Ses craintes se révélèrent fondées. Elle accueillit la nouvelle avec la même indifférence que si on lui avait décrit un itinéraire, se contentant de poser quelques questions complémentaires pour s'assurer qu'elle avait bien compris. Le soir venu, c'est ainsi qu'elle annonça la nouvelle à Göran :

– Elle est aveugle. Ils s'en sont aperçus lors de la visite médicale aujourd'hui. Il faut qu'on y retourne dans deux semaines.

Après cela, les choses ne cessèrent de se dégrader. Les derniers efforts, assez convulsifs, de libération auxquels elle s'était livrée échouèrent définitivement et il ne resta plus que la honte, les scrupules et la crainte. Les regrets et les sentiments de culpabilité rongeaient son corps comme un acide, ce corps qu'elle détestait plus que tout au monde et qui ne lui avait jamais voulu que du mal. Ce même corps dont la preuve manifeste de son péché était dans la nécessité de tirer sa nourriture toutes les quatre heures. *Un mauvais arbre porte de mauvais fruits. Du fait du péché, l'être humain est coupable devant Dieu et doit craindre Sa colère et le châtiment de Sa justice. Le désir irrésistible du Mal se transmet de génération en génération et ce péché originel est la cause de tous les autres, en pensée, en paroles et en actes.*

Dans son orgueil, elle s'était dressée contre Dieu et le châtiment était plus affreux encore qu'elle ne l'aurait imaginé. Il s'était contenté de la tuer par le silence et s'en était pris à sa progéniture. Il avait fait en sorte que ce soit la génération suivante qui subisse le châtiment qui aurait dû être le sien.

Puis était arrivée la lettre de ses parents. Ils avaient appris la nouvelle par la rumeur. Ils ne lui avaient pas pardonné mais la Communauté prierait pour son enfant, que Dieu avait frappé de Sa juste vengeance.

Quelques mois s'écoulèrent encore. Göran était de plus en plus taciturne à la maison. Il ne parlait même plus de ce nouvel appartement dans lequel ils devaient emménager au début de l'été, un deux pièces-cuisine de soixante-huit mètres carrés au rez-de-chaussée, avec balcon. Et une salle de bains dans laquelle ils pourraient enfin se laver correctement.

Elle avait déjà commencé à faire les cartons. Uniquement ce dont elle n'avait pas besoin quotidiennement bien sûr, mais il fallait qu'elle fasse quelque chose, car elle avait de plus en plus de mal à rester inactive. Elle venait d'ouvrir le placard à linge du palier et tendait le bras pour attraper une pile de draps que leur avaient donnés les parents de Göran et qui portaient ses initiales joliment brodées au fil bleu. Elle vit alors la petite franchir le seuil de la chambre à quatre pattes, se cogner la tête au chambranle de la porte et rester assise. Il n'y avait pas de barrière en haut de l'escalier. Maj-Britt passa près d'elle pour déposer les draps dans le carton de déménagement posé sur le lit. En se retournant, elle se cogna le tibia dans un des pieds du lit. La douleur fut brève et intense, elle ne dura que l'espace d'un instant et pourtant cette souffrance physique fit sauter un barrage en elle. Le blanc se fit. Elle cria au point d'avoir mal à la gorge, mais rien n'y fit. Ce hurlement effraya la fillette et Maj-Britt crut, du coin de l'œil, la voir s'éloigner en pleurant vers le palier. Et l'escalier. Cela ne suffit pourtant pas à calmer sa fureur, celle-ci ne fit que croître, au contraire, et elle empoigna le carton à deux mains et le jeta de toutes ses forces contre le mur.

– Je Te déteste ! Tu m'entends ? Tu sais que j'étais prête à tout sacrifier, mais ce n'était pas suffisant.

Elle serra les poings et les brandit vers le plafond.

– Tu m'entends ? Hein ? Tu ne pourrais pas répondre une fois, une seule, quand on Te parle ?

La fureur contenue en elle emportait soudain les digues et se déversait tel un déluge. Elle sentit la douleur lui cogner aux tempes, arracha les draps et la couverture et les jeta dans la pièce. Ils entraînèrent dans leur chute un tableau accroché au mur d'en face. Il n'y avait pas de barrière en haut de l'escalier et la petite aveugle avait disparu derrière la porte. Plus rien ne pouvait être arrêté, quelque chose s'était rompu à jamais en elle et il fallait que cela sorte, sans quoi elle allait exploser.

– Tu crois que Tu vas gagner, hein ? Que je vais Te prier et Te supplier de me pardonner, maintenant qu'il est trop tard, de toute façon, puisque Tu lui as fait subir la punition qui devait être la mienne. Tu crois ça, hein ?

Il n'y avait plus rien sur quoi déverser sa colère, c'est pourquoi elle prit le carton et le jeta à nouveau. Elle était là, dans sa chambre, en train de passer sa fureur sur un carton de déménagement alors qu'il n'y avait pas de barrière en haut de l'escalier.

– Je me tirerai d'affaire sans Toi, à l'avenir, Tu m'entends ?

Après coup, elle se souvint que, à ce moment précis, elle était sur le point de sortir sur le palier, puisqu'il n'y avait pas de barrière et que sa fille aveugle était en train de ramper là-bas. Mais elle n'en eut pas le temps.

Elle ne poussa aucun cri en tombant.

On entendit seulement quelques bruits sourds, puis un grand silence.

21

Les nuits avaient quelque chose de spécial, surtout lorsqu'on veillait alors que les autres dormaient. À l'heure où tout reposait, où les pensées des êtres humains empruntaient divers états oniriques et n'encombraient pas l'air. On aurait dit qu'il était plus facile de réfléchir alors, que les idées pouvaient suivre un itinéraire plus rectiligne et avaient moins de mal à progresser, n'étant pas obligées de zigzaguer dans les embouteillages. Pendant ses études, elle avait choisi, à certaines périodes, d'inverser le rythme des journées et, lorsqu'elle le pouvait, de réviser ses examens pendant la nuit. Pour profiter de la liberté de l'air.

Maintenant, la nuit était synonyme de danger, et pour la même raison. Moins il y avait de risques de perturbations, plus la menace était grande. Car au fond de la nuit un souvenir faisait obstacle et cherchait à entrer en contact avec elle. Et plus le silence régnait, plus il était difficile de ne pas l'entendre. Ce souvenir la condamnait, malgré ses courageuses tentatives pour faire régner l'ordre et la justice, et elle devait absolument éviter de se laisser entraîner vers le fond. Elle parvenait seulement à deviner ce qu'elle éprouverait si elle le laissait remonter à la surface, et cette seule idée suffisait à la rendre folle de terreur. Pendant vingt-trois ans, elle avait réussi à garder ses distances avec ces ténèbres qui se densifiaient et avaient maintenant pris de telles proportions qu'elles affleuraient presque. Pour ne pas y succomber pour de bon, elle se devait d'être perpétuellement en mouvement, de ne jamais observer de pause. Car c'était pressé, très pressé. Elle sentait dans tout son corps à quel point c'était urgent. Pour rétablir la situation, elle devrait faire de gros efforts.

Pour combattre le silence, elle avait laissé la radio allumée. Les papiers de Pernilla gisaient, épars, sur la vaste table de cuisine en chêne fabriquée spécialement pour cette pièce et pouvant accueillir dix personnes. Elle ne ressentait aucune lassitude. Il était près de trois heures et demie du matin et elle en était à son troisième verre de Glen Mhor 1979. Elle avait acheté ce whisky dans un duty free lors d'un voyage à l'étranger, afin de compléter ce bar déjà bien pourvu qui avait impressionné les invités de choix qu'elle avait souhaité bluffer. Mais il faisait seulement office d'anesthésique.

Elle entra les revenus de Pernilla dans sa machine à calculer et fit une fois de plus le total, sans que cela change quoi que ce soit. La situation était bel et bien aussi mauvaise que Pernilla l'avait dit. Elle aurait certes droit à une pension pour Daniella. Comme celle-ci serait basée sur la retraite complémentaire de Mattias, elle ne serait hélas pas très conséquente. Monika était allée voir sur Internet la façon de la calculer. Avant l'accident de plongée, ils vivaient au jour le jour, travaillant par-ci par-là dans le but d'économiser suffisamment pour s'offrir tel ou tel voyage. Par la suite, Mattias avait pas mal travaillé mais à des postes peu rémunérateurs. Pernilla avait raison. Elles devraient quitter cet appartement. À moins qu'on ne leur vienne en aide.

Ce n'est que lorsqu'elle entendit le journal du matin tomber par la fente de la boîte à lettres qu'elle se leva et passa dans la chambre. Les somnifères étaient posés sur sa table de chevet ; elle appuya sur la tablette en plastique pour en extraire un comprimé qu'elle avala en finissant le verre d'eau qu'elle s'était servi la nuit précédente. Elle n'était nullement fatiguée, il fallait seulement qu'elle dorme quelques heures si elle voulait pouvoir travailler à nouveau. Si elle prenait le médicament maintenant et attendait une demi-heure, elle s'endormirait dès qu'elle se coucherait.

Pas la moindre pensée n'aurait le temps de se glisser à l'intérieur de son cerveau.

Le dîner.

Elle avait suivi à la lettre cette recette inconnue à base de girolles et l'ensemble avait été très réussi, même si elle aurait volontiers vu un morceau de viande au milieu de tous ces légumes. Pernilla gardait le silence. Monika remplissait son verre de vin au fur et à mesure, en s'abstenant d'en boire elle-même. Elle désirait conserver toute sa lucidité et, en outre, devait conduire pour rentrer chez elle. L'idée d'emporter les papiers de Pernilla pour se mettre totalement au fait de la situation la réjouissait. Ces papiers n'étaient pas seulement une source d'informations, ils représentaient également pour elle une garantie, un répit. Tant qu'elle les détiendrait, elle était certaine de revenir, au moins une fois. Le simple spectacle de cette pile, sur le plan de travail, atténuait son inquiétude.

Elle nettoya son assiette avec un morceau de pain en se préparant mentalement à ce qu'elle allait devoir dire. À savoir qu'il serait nécessaire de modifier légèrement ce qu'on pouvait presque appeler « leurs habitudes ». Elle aimait cette expression, *leurs* habitudes. Si Monika ne voulait pas perdre son travail, ce qui serait dommageable pour elles deux, elle devait retourner à la clinique et ne pourrait plus venir dans l'après-midi. C'est pourquoi elle était en train de se préparer à annoncer la nouvelle.

– Mon congé se termine demain, il faut que je recommence à travailler.

Aucune réaction de l'autre côté de la table.

– Mais je continuerai à passer te voir le soir, si ça peut t'être utile.

Pernilla ne répondit pas, se contentant de hocher la tête sans vraiment écouter. Cette indifférence mit Monika mal à l'aise. Elle n'avait pas encore eu le temps de se rendre indispensable et, chaque fois qu'on lui rappelait qu'elle ne maîtrisait pas la situation, les ténèbres resserraient leur étreinte.

– J'ai pensé que je pourrais peut-être passer demain soir pour te donner des nouvelles de ce fonds et de ce qu'ils m'auront répondu, puisque je les appellerai dès le matin.

Pernilla jouait avec la girolle qui restait sur son assiette. Elle n'avait pas beaucoup mangé mais avait quand même déclaré que c'était bon.

– Si tu n'es pas trop fatiguée, bien sûr. Sinon, on pourra se parler au téléphone.

Elle ne lâchait pas du regard la girolle et, avec sa fourchette, la pilotait dans la sauce en suivant un itinéraire irrégulier entre une feuille de salade et un morceau de pomme de terre.

– Il vaut mieux que je passe. Et puis il faut que je te rapporte tes papiers.

Pernilla hocha la tête, posa sa fourchette et but une gorgée de vin. Elles gardèrent un moment le silence. Monika se concentra sur le portrait de Sofia Magdalena en se demandant comment elle pourrait orienter la conversation vers un sujet à caractère historique qui puisse détendre un peu l'atmosphère et faire comprendre à Pernilla tout ce qu'elles avaient en commun, mais celle-ci la devança. Le seul inconvénient était que ce dont elle voulait parler touchait précisément le sujet que Monika désirait éviter, et ses paroles lui firent l'effet d'un direct au foie.

– C'est l'anniversaire de Mattias, demain.

Monika avala sa salive. Elle regarda Pernilla et comprit l'erreur qu'elle avait commise. Jusque-là, celle-ci n'avait presque jamais cité le nom de son mari et Monika avait commencé à se détendre, pensant que cela continuerait ainsi et qu'elle devrait simplement supporter le regard de la photo quand elle était obligée de se rendre dans la salle de séjour. Or, Pernilla commençait à ressentir les effets du vin qu'elle avait bu, ce vin que, dans sa naïveté, Monika avait acheté elle-même et avait versé dans son verre. Cela se voyait à la lenteur de ses mouvements et au fait que, lorsqu'elle clignait des yeux, ses paupières mettaient plus de temps que d'habitude à se clore et s'ouvrir de nouveau. Elle vit des larmes couler sur les joues de Pernilla, d'une façon différente des précédentes fois. Jusque-là, elle avait tenté de masquer son chagrin en se refermant sur elle-même. Aujourd'hui, au contraire, elle s'ouvrait totalement et ne faisait rien pour dissimuler l'ampleur de son désespoir. L'alcool avait fait tomber ses barrières et Monika maudissait sa bêtise. Elle aurait dû réfléchir un peu. Elle allait devoir payer son erreur et subir tout ce que Pernilla avait à dire.

– Il aurait eu trente ans. On serait allés au restaurant, pour une fois. Je voulais lui faire la surprise et j'avais déjà retenu une baby-sitter depuis plusieurs mois.

Monika serra le poing jusqu'à s'enfoncer les ongles dans les paumes. Cela la soulageait d'avoir mal à un endroit précis.

Pernilla reprit sa fourchette et la piqua à nouveau dans la girolle.

– Les pompes funèbres m'ont appelée ce matin, pour m'aviser que la crémation avait eu lieu hier. Enfin, le peu de lui qu'ils ont pu réunir, même s'ils n'ont pas dit cela ainsi. Maintenant, il n'est plus seulement mort, il est réduit à néant, il ne reste plus de lui qu'un peu de cendre dans une urne qui attend que j'aille la chercher.

Elle se demanda à quelle température il fallait qu'elle règle le four pour le chausson aux myrtilles qu'elle avait acheté en guise de dessert. Elle avait oublié de le demander dans le magasin. Deux cents degrés, peut-être. Avec un morceau de papier d'alu dessus pour éviter qu'il ne brûle.

– J'en ai pris une blanche. Ils ont un catalogue complet de cercueils et d'urnes de formes, de couleurs et de prix différents. J'ai choisi la moins chère, parce que je sais qu'il trouverait que c'est de la folie de gâcher de l'argent pour cela.

Et puis elle avait oublié de battre la sauce à la vanille. Peut-être y avait-il un batteur électrique dans la maison. Elle n'en avait pas vu en préparant le dîner mais elle n'avait pas regardé dans tous les tiroirs.

– Je ne vais pas le faire inhumer. Je sais qu'il ne voudrait pas être enterré quelque part, qu'il souhaiterait que ses cendres soient dispersées en mer car il aimait cet élément. La plongée lui manquait beaucoup, au fond de lui il aurait voulu s'y remettre et il s'en abstenait uniquement à cause de moi.

Dire que Sofia Magdalena avait été fiancée à Gustave III à l'âge de cinq ans. L'histoire enseignait que son existence avait été bien triste, qu'elle était timide et réservée et avait été élevée avec beaucoup de sévérité. Elle était arrivée en Suède à l'âge de dix-neuf ans et avait eu beaucoup de mal à s'habituer à la vie de la cour suédoise.

– Pourquoi n'a-t-il pas pu plonger à nouveau ? Une seule fois !

Elle criait presque et risquait de réveiller Daniella si elle ne baissait pas rapidement le ton.

– Pourquoi n'a-t-il pas pu, hein ? Une seule fois !

Monika sursauta en voyant Pernilla se lever brusquement et passer dans la chambre. Le vin avait également produit son effet sur ses jambes. Monika chercha des yeux un batteur électrique, mais n'en trouva pas. Pernilla revint alors avec le pull de Mattias dans ses bras, serré contre sa poitrine comme en une étreinte amoureuse. Elle se laissa tomber sur une chaise, le visage tordu de douleur, criant plutôt que parlant.

– Je veux qu'il soit ici ! Près de moi ! Pourquoi n'est-il pas là ?

Toujours être en mouvement. C'était en bougeant sans cesse, en ne s'arrêtant jamais qu'elle pourrait se maintenir à l'abri. C'était quand on observait une pause que cela faisait mal.

Le médecin-chef Lundvall se leva. La veuve de Mattias Andersson était assise de l'autre côté de la table, secouée de sanglots. La pauvre femme se balançait d'avant en arrière, les bras serrés autour du corps. Le médecin-chef avait déjà assisté à ce genre de spectacle : des proches en proie à un chagrin inconsolable devant la mort d'un être cher. La peine humaine était quelque chose de particulier. Malgré toutes les années de formation qu'elle avait suivies, et même lorsqu'elle n'était pas directement concernée, elle avait toujours eu l'impression de se trouver sur un autre continent. On ne pouvait rien dire, rien faire pour réconforter ses semblables. Uniquement être là et prêter une oreille compatissante à leur insupportable affliction. Tenir bon, malgré l'ampleur et l'absurdité de leur désarroi. Mais la vie était tellement impitoyable qu'il était inutile de tenter quoi que ce soit, autant renoncer immédiatement. À quoi cela servirait-il, alors que ce pouvait être terminé dans une heure, et pourquoi déployer des efforts puisque tout concourait au même but inexorable et qu'il était impossible d'échapper à son sort ? La peine humaine était un vaste mémento. Pour quoi ? À quoi bon ?

– Viens te coucher, Pernilla. Viens.

Le médecin-chef Lundvall fit le tour de la table pour lui poser la main sur l'épaule.

Elle continua à osciller d'avant en arrière.

– Viens.

Le médecin-chef Lundvall la prit par l'épaule et l'aida à se lever. Puis, toujours dans la même position, la conduisit dans la chambre. Elle se laissa guider comme un enfant et s'allongea docilement. Le médecin-chef Lundvall tira la couverture du côté inoccupé du lit pour la border. Puis elle s'assit sur le côté et lui caressa le front en de longs mouvements très doux qui calmèrent sa respiration. Elle resta assise là. Les chiffres rouges se succédèrent sur le radio-réveil, et indiquèrent de nouvelles heures. Pernilla finit par dormir profondément et le médecin-chef Lundvall put se mettre à nouveau en congé.

Il ne restait plus que Monika.

– Pardon.

Un vaste mémento.

Pardonne moi. Pardonne moi de ne pas avoir été plus courageuse.

Elle écarta une mèche de son front.

– Je ferais n'importe quoi pour qu'il retrouve la vie.

Pernilla poussa un soupir saccadé, ultime écho de ses pleurs. Et Monika sentit qu'elle voulait le dire. Avouer. Même si Pernilla ne l'entendait pas.

– C'est ma faute, c'est moi qui l'ai trahi. Je l'ai laissé enfermé là alors que j'aurais pu le sauver. Pardonne-moi, Pernilla, de ne pas avoir été plus courageuse. Je ferais n'importe quoi, n'importe quoi pour te rendre Lasse.

22

– Pourquoi n'avez-vous rien dit ?

Il s'était passé quatre jours, depuis l'incident de la salle de bains, sans que personne du service de l'aide à domicile ne vienne. Soudain Ellinor se tenait dans l'entrée et, avant d'avoir refermé la porte, proférait ces mots qu'on entendait jusque dans la cage d'escalier. Maj-Britt était à la fenêtre de la salle de séjour et fut tellement étonnée de sa propre réaction qu'elle ne prit même pas conscience qu'on venait de lui poser une question.

Comme elle détestait cette voix qui la tourmentait à la manière d'un instrument de torture raffiné, avec son flot intarissable de paroles. Pourtant, elle ne fut pas sans éprouver aussi une certaine gratitude. Ellinor était revenue. Malgré ce qui s'était passé.

Maj-Britt resta près de la fenêtre. Ce qu'elle ressentait était si inhabituel qu'elle en fut complètement désarçonnée et ne se souvint plus comment il fallait se comporter dans des situations comme celle-ci, lorsque l'on ressentait quelque chose qui pouvait facilement être confondu avec un léger sentiment de joie.

Elle n'eut pas le temps de réfléchir très longtemps car, l'instant d'après, Ellinor entrait dans la pièce en coup de vent et il était manifeste qu'elle ne s'attendait pas à un accueil débordant d'allégresse. Car elle était en colère. Vraiment en colère. Elle fixa des yeux Maj-Britt et ne se soucia même pas de Saba, qui faisait le beau à ses pieds en frétillant de la queue.

– Vous avez mal au dos, hein, à l'endroit où vous posez toujours la main ? Avouez !

La question était si inattendue que Maj-Britt en oublia sa gratitude et se replia immédiatement sur son habituelle position de défense. Elle vit qu'Ellinor tenait un papier à la main. Une feuille de format A4, rayée, arrachée d'un banal cahier de collégien.

– Comment ça ?

– Pourquoi n'avez-vous rien dit ?

– Est-ce que tu te rends compte que ça fait quatre jours que tu n'es pas venue ? J'aurais pu mourir de faim.

– Oui. Ou alors sortir faire des courses.

Sa voix était aussi furieuse que ses yeux et Maj-Britt comprit qu'il s'était passé quelque chose au cours de ces journées pendant lesquelles Ellinor était restée invisible. Elle subodorait que le papier qu'elle tenait à la main y était pour beaucoup. Il lui en rappelait d'autres du même genre, qui avaient pénétré dans l'appartement quelque temps auparavant et qu'elle regrettait d'avoir lus. Ellinor avait sûrement interprété son regard, puisqu'elle déplia la feuille et la lui mit sous le nez.

– C'est pour ça que vous pensez que je connais Vanja Tyrén, hein ? Parce qu'elle dit que vous avez mal au dos. Vous pensez que c'est moi qui l'ai informée ?

Maj-Britt sentit une crainte s'éveiller en elle. Depuis que le passé était revenu, elle avait été comme ankylosée, on aurait dit qu'une étrange distance était venue s'interposer entre ses sentiments et ce dont elle se souvenait soudain. Pourtant, elle savait que ce répit ne serait que passager et la lettre qu'on lui tendait le réduisait à l'épaisseur d'une feuille de papier à cigarette. Pour rien au monde elle ne l'aurait prise dans ses mains.

– Comme vous refusiez de me le dire, je lui ai écrit moi-même pour lui demander ce qui se passe au juste, et ce qui vous fait penser que nous nous connaissons, elle et moi. Je viens de recevoir sa réponse.

Maj-Britt ne voulait pas en prendre connaissance. Ne rien savoir, rien. Elle était démasquée. La lettre d'Ellinor avait appris à Vanja qu'elle avait menti, quel être pitoyable elle était et à quel point sa vie était un échec. Ellinor n'avait bien sûr pas l'intention de la laisser s'en tirer à si bon compte. Cette fois non plus. Sa voix claquait comme un fouet quand elle lut la lettre à haute voix.

– « Chère Ellinor. Merci de votre lettre. Je suis heureuse qu'il y ait, hors de ces murs, des gens qui nourrissent une authentique compassion envers leurs semblables. Cela permet d'avoir confiance en l'avenir. La plupart des gens, s'ils s'étaient fait enfermer dans la salle de bains par leurs Bénéficiaires – curieux mot d'ailleurs, je ne l'avais encore jamais rencontré, mais il faut dire que l'aide à domicile, ici, ce n'est pas ce qu'il y a de plus répandu –, auraient sans doute décidé de jeter l'éponge et de ne plus y retourner. Je suis heureuse pour Majsan que ce ne soit pas le cas, essayez de lui pardonner. Je pense que ses intentions n'étaient pas aussi mauvaises qu'elles pouvaient le paraître et la faute m'en revient, en fait. Je lui ai sûrement dit, dans une de mes lettres, quelque chose qui lui a fait peur et, à vrai dire, je l'ai fait exprès, parce que je pense qu'il faut aller vite. J'espérais que, dès qu'elle aurait ma lettre, elle entreprendrait quelque chose de sa propre initiative, mais il est clair qu'elle a préféré s'en abstenir et, bien entendu, ce choix lui revient entièrement. »

Ellinor leva les yeux et dévisagea Maj-Britt, qui lui tourna le dos pour regarder par la fenêtre. Puis elle reprit sa lecture :

– « Je comprends que vous vous étonniez que je sois si bien informée et je me doute que vous avez déjà décidé de m'écrire à nouveau pour m'en demander la raison. Pour gagner du temps, je vous réponds donc dès maintenant que la seule personne à qui je sois prête à le confier est Majsan et que je n'ai l'intention de le faire ni par lettre ni par téléphone. Bonne chance, Ellinor. Recevez mes plus sincères salutations, Vanja Tyrén. »

Le silence se fit enfin. Maj-Britt sentait cette affreuse boule dans sa gorge. Elle tenta de l'avaler mais elle resta coincée là, continua même à grossir et finit par lui faire venir les larmes aux yeux. Elle remercia le Ciel de tourner le dos à Ellinor. Elle savait que sa faiblesse serait utilisée contre elle, comme toujours. C'était quand on baissait sa garde qu'on se faisait le plus mal.

– Soyez gentille, Maj-Britt, laissez-moi prendre un rendez-vous auprès d'un médecin.

– Non !

– Je promets de vous accompagner !

Ellinor avait changé de ton. Elle n'était plus en colère et paraissait maintenant préoccupée. C'était plus facile quand elle était furieuse, car Maj-Britt était alors en situation de légitime défense.

– Pourquoi est-ce que j'écouterais une taularde qui se fait des idées ?

– Parce que les idées qu'elle se fait sont exactes. N'est-ce pas ? Vous avez vraiment mal dans le dos. Avouez.

Vanja ne semblait même pas en colère dans sa lettre. Bien que Maj-Britt lui ait menti. Elle se souciait toujours de son sort malgré la méchanceté de ses réponses. Maj-Britt sentit qu'elle rougissait. La honte lui montait aux joues en pensant à ce qu'elle avait écrit à Vanja.

Vanja.

Peut-être la seule personne qui se soit jamais souciée d'elle.

– Vous ne pourriez pas au moins essayer de découvrir ce qu'elle insinue dans sa lettre ?

Maj-Britt avala sa salive pour mieux maîtriser sa voix :

– Comment ça ? Elle dit qu'elle ne veut en parler ni par lettre ni au téléphone. Et il me paraît difficile qu'elle vienne ici.

– C'est vrai, mais vous pouvez aller la voir, vous.

Maj-Britt pouffa. C'était exclu, naturellement, et Ellinor le savait aussi bien qu'elle. Pourtant, elle n'avait pu s'empêcher de le suggérer. Tout cela pour avoir l'occasion de la mettre en situation d'infériorité. Elle prit appui sur le rebord de la fenêtre. Elle se sentait très fatiguée. Lasse à en mourir de se forcer à continuer de respirer. Sa douleur était si persistante, ces derniers temps, qu'elle s'y était presque habituée et l'avait acceptée comme naturelle. Elle y prenait même plaisir, par moments. Mais elle devenait parfois si intense qu'elle parvenait à peine à la supporter.

Ses genoux commençaient à faiblir quand elle se retourna. La boule au fond de sa gorge ne constituait plus un obstacle infranchissable et ne risquait plus de la trahir. Elle gagna le fauteuil et tenta de dissimuler la grimace que la douleur inscrivit sur son visage lorsqu'elle s'assit.

– Depuis quand souffrez-vous ? demanda Ellinor en allant prendre place sur le canapé.

En chemin, elle posa la lettre de Vanja sur la table. En la voyant, Maj-Britt eut envie de la relire, de voir de ses propres yeux les mots qu'avait tracés Vanja. Comment avait-elle pu savoir ? Vanja n'était pas son ennemie, ne l'avait jamais été. Elle avait seulement obéi au désir exprimé par Maj-Britt de ne plus lui écrire. Non par colère, mais par égard.

Comment avait-elle pu savoir ?

– Depuis combien de temps souffrez-vous ?

Elle n'avait plus la force de mentir. Ni de faire semblant de quoi que ce soit. Car elle n'avait plus rien à défendre.

– Je ne sais pas.

– À peu près ?

– C'est venu petit à petit. Je n'avais pas mal tout le temps au début, seulement par moments.

– C'est le cas maintenant ?

Maj-Britt tenta vaillamment de se défendre en s'abstenant de répondre. C'était tout ce dont elle se sentait encore capable. Mais elle savait très bien que cela ne servait à rien.

– Hein, Maj-Britt ? Est-ce que vous avez mal sans arrêt ?

Cinq secondes de répit, pas plus. Elle hocha la tête.

Ellinor poussa un grand soupir.

– Vous ne comprenez pas que je désire vous venir en aide ?

– Si, c'est pour ça que tu es payée.

C'était injuste et elle le savait, mais parfois elle ne pouvait s'empêcher d'être désagréable. Ces mots étaient tellement chez eux, dans cet appartement, qu'on n'avait même pas besoin de les peser avant qu'ils sortent. Pourtant, elle avait parfaitement conscience qu'Ellinor faisait bien plus pour elle que ce pour quoi elle était rémunérée. Beaucoup plus. Simplement, elle n'arrivait pas à comprendre pour quelle raison. Naturellement, Ellinor ne laissa pas passer cela.

– Pourquoi faut-il que vous rendiez toujours tout très compliqué ? Je me doute que vous n'avez pas eu la vie facile, mais est-ce qu'il faut pour autant que vous le fassiez payer au monde entier ? Est-ce que vous ne pourriez pas essayer de faire la différence entre ceux que vous avez des raisons de détester et ceux qui ne le méritent pas ?

Maj-Britt tourna le regard vers la fenêtre. Détester. Elle goûta ce mot. Qui méritait sa haine, au juste ? De qui était-ce la faute, ce qui était arrivé ?

Ses parents ?

La Communauté ?

Göran ?

Il avait compris ce qui s'était passé. Il ne l'avait pas vraiment accusée mais elle l'avait lu dans son regard. Le décès de l'enfant avait été mis sur le compte d'un accident et pourtant le mépris de Göran n'avait pas tardé à se muer en haine ouverte ! Quand vint le moment d'aller vivre dans cet appartement tellement désiré, elle avait dû y emménager seule. Et elle y était restée. Elle n'avait donné signe de vie à personne, même pas à Vanja. Elle ne savait pas non plus où Göran était parti, une fois le divorce prononcé et les papiers signés. Au bout d'un an ou deux, elle ne désirait d'ailleurs plus le savoir.

Ellinor eut l'air assez désespéré, quand elle reprit la parole. Sa voix avait perdu de son ardeur et elle commença par pousser un grand soupir.

– Enfin, comme le suggère Vanja, c'est à vous de choisir.

À ces paroles, Maj-Britt sursauta.

– Qu'est-ce que tu veux dire par là ?

– C'est votre vie, c'est à vous de décider. Je ne peux pas vous forcer à consulter un médecin.

Maj-Britt ne répondit rien. Elle n'avait pas eu la force d'aller jusqu'au bout de sa pensée. De se dire que c'était peut-être une question de vie ou de mort. Que cette douleur, dans son corps, marquait peut-être le commencement de la fin pour elle. La fin de quelque chose de parfaitement absurde et pourtant évident.

– C'est parce que vous ne voulez pas quitter l'appartement que vous refusez de voir un médecin ?

Maj-Britt réfléchit. Oui. C'était sans aucun doute l'une des raisons. L'idée d'être obligée de sortir était affreuse. Pourtant, ce n'était que l'un de ses motifs, et l'autre pesait plus lourd encore.

Ils auraient besoin de poser leurs mains sur elle pour l'ausculter. Elle serait obligée d'ôter ses vêtements et de les laisser toucher ce corps écœurant.

Soudain, Ellinor se redressa comme sous le coup d'une soudaine inspiration.

– Et si on en faisait venir un ?

Cette proposition causa des palpitations à Maj-Britt. Elle se sentit acculée par les éternelles tentatives d'Ellinor pour arranger les choses. Il serait tellement plus simple de se rendre compte que c'était impossible. Elle pourrait alors nier toute responsabilité et n'aurait même pas besoin d'envisager de prendre une décision.

– Quel genre de docteur ?

Entrevoyant une solution possible, Ellinor retrouva son enthousiasme.

– Ma mère connaît un docteur que je pourrais appeler. Je suis sûre qu'elle accepterait de venir.

Elle. Une femme, ce serait peut-être supportable. On pouvait du moins l'envisager.

– Soyez gentille, dites-moi que je peux l'appeler et lui poser la question.

Maj-Britt ne répondit pas, ce qui eut pour effet d'accroître encore la fièvre d'Ellinor.

– Alors, c'est d'accord ? Je l'appelle simplement pour savoir ce qu'elle dira.

Une sorte de décision avait donc été prise, malgré tout. Maj-Britt n'avait ni accepté ni refusé. Si cela tournait mal, elle pourrait toujours rejeter la faute sur Ellinor.

C'était tellement plus facile de supporter quelque chose quand on pouvait en blâmer quelqu'un d'autre.

23

Le radio-réveil la tira de son sommeil à sept heures et demie et elle ne se sentit pas fatiguée du tout. Le système s'était remis en marche avant qu'elle ouvre les yeux. Elle s'était assoupie sitôt la tête sur l'oreiller et avait ensuite dormi pendant trois heures sans faire le moindre rêve. Elle n'avait pas besoin de davantage. Les somnifères ne l'avaient pas laissée tomber, ils avaient barré efficacement toutes les entrées et l'avaient empêché, lui, de se frayer un chemin jusque dans ses rêves. Ainsi, elle n'avait pas eu à s'éveiller avec, dans sa poitrine, le vide déchirant que lui causait son absence.

Elle laissa la radio pendant qu'elle se préparait et prenait son petit déjeuner. Elle fut ainsi informée, en passant, de tous les meurtres, viols et exécutions qui avaient eu lieu de par le monde au cours des dernières vingt-quatre heures, informations qui se déposèrent à la périphérie de son cerveau tandis qu'elle plaçait sa tasse à café dans le lave-vaisselle. Elle avait déjà fourré les papiers de Pernilla dans son sac. Sa décision était prise : elle avait appelé la clinique pour dire qu'elle n'arriverait pas avant l'heure du déjeuner.

Elle était hélas en avance : la banque n'ouvrait que trente minutes plus tard. Elle fut très contrariée de cette demi-heure qu'elle ne savait comment occuper et elle ne pouvait guère envisager de faire le pied de grue devant l'établissement. Il fallait absolument qu'elle entreprenne quelque chose. À l'avenir, elle serait un peu plus vigilante, pour ne pas avoir ce genre de mauvaise surprise qui bouleversait son emploi du temps. Elle partit donc à l'aventure le long de la rue, jeta un coup d'œil à telle ou telle vitrine sans rien voir qui l'intéressât, passa devant un kiosque à journaux – où une affichette annonçait qu'un garçon de 7 ANS avait été VICTIME D'UN MEURTRE RITUEL et qu'une personne de 93 ANS avait été VIOLÉE par un cambrioleur – avant de noter qu'un magasin soldait des rideaux, mais sans remarquer qu'un automobiliste klaxonnait de colère en la voyant traverser la rue juste devant son capot.

Elle était la première cliente de la banque ce matin-là, et elle salua de la tête une personne, au fond de l'agence, qu'elle connaissait. La femme répondit à son salut et Monika prit un numéro d'ordre pour le guichet des Affaires diverses. Elle eut à peine le temps de prendre le morceau de papier entre ses mains qu'un signal sonore lui annonçait que son tour était venu. Elle se dirigea vers le guichet indiqué. L'homme qui l'attendait était en costume-cravate et n'avait guère plus d'une vingtaine d'années.

Elle posa son permis de conduire sur le comptoir pour justifier de son identité.

– Je voudrais savoir de combien d'argent je dispose.

L'homme prit le document et tapa sur son ordinateur.

– Voyons. Seulement le compte épargne ou de façon générale ?

– Mon compte épargne et mon portefeuille.

L'argent ne l'avait jamais beaucoup intéressée. Pas depuis que ses revenus avaient atteint un niveau suffisant pour lui éviter de s'en soucier. Elle avait un bon salaire et travaillait beaucoup. Quant à ses dépenses, elles restaient très modérées. Quatre ans plus tôt, elle s'était offert ce coûteux appartement en accession à la propriété dans l'un des bâtiments historiques de la ville récemment rénovés. Sa mère avait très vivement réagi. Monika avait soigneusement évité de lui dire combien il lui avait coûté, mais elle l'avait déniché dans le journal local en lisant un reportage sur les logements de luxe et leur coût pharamineux. Puis sa mère avait procédé à un examen minutieux de l'appartement et lui avait découvert plus d'inconvénients qu'un expert ne l'aurait fait.

– Voyons. Sur votre compte épargne vous disposez de 280 000 couronnes et, quant à votre portefeuille multi-marchés, il représente à ce jour une valeur de 98 000 couronnes.

Placer de l'argent n'avait jamais été son point fort mais il lui était arrivé de suivre les conseils de la banque et d'investir dans différents fonds. En fait, cela l'inquiétait plutôt, d'ailleurs. Quand on verse de l'argent sur un compte ordinaire on sait quel intérêt il vous rapporte et on ne peut avoir de mauvaise surprise. Les placements spéculatifs, en revanche, sont beaucoup moins sûrs. Or, elle n'aimait pas les risques.

– Et sur le Fonds Asie ?

Il tapa de nouveaux chiffres sur son ordinateur.

– 68 500.

Monika changea de position.

– Je désire vendre l'ensemble et solder mon compte épargne.

L'homme lui lança un rapide regard avant de revenir à son ordinateur.

– Désirez-vous un mandat postal ou voulez-vous que ce soit viré sur un compte ?

Elle réfléchit un instant. Une fois de plus, elle s'étonna de son manque de préparation. Elle n'avait pas pensé à ce détail et c'était inhabituel de sa part. À l'avenir, il lui faudrait faire un peu plus attention.

– Si vous créditez mon compte courant de cette somme, est-ce que je peux la virer sur celui de quelqu'un d'autre ? Je veux dire : étant donné son importance ?

Il hésita un instant, ne semblant soudain plus très sûr de lui.

– En principe oui, mais tout dépend de ce que vous voulez en faire – d'un point de vue fiscal, j'entends. Si c'est pour procéder à un achat, il vaudrait mieux adopter la solution du mandat postal.

– Ce n'est pas le cas.

Il hésita à nouveau et regarda autour de lui comme s'il souhaitait qu'un collègue vienne à son secours.

– C'est une somme importante et…

Il tapota à nouveau sur son ordinateur.

– 453 523 couronnes. Il faut que vous sachiez qu'un virement de cette importance risque d'attirer l'attention des autorités fiscales.

Monika sentit soudain sa légère contrariété atteindre des proportions beaucoup plus importantes et elle fut sur le point de s'en prendre à l'homme qui se trouvait de l'autre côté du comptoir. Cela ne lui ressemblait pas non plus de se moquer de ce que pensait d'elle cet individu suffisant et de risquer de passer pour une cliente difficile. Mais il fallait qu'elle procède avec précaution. Elle n'en avait pas encore terminé et avait d'autres opérations à effectuer. Ce serait plus difficile si elle se le mettait à dos.

– J'opte pour le mandat, alors.

Il hocha la tête et s'apprêtait à ouvrir un tiroir quand elle poursuivit :

– Et puis je voudrais souscrire un emprunt.

Elle fouilla dans son sac et en tira la feuille de papier sur laquelle figurait l'estimation de la valeur de son appartement. Celle-ci datait déjà de neuf mois mais l'immeuble était bien connu dans la ville et chacun savait à quel point de tels logements étaient recherchés. Par ceux qui en avaient les moyens, du moins.

Il referma lentement le tiroir, la regarda un peu plus longuement cette fois, et se mit ensuite à parcourir le papier. Elle ne le lâcha pas des yeux pendant le temps où il en prit connaissance. Elle avait déjà emprunté une certaine somme pour cet appartement, même si elle aurait pu en acquitter l'essentiel au comptant. Quelqu'un lui avait fait valoir que, fiscalement, il valait mieux avoir des prêts qui couraient que les rembourser avec l'argent dont on disposait.

Une fois qu'il eut fini de lire, il la regarda.

– De quelle somme s'agit-il ?

– Combien puis-je emprunter ?

Il resta un instant immobile, puis sa main se porta à sa gorge et il desserra légèrement son nœud de cravate si élégant. Ensuite, il rouvrit le tiroir et en sortit un nouvel imprimé.

– Si vous voulez bien remplir ceci, pendant que je fais le compte.

Elle parcourut le papier posé devant elle. Revenus, nombre d'années d'emploi, état civil, nombre d'enfants à charge.

Elle prit un stylo et commença à remplir les différentes rubriques.

Ses yeux se figèrent sur la main qui tenait le stylo car, soudain, elle ne la reconnaissait plus. Elle identifiait la bague qu'elle s'était achetée et voyait ses doigts effectuer les mouvements qu'elle leur ordonnait, et pourtant elle avait l'impression qu'ils n'appartenaient pas à son corps mais à celui de quelqu'un d'autre.

– Vous pouvez encore emprunter 300 000 couronnes sur votre appartement.

Il avait parcouru l'imprimé qu'elle avait rempli et s'était ensuite informé de quelques autres détails qu'il avait besoin de savoir. Puis il avait posé un contrat de prêt devant elle. Elle l'avait suivi du regard lorsqu'il était allé s'entretenir avec un de ses collègues et avait noté qu'ils regardaient de temps en temps dans sa direction, mais elle ne s'en était pas souciée. Elle avait du mal à croire que tout cela la laissait indifférente. 300 000 couronnes, ce n'était hélas pas suffisant. Il lui fallait davantage.

Monika lui rendit le contrat.

– Combien puis-je emprunter en plus de cela ?

Elle vit l'ampleur de son embarras. Elle comprenait qu'elle le mettait dans une situation difficile, mais elle s'en désintéressait totalement. Elle avait une mission à remplir et il n'avait rien à voir là-dedans. Chacun ses ennuis.

Et que pourrait-elle faire de son argent, puisqu'elle n'avait même pas le droit de vivre ?

– Il serait bon, pour cela, que nous sachions à quoi vous comptez utiliser cet argent. S'il s'agit de l'achat d'un bien, par exemple une maison ou une voiture, nous pouvons consentir une somme plus importante.

– Ce n'est pas le cas. Je suis très satisfaite de ma BMW.

Sa main. Une nouvelle fois, elle lui parut complètement étrangère. Et les mots qu'elle s'entendait prononcer ne lui semblaient pas être les siens non plus.

– Je vois que vos revenus sont conséquents… que vous êtes médecin… et que vos capacités de remboursement sont sans aucun doute élevées. Seulement un enfant à charge.

Il hésita un instant.

– Si vous voulez bien patienter une seconde, je vais m'entretenir avec ma collègue.

Il s'éloigna vers l'intérieur de l'agence pendant qu'elle regardait le papier qu'elle avait rempli.

Au moins, elle avait été honnête et avait admis son devoir d'assistance envers Daniella.

Mais quant à dire *seulement* un enfant à charge…

C'était un imbécile.

La collègue en question était la femme avec laquelle elle avait échangé un salut en entrant. Parfait. Celle-ci était sûrement informée de son passé irréprochable. Pas le moindre découvert au cours de toutes ces années, même pas un retard de paiement. C'était une citoyenne exemplaire dont personne n'avait à se plaindre. Et on ne pouvait plus lui reprocher sa faute, celle qu'elle portait au fond d'elle mais qui ne se voyait pas, maintenant qu'elle avait décidé une fois pour toutes de faire ce qu'il fallait pour l'annuler, de sacrifier tout ce qu'elle avait jamais désiré et de se mettre au service des autres. Que pouvait-on exiger de plus pour lui redonner le droit d'exister ?

Ce ne fut que lorsqu'il lui parla qu'elle s'aperçut que le conseiller financier était revenu.

– Étant donné ce que vous économisez, nous pouvons vous consentir un prêt sans garantie de 200 000 couronnes.

Elle prit un stylo et effectua un rapide calcul. 953 500. Ce n'était pas assez, en fait, mais elle ne pouvait manifestement pas rassembler davantage pour l'instant et il faudrait s'en contenter. Pernilla serait au moins en mesure de rembourser son emprunt. Et, pour sa part, elle continuerait à être là et à lui apporter l'aide dont elle était capable.

– D'accord. Ajoutez cela au montant du mandat.

– À quel nom ?

Elle réfléchit un instant. Cela risquait d'attirer l'attention du fisc.

– Le mien.

Son malaise grandissait à chaque mètre. À chaque carrefour, la pédale d'accélérateur lui paraissait plus dure. Il lui fallut se forcer pour franchir les grilles d'enceinte de la clinique et gagner le parking. Quelqu'un avait eu le culot de se garer sur sa place réservée. Elle nota rapidement le numéro de la voiture sur un ticket de parcmètre. Il allait entendre parler d'elle, celui-là. Ou celle-là. Elle éprouvait même un certain plaisir à cette idée. Se décharger de sa colère sur quelqu'un qui avait commis une erreur. Lui dire quel – ou quelle – imbécile c'était, et se donner le beau rôle de façon pleinement justifiée.

Elle se rangea sur l'emplacement voisin et se dirigea à grands pas vers l'entrée. La façade rouge se dressait devant elle. Jusque-là, celle-ci avait constitué pour elle un refuge et donné un sens à sa vie mais, brusquement, elle ne ressentait plus rien. Uniquement que ce bâtiment constituait un obstacle à sa véritable mission. Aller chez Pernilla, s'assurer que tout allait bien pour elle ce jour-là, savoir si elle ne se portait pas trop mal après le vin qu'elle avait bu, et s'il y avait quelque chose qu'elle pouvait faire. Ce sentiment déplaisant ne fit que croître au fur et à mesure qu'elle approchait de l'entrée. En posant la main sur la poignée de la porte, elle comprit que ce serait impossible. Cette forme familière. Sa main se sentit aussitôt chez elle et tenta de faire parvenir des impulsions à la Monika d'avant celle qui n'était plus accessible.

Tu as juré sur l'honneur de t'efforcer, dans l'exercice de ta profession de médecin, de servir tes semblables avec humanité et dans le respect de la vie. De veiller à les soigner et préserver leur santé, prévenir les maladies, guérir les malades et atténuer leurs douleurs.

Seuls deux êtres avaient le droit d'exiger cela d'elle. Ceux envers lesquels elle avait une dette. Nul autre.

Elle eut soudain la nausée. Elle recula de quelques pas puis tourna les talons et regagna sa voiture en courant. Une fois les portières verrouillées, elle balaya du regard la façade, pour s'assurer que personne ne l'avait vue par une fenêtre quelconque. Elle fit marche arrière sans grande précaution, faillit rentrer dans un parcmètre et franchit la grille à trop vive allure. Une fois qu'elle fut certaine d'être hors de portée des regards, elle se rangea le long du trottoir et s'arrêta. Elle sortit alors son portable et tapa un SMS :

« Prends semaine congé supplémentaire, Monika L. »

Message envoyé.

Au bout d'une minute à peine, l'appareil sonna. Elle reconnut le numéro du directeur de la clinique sur l'indicateur d'appel, et remit le téléphone dans son sac. Une minute plus tard, elle entendit le signal annonçant qu'il lui avait laissé un message.

Pernilla et Daniella étaient sur le terrain de jeux lorsqu'elle vint se garer devant l'immeuble. Elle les vit de sa voiture et resta un moment à les observer. Elle se trouvait bien là, à les surveiller en secret. Être la plus forte, pour une fois, quoi que Pernilla fût à proximité. Ne pas être obligée de se plier à ses états d'âme ni de peser chacune de ses paroles, de peur d'être chassée. Elle resta longtemps au même endroit et observa Daniella en train de se balancer. Pernilla la poussait, mais en regardant ailleurs, dans le vide.

Le dîner de la veille. Les propos insupportables de Pernilla. Ce serait sûrement plus simple si elles pouvaient se voir ailleurs, quelque part où la présence de Mattias ne serait pas aussi perceptible, où Pernilla et Monika pourraient être en paix dans leur amitié débutante. C'est alors qu'elle prit sa décision. Il valait mieux qu'elles se rencontrent chez elle. Là, Mattias n'y avait pas accès.

Elle mit le moteur en marche et revint vers le centre de la ville.

Elle passa d'abord chez Olsson, le bouquiniste. Elle les avait aperçus le matin sans vraiment les remarquer, mais se souvenait maintenant de ces deux tableaux à caractère historique exposés en devanture dans des cadres dorés. Il s'agissait d'une part d'une carte de Suède à l'époque de l'Ère de grandeur et d'autre part d'une lithographie représentant le couronnement de Charles XIV Jean [1]. Elle les acheta pour 12 000 couronnes et fila ensuite chez Emmaüs. Elle y trouva plusieurs objets en céramique qui avaient l'air d'être de fabrication maison. Aucun de ceux qu'elle choisit ne risquait d'inspirer des sentiments d'infériorité à Pernilla.

Elle posa ses acquisitions dans l'entrée et, avant même d'avoir ôté son manteau, alla appeler Pernilla de son bureau. Personne ne répondit, malgré plusieurs sonneries. Peut-être étaient-elles toujours sur le terrain de jeux mais, dans ce cas, elles faisaient durer le plaisir. Elle constata sur sa montre qu'il y avait déjà une heure qu'elle les avait vues à la balançoire et cela lui fit de la peine qu'elles ne soient pas rentrées. Elle raccrocha et alla enlever sa veste. Son malaise tardait à se dissiper. Au cours de l'heure qui suivit, elle continua à appeler toutes les cinq minutes. Lorsque Pernilla finit par répondre, elle était folle d'inquiétude.

– C'est Monika. Où étiez-vous ?

Pernilla ne répondit pas immédiatement et Monika eut le temps de comprendre qu'elle n'aurait pas dû

1. Cette période va de 1611 à 1718 et, quant au souverain, il est plus connu chez nous sous le nom de Bernadotte. (*N.d.T.*)

poser la question de façon aussi pressante. Du moins pas sur ce ton. Et, à la voix de Pernilla, il était manifeste que c'était aussi son avis.

– Dehors. Pourquoi ?

Monika avala sa salive.

– Ce n'est pas ce que je voulais dire, je me demandais seulement…

Oserait-elle lui faire sa proposition ? Alors que tout avait si mal commencé. Elle n'était pas sûre de supporter un refus de sa part. Pourtant, il fallait qu'elle la voie, mon Dieu, et puis elle avait une bonne nouvelle à lui annoncer !

– Je voulais simplement savoir si vous ne voudriez pas venir dîner chez moi.

Pernilla ne répondit pas et Monika sentit l'adrénaline forcer son cerveau à fonctionner. En même temps, elle se rendit compte à quel point c'était injuste, puisqu'elle n'avait que de bonnes intentions en souhaitant que Pernilla accepte son invitation.

– J'ai pensé qu'on pourrait dîner assez tôt, pour que Daniella puisse être de la partie, elle aussi. À quatre ou cinq heures, si c'est possible.

Pernilla ne répondait toujours pas et Monika était de plus en plus dans l'embarras. Elle n'avait pas prémédité ses paroles, mais Pernilla la forçait. À procéder par allusions, du moins.

– J'ai une bonne nouvelle à t'annoncer.

À force de perdre le contrôle de la situation, elle finirait par devenir folle. Toujours se rabaisser, être en situation de faiblesse, d'infériorité. Devoir faire des courbettes.

– Quoi donc ?

Ah non, elle n'allait sûrement pas en dire davantage. Elle pouvait quand même se réserver le droit de lui apprendre cela face à face. Et de partager sa joie, pour une fois. Elle l'avait bien mérité, non ?

– Tu as la réponse, à propos de ce fonds ?

– Je te dirai ça quand vous viendrez. Je peux venir vous chercher, si tu veux.

Pernilla avait cédé et accepté de venir. Sans paraître particulièrement heureuse, pourtant. Monika n'était toujours pas débarrassée de ce sentiment de contrariété qu'elle avait commencé à éprouver à la banque. Pernilla elle-même l'irritait, rien ni personne n'allait au-devant de ses désirs. Et rien de ce qu'elle faisait ne trouvait grâce.

Elle alla les chercher à quatre heures mais elles ne parlèrent pas beaucoup pendant le trajet. Il était évident que Pernilla ne désirait pas évoquer le dîner de la veille et Monika n'était pas particulièrement soucieuse d'aborder ce sujet. Pernilla était assise à l'arrière, avec Daniella sur ses genoux. Comme elle n'avait pas de voiture, elle n'avait pas non plus de siège pour enfant et Monika se dit qu'il faudrait qu'elle s'en procure un. En pensant à l'avenir et à tout ce qu'elles feraient ensemble.

Pour le moment, elle était assez sûre d'elle-même et s'était presque abandonnée à un sentiment de confiance lorsque Pernilla lui demanda soudain :

– Est-ce que tu pourrais t'arrêter quelque part ? J'ai une petite course à faire.

Monika effectua un créneau et coupa le moteur. Pernilla descendit de voiture avec Daniella dans les bras. Monika sortit à son tour et tendit les siens pour prendre l'enfant. Pernilla disparut alors dans une rue latérale et Monika resta seule avec l'enfant, à lui chanter une ritournelle jusqu'à s'en lasser, tout en regardant sa montre avec de plus en plus d'impatience et en se demandant quelle allure aurait le gratin qu'elle avait laissé au four. Soudain, la porte du passager s'ouvrit sans qu'elle ait vu Pernilla revenir. Celle-ci posa un carton blanc sur le plancher devant le siège, et tendit les bras pour prendre Daniella. Elles repartirent. Monika ne put s'empêcher de jeter un œil vers le carton. Grand comme un pack de six bouteilles de bière, il attirait sans cesse son regard. Il était blanc et ne portait pas la moindre inscription pouvant évoquer son contenu. Monika avait déjà manifesté sa curiosité une fois de trop ce jour-là. Elle savait que c'était indiscret et pourtant elle finit par n'y plus tenir.

– Qu'est-ce que c'est que ce carton ?

Dans le rétroviseur, elle vit Pernilla regarder par la vitre latérale. Elle ne trahit pas la moindre émotion en répondant :

– Oh, ce n'est que Mattias.

La voiture fit une brusque embardée. Monika avait ressenti le choc la première puis ses mains l'avaient transmis au volant et à toute la voiture, qui dévia légèrement de sa route. Pernilla tendit instinctivement le bras pour se rattraper à la poignée au-dessus de la portière et, de l'autre, serra Daniella un peu plus fort contre elle.

– Excuse-moi, j'ai voulu éviter un chat.

Monika s'efforça de calmer sa respiration. Le carton blanc la défiait ouvertement et elle avait beau tenter d'obliger son regard à ne pas quitter la route, il ne cessait de s'en détacher. Et, chaque fois, le carton lui paraissait un peu plus gros, comme s'il avait grandi encore pendant qu'elle le lâchait des yeux.

Voilà ce qu'il reste de moi. Je vous souhaite un bon dîner.

Plus que quelques centaines de mètres. Il fallait qu'elle sorte de cette voiture.

Tout est de ta faute. Peu importe ce que tu feras.

Impossible de respirer. Il fallait qu'elle sorte.

Monika resta immobile près de sa portière. Elle venait de constater que l'air était aussi lourd à respirer en dehors de la voiture. En fait, il l'était où qu'elle se trouve, chaque fois qu'elle tentait d'inspirer.

– C'est là que tu habites ? C'est drôlement chic.

Pernilla était sortie de l'autre côté, avec Daniella dans ses bras. Celle-ci s'était endormie en cours de route et sa tête pesait lourdement sur l'épaule de sa mère.

– Tu peux prendre l'urne ? Je ne veux pas la laisser dans la voiture.

C'était plus un ordre qu'une question et, de toute façon, Monika n'avait pas le choix. Elle regarda le carton blanc à travers la vitre.

Allez, presse-toi un peu. Tu sais bien que je ne peux pas marcher.

– Quelle entrée est-ce ? Daniella est lourde à porter, avec mon dos.

Monika fit le tour de la voiture et ouvrit la portière.

– C'est le numéro 4, là-bas.

Pernilla repéra l'endroit et se mit à marcher.

Les mains de Monika tremblaient quand elle se pencha pour prendre le carton. Elle le souleva avec précaution et ferma la voiture à clé en appuyant sur la télécommande. Elle suivit Pernilla en tenant le carton devant elle, aussi loin que possible sans que cela paraisse bizarre. Mais, pour ouvrir la porte d'entrée et la tenir à l'intention de Pernilla, elle fut obligée de le lâcher d'une main et de le serrer contre elle, presque comme si elle l'étreignait. Elle eut alors l'impression que le peu de résistance qu'elle était encore capable d'opposer était aspiré par ce carton comme vers un trou noir et elle éprouva un choc à la poitrine. Impossible de respirer, ou presque, à nouveau. Elle n'aurait pas dû les inviter à venir et se sentait prête à n'importe quoi pour se sortir de cette situation. N'importe quoi.

– Quel bel appartement !

Monika restait debout derrière la porte d'entrée, ne sachant pas quoi faire du carton. Il ne paraissait pas convenable de le poser par terre dans l'entrée, mais il fallait absolument qu'elle le lâche pour pouvoir respirer. Elle se hâta de gagner la salle de séjour et chercha des yeux un endroit adéquat. Elle se dirigea d'abord vers la bibliothèque, mais changea d'avis et continua en direction de la table. Ses mains le lâchèrent à côté de la pile de livres d'histoire et de la coupe à fruits en céramique. Elle vit que Pernilla l'avait suivie, déposait Daniella sur le canapé et se redressait en grimaçant, les mains plaquées sur son dos.

– Comme c'est bien, chez toi.

Monika s'efforça de sourire et retourna dans l'entrée. Épuisée, elle ôta son manteau puis passa dans la cuisine et s'appuya des deux mains sur le plan de travail. Elle ferma les yeux et tenta de maîtriser la nausée qu'elle sentait monter en elle. La tête lui tournait, et elle était dangereusement proche de cette limite qu'elle avait jusque-là réussi à ne pas franchir. Celle qui l'empêchait de s'effondrer totalement. Au prix d'un immense effort de volonté, elle parvint à éteindre le four et à sortir le gratin.

Par la porte du bureau, elle vit Pernilla observer de près la carte ancienne qu'elle avait achetée au cours de l'après-midi et qui avait remplacé le cadre qui jusque-là était accroché au même clou. Elle se dirigea vers le réfrigérateur et sortit une bouteille d'eau en plastique ainsi que la salade qu'elle avait préparée. Puis elle s'effondra sur l'une des chaises, près de la table.

Elle ne trouva pas la force de dire quoi que ce soit. Même pas que le dîner était prêt. C'est Pernilla qui surgit soudain après avoir terminé sa tournée d'inspection, et s'assit de l'autre côté de la table. Elle sentit que Pernilla la regardait et eut peur de ne pouvoir reprendre le contrôle d'elle-même, de ne pas être à la hauteur à ses yeux.

– Ça va ?

Elle hocha rapidement la tête et tenta de sourire. Mais Pernilla ne fut pas dupe.

– Tu es toute pâle.

– J'ai mal dormi cette nuit. Je crois que je ne suis pas très en forme en ce moment.

Le carton blanc, dans la salle de séjour, faisait office d'aimant. Chaque fois qu'elle respirait, elle était consciente de sa présence.

Je veux manger, moi aussi ! Vous m'entendez ? Je désire être de la partie !

– Alors, qu'est-ce que tu as à nous annoncer ?

Pernilla avait commencé à se servir de gratin. Monika tenta de se remémorer la réponse qu'elle avait préparée, mais elle avait la tête qui tournait. Elle empoigna solidement le coussin de la chaise sur laquelle elle était assise dans l'espoir de se ressaisir.

– Tu as appelé le fonds dont tu m'as parlé ?

Pernilla remplit d'eau le verre de Monika.

– Bois un peu. Tu es blême. Tu ne vas pas t'évanouir, hein ?

Monika secoua la tête.

– Non, pas de danger. Je suis simplement un peu fatiguée.

En fait, elle était près de la limite. En grand danger. Elle ne pouvait pas étaler une faiblesse pareille devant Pernilla, il fallait qu'elle s'arrange pour la faire partir. Comment pourrait-elle lui venir en aide, si c'était Pernilla qui devait se charger d'elle ? Elle n'aurait plus besoin de rien et la repousserait.

Elle avala sa salive.

– Ils ont dit qu'ils étaient prêts à intervenir. J'ai insisté et demandé qu'ils nous avancent une certaine somme, étant donné l'urgence. Je suis ensuite allée leur porter les papiers, pour qu'ils voient par eux-mêmes, et je leur ai parlé de ton accident et de cette histoire d'assurance non valable.

Elle but un peu d'eau. Elle avait cru que ce serait un moment solennel. Un grand pas vers leur amitié. Et voilà qu'elle ne souhaitait plus qu'une chose : en avoir terminé le plus vite possible, afin de prendre un ou deux somnifères et échapper à tout cela.

– Ils ont pu la fournir, cette somme ?

Monika hocha la tête et but une nouvelle gorgée d'eau. Une petite car, sinon, elle risquait de remonter très vite.

– Tu vas recevoir 953 000.

Pernilla laissa tomber sa fourchette.

– Couronnes ?

Monika fit de son mieux pour sourire mais ne fut pas très sûre du résultat.

– C'est vrai ?

Elle hocha de nouveau la tête.

La réaction tant attendue finit par s'inscrire sur le visage de Pernilla. Pour la première fois, elle manifesta une joie et une gratitude authentiques. Les mots se bousculèrent dans sa bouche au fur et à mesure qu'elle réalisait les conséquences de cette nouvelle.

Monika, elle, ne ressentait rien.

– C'est formidable ! Tu es sûre que c'est sérieux ? Mais alors je vais pouvoir rembourser le prêt et rester vivre dans l'appartement. Tu es certaine que c'est vrai ? Je ne sais pas comment te remercier.

Le sais-tu, Monika ? Sais-tu comment elle pourrait te remercier ? Vu tout ce que tu as fait pour elle ?

Monika se leva brusquement.

– Excuse-moi, il faut que j'aille aux toilettes.

Elle dut se tenir aux murs pour les atteindre et, une fois la porte fermée, elle s'immobilisa. Penchée au-dessus du lavabo, elle observa son visage jusqu'à ce que le reflet se brouille et devienne celui d'un monstre. Elle était tout près, maintenant. Dangereusement. Les ténèbres vibraient juste sous la surface, pressaient sur la mince membrane et y décelaient de petits trous. Il fallait qu'elle avoue, qu'elle aille retrouver Pernilla et avoue sa faute. C'était elle la coupable. Si elle ne le faisait pas maintenant, elle n'y parviendrait jamais. Ses mensonges la forceraient à continuer ainsi éternellement et elle serait condamnée à connaître à jamais la peur d'être démasquée.

À ce moment, le téléphone sonna. Monika le laissa retentir. Mais, soudain, on frappa à la porte.

– Monika. On t'appelle au téléphone. La personne n'a pas dit son nom.

Monika respira un grand coup et ouvrit la porte pour prendre l'appareil que Pernilla lui tendait. Elle n'était pas certaine de pouvoir parler.

– Monika.

– C'est Åse. Je ne vais pas te déranger très longtemps, puisque tu as de la visite. Je voulais seulement te poser une petite question.

En l'espace d'un instant, la membrane se referma et ce qu'elle avait laissé filtrer fut à nouveau en sécurité de l'autre côté. Le premier mouvement de Monika fut de refermer la porte, mais le besoin de voir le visage de Pernilla l'emporta. Elle désirait savoir si elle réagissait à ce nom et reconnaissait la femme qui était venue la voir pour lui exprimer ses sentiments de culpabilité. Mais Pernilla était retournée s'asseoir à table et tout ce que voyait Monika, c'était son dos.

– Aucune importance. C'est une bonne amie à moi qui est venue dîner.

En tout cas, elle continuait à manger. Avec l'énergie du désespoir, Monika tenta de se persuader que c'était bon signe.

– Il se trouve qu'Ellinor, ma fille, travaille pour le service de l'aide à domicile et elle aurait besoin que tu lui donnes un coup de main. En tant que médecin. Je sais qu'elle ne te le demanderait pas si ce n'était pas important. Je voudrais simplement savoir si tu m'autorises à lui donner ton numéro, afin qu'elle t'appelle directement. Elle a besoin d'un docteur qui puisse effectuer une visite chez une de leurs Bénéficiaires.

Tout ce que désirait Monika, c'était mettre le plus vite possible un terme à cette communication. Elle avait besoin de savoir si Pernilla avait compris ou pas, et pour cela elle devait reprendre sa place à table afin de voir son visage. Elle était prête à accepter n'importe quoi pour en finir.

– Bien entendu, aucun problème. Dis-lui de m'appeler un peu plus tard ce soir, pour qu'on convienne d'une heure.

Là-dessus, elles mirent fin à la conversation. Monika resta un instant immobile, fixant le dos de Pernilla, toujours assise à la table de la cuisine et dont chaque détail lui apparaissait soudain avec une telle netteté que cela lui faisait mal aux yeux. Sans doute à cause de la peur qu'elle éprouvait à l'idée de faire ces deux ou trois pas qui lui permettraient d'interpréter l'expression de Pernilla, de savoir si elle avait été démasquée ou non et si le moment était venu où elle serait forcée d'avouer. Ses jambes refusaient de lui obéir. Tant qu'elle ne bougeait pas, elle pouvait se reposer dans l'instant.

Pernilla se retourna alors et Monika eut l'impression qu'il lui fallut une éternité pour discerner son visage.

– C'est vraiment fou, cette histoire d'argent. Merci, Monika, merci du fond du cœur.

Le vertige et la nausée avaient disparu. Ses hésitations aussi. La frayeur qu'elle avait eu le temps d'éprouver devant le risque d'être percée à jour l'avait convaincue. Il était déjà trop tard pour revenir en arrière.

Impossible de faire demi-tour.

S'effacer et assumer les responsabilités de Mattias était la seule façon pour elle d'échapper à son sort.

24

Maj-Britt exigea qu'Ellinor lui rapporte chacune des paroles échangées au cours de sa conversation téléphonique avec le médecin, et celle-ci s'exécuta de son mieux. Elle voulait s'assurer de chaque syllabe, de chaque allusion et de la moindre intonation des propos qui avaient été tenus sur son compte. Elle ne sentait presque plus sa douleur, tant son attention était concentrée sur cette visite médicale imminente. Et elle avait peur, sa terreur avait atteint des sommets encore inégalés dans sa vie. La porte d'entrée n'allait pas tarder à s'ouvrir, un être inconnu pénétrerait dans sa place forte et elle aurait elle-même introduit le loup de la bergerie, se plaçant ainsi dans une situation de faiblesse qui lui était presque insupportable.

– J'ai simplement dit ce qu'il en est, que vous avez des douleurs dans le bas du dos.

– Et comment as-tu expliqué qu'il fallait qu'elle vienne ici ?

– Je lui ai dit que ne voulez pas quitter l'appartement.

– C'est tout ?

– Je n'ai pas dit grand-chose d'autre.

Pourtant, Maj-Britt soupçonnait qu'elle en avait raconté plus long qu'elle ne voulait l'admettre et avait certainement évoqué l'état affreux de son corps, son refus de collaborer et son comportement antipathique.

Ellinor l'avait sans aucun doute couverte d'insanités et elle allait laisser la personne qui l'avait entendue venir la toucher.

La toucher !

C'était horrible et elle regrettait de s'être laissé convaincre.

Ellinor prétendit qu'elle était en congé ce jour-là, et que c'était pour cette raison qu'elle pouvait rester, mais la répulsion de Maj-Britt s'accrut encore devant ses manifestations de bonne volonté. Elle devait avoir une raison. Pourquoi faisait-elle tout cela, si elle ne nourrissait pas d'arrière-pensées ?

Il était onze heures moins le quart et il ne restait plus que quinze minutes. Moments intolérables avant le début de la séance de torture.

Maj-Britt faisait les cent pas dans l'appartement sans avoir mal aux genoux. Il lui était plus pénible de rester dans son fauteuil.

– Comment connais-tu ce médecin ?

Ellinor était sur le canapé, assise en tailleur.

– Ce n'est pas moi, c'est ma mère. Elles ont fait connaissance lors d'un séminaire il y a quelques semaines.

Ellinor se leva, alla jusqu'à la fenêtre et observa la façade de l'autre côté de la cour.

– Vous vous souvenez de l'accident de voiture dont je vous ai parlé ?

Maj-Britt s'apprêtait à répondre mais n'en eut pas le temps car, à cet instant précis, on sonna à la porte. Deux coups brefs qui marquaient la fin du délai de grâce.

Ellinor la regarda et fit quelques pas pour se placer juste devant elle.

– Tout va bien se passer. Je reste là.

Et elle tendit la main pour la poser sur le bras de Maj-Britt. Celle-ci parvint à éviter le contact en reculant brusquement. Leurs regards se croisèrent un instant puis Ellinor disparut dans l'entrée.

Elle entendit la porte s'ouvrir et leurs voix se répondre. Pourtant, son cerveau refusa d'enregistrer ces mots et d'accepter le fait qu'elle n'avait plus aucune possibilité d'échapper à son sort. La boule, dans sa gorge, devint soudain une lame tranchante, et elle ne voulait pas. Elle ne voulait pas ! Elle refusait d'ôter ses vêtements et de s'exposer aux regards d'une étrangère.

Une nouvelle fois.

Soudain, elles furent sur le seuil de la salle de séjour. Ellinor et ce médecin qui, par compassion, s'était donné le mal de venir. Maj-Britt la reconnut aussitôt. C'était la femme qu'elle avait vue sur le terrain de jeux avec l'enfant qui avait perdu son père. Qui poussait la balançoire avec une patience infinie. Elle se trouvait maintenant chez elle, lui souriait et lui tendait la main

– Bonjour, Maj-Britt, je m'appelle Monika Lundvall.

Maj-Britt observa cette main répugnante qui se tendait impérieusement vers elle. Elle tenta désespérément d'avaler cette boule tranchante qu'elle avait dans la gorge. Elle sentit que les larmes lui montaient aux yeux et qu'elle ne voulait pas être là. À aucun prix.

– Maj-Britt ?

Quelqu'un prononçait son nom. Elle n'avait plus aucune possibilité de s'échapper. Elle était prise au piège dans son propre appartement.

– Vous pouvez passer dans la chambre, si vous voulez. Moi, je vais attendre là.

C'était Ellinor qui parlait. Maj-Britt l'entendit ensuite aller ouvrir la porte de la chambre pour en faire sortir Saba.

Elle se força à avancer, avec le docteur sur les talons, et entendit la porte se refermer. Elles étaient maintenant seules dans la pièce. Elle-même et cette femme qui allait bientôt la toucher de force. Et elle serait obligée de la laisser faire. Elle ne se souvenait plus pourquoi elle avait accepté de subir cette humiliation, de son plein gré. Qu'est-ce qu'elle cherchait, au juste ?

– Si vous commenciez par me montrer où vous avez mal ?

Maj-Britt lui tourna le dos et fit ce qu'elle lui demandait. Elle sentait les larmes couler le long de ses joues mais n'osait pas les essuyer de peur de se trahir. L'instant d'après, les mains étaient sur elle. Son corps se raidit et elle ferma les yeux pour tenter de se réfugier au fond des ténèbres mais, là, elle n'eut que plus intensément conscience du contact de ces mains. De la façon dont elles touchaient et palpaient l'endroit qu'elle avait indiqué. Du fait qu'elle était obligée d'en passer par lui. Elle n'attendait plus que le comble de l'horreur : qu'on lui demande de se déshabiller.

– C'est à cet endroit ?

Maj-Britt hocha rapidement la tête.

– Avez-vous d'autres symptômes ?

Elle ne parvint pas à répondre.

– Par exemple de la fièvre. Une perte de poids. Du sang dans les urines ?

Elle comprit à cet instant dans quel guêpier elle s'était fourrée. Elle avait eu la bêtise de penser que, si elle se pliait aux désirs d'Ellinor et se laissait ausculter, tout redeviendrait comme avant. Ellinor arrêterait de rabâcher, peut-être faudrait-il pour cela qu'elle accepte de prendre un médicament quelconque, mais elle n'avait pas imaginé pire solution. Elle avait été si obnubilée par l'auscultation elle-même qu'elle n'avait pas songé à ses conséquences. Or, elle comprenait maintenant que le médecin, derrière son dos, soupçonnait l'origine de sa douleur, alors qu'elle-même n'était soudain plus certaine de désirer la connaître. À quoi cela servirait-il, sinon à justifier d'autres empiètements sur sa personne ?

Elle s'était laissé berner.

Le contact des mains cessa.

– Il faudrait que je puisse toucher votre dos. Il suffit de remonter votre robe.

Elle resta immobile, sentit les mains se poser de nouveau sur elle et monter le long de ses flancs en tirant la robe avec elles. La nausée qu'elle éprouva fut si forte qu'elle eut envie de vomir. Les doigts couraient sur sa peau et se glissaient entre ses bourrelets de chair, appuyant et palpant un peu partout. Finalement, elle ne put tenir plus longtemps et son corps se contracta dans un ultime haut-le-cœur. À son grand soulagement, le contact cessa, la robe retomba et vint à nouveau dissimuler ses jambes.

– Ellinor ! Ellinor, auriez-vous un seau ?

Elle entendit la porte s'ouvrir et leurs voix résonner quelque part dans l'appartement. L'instant d'après, Ellinor surgissait avec le seau de ménage vert. Il y avait au fond une serpillière tordue en forme de carapace vide. Ellinor ne se soucia pas de l'enlever et se contenta de tendre l'objet devant Maj-Britt, mais rien ne sortit. Elle n'avait pas mangé depuis la veille, son estomac était vide. Lentement, sa frayeur décrut et se tapit au fond de ses anfractuosités ténébreuses, laissant le champ libre à sa juste colère. Elle écarta le seau et regarda Ellinor d'un œil furieux. Pour la première fois, elle crut discerner l'ombre d'une hésitation dans les yeux de celle-ci. Ellinor l'avait dupée et elle le savait parfaitement. Maj-Britt voyait dans ses yeux qu'elle venait seulement de se rendre compte de ce qu'elle lui faisait endurer.

– Dehors !

– Vous allez mieux ?

– Dehors, je te dis !

Elle fut de nouveau seule avec le médecin. Mais elle n'avait plus peur. À partir de maintenant, c'était elle qui allait reprendre l'initiative.

– Eh bien. Quel est le diagnostic ?

Elle sentit que sa voix avait retrouvé toute son assurance et elle regarda le docteur droit dans les yeux.

– Il est trop tôt pour le dire. Je dois d'abord procéder à certaines analyses.

Et Maj-Britt se laissa faire, elle resta docilement sur sa chaise, tandis qu'on la piquait au bout du doigt et à la pliure du coude, à regarder le sang affluer dans divers tubes. Ils ne pouvaient rien lui faire sans son consentement. Rien. C'était toujours son corps, même s'il était malade. Le médecin était maintenant en train de prendre sa tension et Maj-Britt avait retrouvé un calme relatif, parce qu'elle avait repris le contrôle de la situation.

– Je vous ai déjà vue, sur le terrain de jeux. Avec la petite fille qui habite en face.

Elle avait pensé dire cela pour détourner la conversation vers des sujets plus anodins. Elle savait que ce n'était pas son fort, mais elle n'aurait jamais pu anticiper l'effet de ses paroles. Le changement fut perceptible dans toute la pièce et le rapport de forces s'inversa curieusement. Maj-Britt sentit les mouvements de la femme s'interrompre brusquement puis reprendre sur un rythme plus rapide, sans qu'elle en saisisse la raison. Mais elle avait remarqué que cette femme avait réagi à ses propos juste au moment où elle prenait sa tension. Toutes ces petites créatures qui avaient pénétré dans son appartement sans y être les bienvenues, ces vingt-cinq dernières années, avaient aiguisé en elle une capacité extrême à flairer les points faibles des gens. C'était d'ailleurs pour elle une forme d'instinct de conservation, la seule possibilité qui lui restait de préserver sa dignité face à leur mépris. Trouver très rapidement leurs points faibles et si nécessaire appuyer là où cela fait mal. Pour se débarrasser d'eux, à défaut d'autre raison. Ellinor avait constitué son premier échec.

Le médecin replia le tensiomètre et le remit dans son sac.

– Non, vous faites certainement erreur.

À sa grande surprise, Maj-Britt se rendit compte qu'elle avait deviné juste. Ce docteur lui mentait. Lui mentait effrontément. Elle sentait très clairement autre chose, aussi : la satisfaction d'avoir soudain rétabli l'équilibre. Cette modification invisible du rapport de forces entre elles impliquait qu'elle pouvait désormais exiger le respect. Elle n'était plus livrée pieds et poings liés à cette femme et à son savoir bien établi sur son éventuelle maladie. Forte de sa minceur, de sa réussite et de sa supériorité, elle avait daigné s'occuper de Maj-Britt malgré l'insignifiance de celle-ci. Elle s'était donné le mal de venir chez elle parce qu'elle n'était même pas en état de quitter son appartement.

Pourtant, sans savoir comment cela s'était produit, Maj-Britt avait senti qu'elle pouvait avoir une petite prise sur elle. Du genre de celles qu'il est toujours bon de posséder au cas où quelqu'un se ferait un peu trop pressant et où il faudrait s'en débarrasser. Car ils avaient tendance à se montrer curieux, les gens.

Indiscrets.

25

Elle n'aurait jamais dû y aller. Elle aurait dû flairer le danger dès qu'on lui avait donné l'adresse et faire machine arrière. Mais elle avait promis et ne voulait pas froisser Åse. Sans savoir pourquoi, à vrai dire, elle éprouvait un besoin indéfinissable d'être en bons termes avec elle. Ainsi qu'avec ceux qui risquaient de connaître la vérité. Personne ne devait pouvoir l'accuser d'être de ceux qui ne répondent pas présent lorsqu'on a besoin d'eux et qu'il s'agit d'assumer ses responsabilités. *Cela*, au moins, resterait toujours à son crédit et personne ne pourrait le lui retirer.

Elle ressentait encore cette frayeur déraisonnable qui s'était emparée d'elle au cours de sa conversation avec Åse. Elle était encore là, sous la surface, avec une netteté étonnante, comme si cet instant avait été enregistré et risquait de surgir à nouveau au moindre rappel, de ressusciter. La menace d'être obligée d'affronter Pernilla, d'être forcée d'avouer. Dans un moment de lucidité, elle avait compris, à son grand effroi, que sa culpabilité n'avait fait que grandir. Que ses sacrifices étaient réduits à néant par ses mensonges et ne faisaient qu'accroître la somme de ses torts. Si jamais Pernilla apprenait la vérité, son mépris ne lui laisserait qu'une seule issue : disparaître de la surface de la terre.

Or, elle devait à Mattias d'y demeurer.
Et à Lasse de justifier la poursuite de son existence.

Ellinor ne lui avait guère donné de renseignements au téléphone. Elle lui avait simplement dit que l'une de leurs Bénéficiaires souffrait beaucoup du dos et avait besoin de soins médicaux. Mais elle refusait de sortir de son appartement. Quand elle vit la patiente en question, Monika s'étonna qu'Ellinor ne lui en ait pas dit davantage et ne l'ait pas mise en garde. Car elle ne se souvenait pas d'avoir déjà vu une femme affligée d'une telle obésité, sauf peut-être en photo au cours de ses études, et le spectacle de cette masse imposante lui avait d'abord coupé la parole. Elle était cependant certaine d'avoir réussi à dissimuler son étonnement – seul, peut-être, le léger retard qu'elle avait mis à la saluer aurait pu la trahir. Elle estimait pourtant que son expérience professionnelle était venue à son secours. Sans parler du comportement de cette femme. Elle avait déjà soigné des patients qui avaient peur du contact, mais personne qui angoissait de façon aussi manifeste. On aurait dit qu'elle était entourée d'une carapace invisible que l'on devait percer pour atteindre sa peau. Et, une fois qu'on y posait les mains, ce corps à la masse impressionnante était agité de sortes de spasmes. Comme, de toute façon, il était impossible de sentir quoi que ce soit à travers de pareilles couches de graisse, elle avait renoncé et s'était concentrée sur les prélèvements.

Retrouver son rôle de médecin lui avait fait une curieuse impression. Elle était partagée entre deux sentiments contradictoires : d'un côté, elle se félicitait d'avoir effectué cet examen avec une parfaite assurance, de l'autre, elle était contrariée à l'idée que ces minutes auraient pu être beaucoup mieux utilisées. Heureusement, elle éprouvait au moins un petit sentiment qui ressemblait au calme si désiré. L'assurance dans ces gestes qu'elle maîtrisait entièrement. La confiance que lui donnait son expérience. Le contrôle parfait qu'elle exerçait sur la situation et le fait de savoir exactement quoi faire, de pouvoir cesser de se sentir inférieure et d'imposer le respect, pour la première fois depuis longtemps.

Et c'était précisément à ce moment-là que cette femme avait ouvert la bouche pour confirmer les craintes qu'elle avait éprouvées dès l'instant où Ellinor lui avait donné l'adresse. À savoir que quelqu'un ait pu la voir. Avant que cette femme ait refermé la bouche, elle avait ainsi été rejetée dans l'enfer qu'elle avait créé elle-même et aucun geste professionnel au monde n'aurait pu la protéger de la menace qu'elle ressentait. Elle avait battu en retraite plus vite qu'elle ne l'aurait cru possible et compris trop tard l'erreur qu'elle avait commise.

Elle mentait.

Elle ajoutait encore au tissu de mensonges qu'elle avait chaque jour rendus un peu plus inextricables. À la moindre imprudence, l'un de ses points d'attache risquait de céder et d'entraîner l'ensemble. Or, elle venait de mentir sans connaître les relations que cette femme entretenait avec Pernilla et les conséquences que cela risquait d'avoir.

Au désespoir, elle laissa les secondes s'égrener en s'efforçant de se comporter avec autant d'amabilité que d'habitude et en cherchant un moyen de réparer son erreur. Elle envisagea rapidement toutes les excuses imaginables qui auraient pu expliquer sa présence dans cette cour avec la fille de Pernilla. Elles lui parurent hélas aussi invraisemblables les unes que les autres et les secondes continuèrent à défiler sans que rien soit dit. Quand elle eut rangé tous ses instruments et refermé son sac, alors qu'il ne lui restait plus qu'à remettre à cette femme le tube en plastique dans lequel elle devrait recueillir son urine, elle n'avait toujours pas trouvé de solution. Il fallait pourtant qu'elle dise quelque chose.

– Ah oui, je me souviens maintenant. Je suis venue ici il y a un certain temps, avec une amie et sa fille. Elle devait remettre quelque chose à une de ses collègues, qui habite dans cet immeuble, et je suis restée seule aux balançoires avec l'enfant, sur le terrain de jeux. C'est sûrement ce jour-là que vous m'avez vue. Mais cette petite fille n'habite pas ici.

Peut-être était-ce le fait de son imagination mais il lui avait semblé voir un sourire effleurer les lèvres de cette femme qui s'appelait Maj-Britt lorsque celle-ci avait hoché la tête en l'écoutant.

Elle prit congé d'Ellinor dans l'entrée, après avoir rédigé à la hâte une ordonnance prescrivant un calmant et lui avoir fourni quelques instructions complémentaires. Maj-Britt sortit alors des toilettes avec son tube d'urine. Ellinor écarquilla les yeux d'horreur en voyant la couleur du liquide et chercha à croiser le regard de Monika. Celle-ci évita soigneusement de la regarder. La présence du sang, le caractère et la localisation de la douleur confirmaient certes ses soupçons, mais mieux valait attendre les analyses. Inutile d'effrayer qui que ce soit avant d'être certaine à cent pour cent. Elle ouvrit son sac et y glissa le tube.

– Je vous contacterai dès que j'aurai les résultats.

La femme s'était retirée dans la salle de séjour mais Ellinor, elle, prit la peine de faire un pas et de lui tendre la main.

– Merci d'avoir eu la gentillesse de venir.

En regagnant sa voiture, elle fut soulagée d'avoir quitté cet appartement. Elle n'était toujours pas sûre que l'explication qu'elle avait fournie ait été convaincante et ait écarté tous les risques. L'information qui lui manquait était de savoir si Maj-Britt et Pernilla se connaissaient, mais Ellinor lui avait dit que la première ne sortait jamais de chez elle. D'un autre côté, Ellinor avait accompagné Åse chez Pernilla et peut-être avait-elle raconté à Maj-Britt la façon dont Monika et sa mère avaient fait connaissance ?

Elle lança un rapide regard en direction de la fenêtre de la cuisine de Pernilla, mais il n'y avait personne, et se hâta de gagner sa voiture. Il ne fallait surtout pas qu'on la voie. Elle ne pouvait risquer que Pernilla ouvre sa fenêtre et l'appelle.

Elle avait eu le temps de poser son sac sur le siège arrière et il lui aurait suffi d'une petite minute de plus pour se tirer d'affaire. Mais, naturellement, le destin en avait décidé autrement. Au moment précis où elle s'installait derrière le volant, elles surgirent juste devant elle dans l'allée venant du square.

– Tiens, tu es là ?

C'est vers le balcon de Maj-Britt que Monika lança cette fois un rapide regard. Le soleil se reflétait dans les carreaux et elle ne pouvait dire si quelqu'un se trouvait derrière, en train de l'observer.

Pernilla la rejoignit et enclencha le frein de la poussette.

– On est sorties se promener un peu.

Monika hocha la tête et prit place au volant.

– Je suis un peu pressée, je viens de faire une visite et il faut que je retourne à la clinique.

– Ah bon, chez qui ?

Elle comprit soudain que Pernilla pouvait la renseigner. Mieux valait voir confirmer ses soupçons que rester dans l'incertitude.

– Elle s'appelle Maj-Britt. Tu la connais ?

Pernilla eut l'air de réfléchir et secoua la tête.

– Elle habite dans notre escalier ?

– Non, en face.

– Je ne connais personne là-bas.

Elle se détendit. Son inquiétude la rendait trop sensible, elle s'était imaginé des choses et avait laissé la remarque de cette femme revêtir une importance qu'elle n'avait pas.

Elle glissa la clé dans le démarreur.

– Au fait, j'ai eu une personne du fonds au téléphone. Ils vont virer l'argent sur ton compte dans la journée. Je leur ai donné le numéro de celui que tu utilises pour régler tes factures.

Pernilla sourit.

– J'espère que tu réalises à quel point je te suis reconnaissante.

Monika encaissa le compliment d'un signe de tête.

– Il faut malheureusement que je parte. Je suis déjà en retard.

– Est-ce que tu veux venir dîner chez nous, ce soir ? Pour te remercier de ton aide.

Elle fut surprise de constater qu'elle hésitait. Alors qu'elle avait tellement attendu cet instant, celui où Pernilla prendrait l'initiative et rechercherait sa compagnie. Mais elle se sentait très fatiguée, elle était lasse de devoir être sans cesse sur ses gardes et de faire semblant. Elle avait l'intention de prendre ses somnifères de bonne heure et de fuir la soirée et la nuit. Pourtant, elle ne pouvait dire non. Elle n'en avait pas le droit.

– Bien sûr. À quelle heure veux-tu que je vienne ?

– Comme ça t'arrange.

Pernilla croyait qu'elle avait repris son travail et qu'elle le quittait à cinq heures. Que de choses à ne pas oublier.

– Je termine à cinq heures.

– Eh bien, disons à six heures, alors ?

Un dernier regard en direction des fenêtres de Maj-Britt avant de rentrer en ville. Elle était déjà en retard.

Monika savait que sa mère l'attendait depuis un quart d'heure, dans l'entrée de son immeuble, habillée de pied en cap, s'impatientant de minute en minute. Pourtant, il fallait encore qu'elle passe à la banque. Et le directeur de la clinique lui avait laissé quatre messages auxquels elle n'avait pas encore répondu. Certains de ses collègues s'étaient également manifestés, mais elle n'avait rappelé personne.

Quelque chose, au fond d'elle-même, tentait de se faire entendre, de lui faire comprendre que la situation devenait chaque heure un peu plus intenable. Mais, comme il n'était pas possible de revenir en arrière et qu'elle ne pouvait plus rien faire pour y remédier, il était plus simple de ne pas écouter cette voix. Beaucoup plus simple.

L'essentiel, pour l'instant, c'est que la dernière menace en date devait été écartée, et qu'elle pouvait être à peu près sûre d'elle. Il fallait qu'elle prenne chaque tranche de dix minutes comme elle venait. C'était tout ce qu'elle pouvait demander.

Tout ce qu'elle avait le droit de demander.

26

Maj-Britt s'était postée à la fenêtre et observait ce qui se passait sur le parking. Elle suivait d'un œil intéressé leur conversation mais ne pouvait naturellement pas entendre ce qu'elles se disaient. Chaque mouvement et chaque expression de leur visage confirmait cependant ses soupçons : ce médecin lui avait bel et bien menti. Mais elle ne savait toujours pas pourquoi.

Ellinor était allée s'asseoir sur le canapé. Saba était debout à ses pieds, et frétillait de la queue tandis que la jeune femme lui caressait le dos. Elles n'avaient toujours pas échangé un mot depuis qu'elles s'étaient retrouvées seules. Maj-Britt était sous le choc de l'humiliation de s'être exhibée dans toute sa misère. De n'avoir même pas été capable de supporter une simple visite médicale. Heureusement, Ellinor avait eu le bon goût de ne pas commenter sa gêne manifeste ni de tenter de barbouiller l'ensemble de compassion ou d'une remarque stupide suggérant qu'elle comprenait ce qu'elle ressentait. C'était une chance, car dans le cas contraire, Maj-Britt aurait été forcée de lui dire d'aller au diable et c'était une expression qu'elle n'aimait pas employer.

Maj-Britt vit la voiture s'éloigner, et la mère et l'enfant gagner leur immeuble.

Ellinor ne semblait toujours pas disposée à partir. Elle avait accompli son devoir et pourtant elle s'attardait sur les lieux, ce qui ne manquait pas d'intriguer. Maj-Britt avait cependant matière à réflexion ailleurs et peu lui importait.

Ce fut Ellinor qui brisa le silence, ce qui n'étonna ni l'une ni l'autre.

– Pourquoi ne m'avez-vous pas dit que vous avez du sang dans vos urines ?

La mère et l'enfant pénétrèrent dans l'immeuble et laissèrent la porte se refermer derrière elles. Maj-Britt quitta son poste d'observation et regagna son fauteuil.

– Pourquoi t'en aurais-je parlé ? Ce n'est pas ça qui l'aurait fait disparaître.

Nouveau silence. On entendit une chasse d'eau fonctionner, quelque part dans le bâtiment, et des bruits de voix en provenance de la cage d'escalier, accompagnés de pas qui s'approchèrent puis s'éloignèrent peu à peu avant de se taire définitivement lorsque la porte d'entrée se referma. Maj-Britt regarda Ellinor, qui restait plongée dans ses pensées et grattait la lunule de son pouce droit. Elle avait une foule de questions en tête et savait que l'aide-ménagère détenait les réponses. Elle se laissa tomber dans son fauteuil et regarda à nouveau par la fenêtre, en proie à ses réflexions.

– Comment as-tu fait sa connaissance, déjà ?

Ellinor cessa de s'occuper de son pouce.

– Elle s'appelle Monika. Si c'est d'elle que vous voulez parler.

Maj-Britt lui lança un regard las.

– Excuse-moi. Comment as-tu fait la connaissance de *Monika* ?

Elle prononça ce nom avec le mépris manifeste qu'elle ressentait et n'eut même pas besoin de regarder Ellinor pour comprendre à quel point ce commentaire lui déplaisait.

– Je trouve que c'était vraiment chic de sa part de venir.

– Bien entendu. C'est un être d'une grande noblesse.

Ellinor soupira longuement.

– Je crois vous avoir déjà dit qu'il faudrait que vous fassiez la différence entre ceux qui méritent votre mépris et les autres.

Maj-Britt pouffa et le silence retomba. Mais elle savait qu'en attendant assez longtemps, l'autre ne pourrait s'empêcher de reprendre la parole. C'était le trait le plus proche de la faiblesse qu'elle avait remarqué chez cette fille très têtue. Elle était incapable garder le silence. Du moins pendant un certain temps.

Il s'écoula environ une minute.

– Ce n'est pas moi qui la connais, c'est ma mère.

Maj-Britt sourit sous cape.

– Elles se sont rencontrées au cours d'un séminaire il y a quelques semaines. Elles s'y sont rendues ensemble, dans la voiture de maman.

Ellinor se leva et gagna la fenêtre. Maj-Britt était tout ouïe.

– Je ne sais pas si vous vous en souvenez, mais il y quelques semaines je vous ai dit que quelqu'un de l'immeuble d'en face avait trouvé la mort ?

Maj-Britt hocha la tête, bien qu'Ellinor ne fût pas en position de la voir.

– Il s'appelait Mattias. Il a péri dans un accident de voiture en revenant de ce séminaire. C'était ma mère qui conduisait et elle a percuté un élan.

Maj-Britt resta les yeux dans le vague. Elle revoyait devant elle le père et l'enfant, sur le terrain de jeux.

– Et ta maman ?

– C'est incroyable, mais elle s'en est tirée sans une égratignure. Naturellement, elle a été choquée et elle a très mauvaise conscience de savoir qu'il est mort, lui, alors qu'elle est toujours vivante. Parce que c'était elle qui conduisait. Et puis il avait un enfant.

Maj-Britt continuait à réfléchir en observant le dos d'Ellinor comme si celui-ci était susceptible de lui fournir d'autres indices.

– Et ce médecin – excuse-moi, je veux dire Monika, bien entendu –, est-ce qu'elle était dans la voiture, elle aussi ?

Ellinor se retourna et resta un instant immobile avant de regagner le canapé. Elle s'assit en tailleur et posa le coussin brodé sur ses genoux. Soudain, elle regarda Maj-Britt avec un sourire. Cette dernière fut aussitôt sur ses gardes, en l'espace d'un instant la petite brèche qu'elle avait réussi à ouvrir se refermait.

– Qu'est-ce qu'il y a ?

Ellinor haussa légèrement les épaules.

– Je viens seulement de me rendre compte que c'est la première fois que nous nous parlons. Je veux dire : vraiment. La première fois que c'est vous qui avez lancé la conversation.

Maj-Britt détourna le regard. Elle n'était pas sûre que son initiative soit une bonne chose. Elle n'en avait même pas eu conscience, cela s'était produit malgré elle, presque de façon naturelle. Et, bien entendu, Ellinor n'avait pas manqué de s'en apercevoir et de noter le changement. Sur le moment, elle ne parvint pas à déterminer quelles pouvaient en être les conséquences, s'il s'agissait d'un bien ou d'un mal. Si c'était susceptible d'être utilisé contre elle. Mais elle était déterminée à apprendre ce qu'elle désirait savoir, au moins pour s'assurer d'un moyen de rétablir l'équilibre si nécessaire.

– Je t'ai demandé si elle était dans la voiture, elle aussi ?

– Non, mais elle aurait dû y être. Mattias et elle ont échangé leur place, pour le voyage de retour, et elle est rentrée avec quelqu'un d'autre. Je crois que le séminaire avait pris du retard et, comme elle était pressée de rentrer, Mattias s'est proposé pour rester et lui a laissé sa place dans la voiture qui partait en premier.

Maj-Britt enregistra ce renseignement et s'efforça de le classer de son mieux dans son esprit. Elle essaya de le relier au mensonge par lequel cette femme avait tenté de nier qu'elle connaissait la petite fille qui avait perdu son père. Et à cette patience infinie avec laquelle elle poussait la balançoire.

Mattias et elle avaient échangé leurs places pour le voyage de retour.

– Est-ce qu'elle et sa mère connaissaient ce Mattias avant le séminaire ?

Ellinor secoua la tête.

Personne ne connaissait personne. C'était toujours ainsi, dans ces cas-là.

Avant que Maj-Britt ait poussé sa réflexion jusqu'au bout, Ellinor lui mâcha la besogne. Elle ajouta le commentaire qu'il fallait pour donner un sens à cette série de faits.

– On peut se demander ce qu'elle ressent, Monika. S'ils n'avaient pas échangé leur place, c'est elle qui serait morte, maintenant. Ça ne doit pas être facile de vivre avec ça.

Et voilà ce que pouvait rapporter un petit effort de politesse pour entamer une conversation. La remarque anodine qu'elle avait formulée au cours de l'auscultation avait tapé dans le mille et ouvert une brèche par laquelle elle pouvait apercevoir les recoins les plus obscurs de l'âme de cette femme médecin. C'était toujours là que se trouvaient les éléments qui vous donnaient prise sur les gens. Ils s'accrochaient de toutes leurs forces au fond des ténèbres mais il était très facile de les dénicher, à condition de poser la bonne question au bon moment. La seule chose qui n'avait pas encore reçu d'explication, c'était le mensonge lui-même. Pourquoi niait-elle connaître cette enfant et la femme qui avait perdu son mari parce qu'elle, elle avait eu la vie sauve ?

À moins qu'elle ne leur ait menti, à elles aussi.

27

Le cimetière paraissait désert. Monika était en train de remplir d'eau un arrosoir et s'apprêtait à rejoindre sa mère près de la tombe. Il ne lui avait fallu que cinq minutes pour se garer devant la banque, entrer en coup de vent et verser l'argent sur le compte de Pernilla, mais cela ne l'avait pas empêchée d'être en retard et, comme prévu, sa mère avait été fort contrariée. Le plus étrange, c'était que le mal n'avait fait qu'empirer depuis qu'elle était à la retraite, alors qu'elle avait désormais le temps de patienter. Chaque minute était soudain devenue capitale et celles qui étaient perdues causaient d'énormes ravages dans un emploi du temps pourtant vide. Elle n'avait jamais eu beaucoup d'amis et, depuis qu'elle avait quitté le monde du travail, ils étaient encore moins nombreux. Il n'y avait jamais eu de nouvel homme dans sa vie, peut-être même n'en avait-elle pas cherché ni désiré. Monika aurait été incapable de le dire car elles ne parlaient jamais de ce genre de choses, pas plus que de quoi que ce soit d'important, d'ailleurs. Elles se contentaient de ce jargon dépourvu de sens qui était le leur dès qu'elles se voyaient, clopinant parmi ces mots qui ne menaient nulle part et revenaient toujours à leur point de départ.

Ce jour-là, elle avait eu du mal à se dominer en voyant le regard courroucé de sa mère. Sur deux ou trois mots très secs, celle-ci avait pris place à côté d'elle et était ensuite restée muette pendant les dix minutes qu'avait duré le trajet. Monika avait senti la moutarde lui monter au nez. Elle acceptait de faire le taxi pour sa mère, en s'efforçant de s'adapter à ses caprices renfrognés, et elle n'obtenait jamais un merci ni le moindre mot pouvant être vaguement assimilé à l'expression d'une gratitude ou d'une satisfaction quelconques. Le sentiment qu'elle éprouvait était nouveau, pourtant. C'était la première fois qu'elle le laissait venir à la surface. D'ailleurs, ce n'était pas le terme exact : elle ne laissait rien venir, en fait, ce sentiment s'imposait à elle par des voies qu'elle ne maîtrisait pas. Car, si elle n'avait pas été obligée de jouer ainsi les chauffeurs de maître, Mattias serait encore en vie et tout serait plus simple.

Beaucoup plus simple.

Elle quitta le petit enclos pour revenir près de la tombe avec son arrosoir. Sa mère était à genoux, en train de planter de la bruyère. Des plants choisis avec soin : roses, blancs et mauves.

Monika s'arrêta et posa l'arrosoir, observant les mains de sa mère en train d'ôter délicatement des feuilles mortes qui déparaient l'espace bien entretenu entourant la stèle.

Mon fils bien-aimé.

Aimé de façon absolue, comme sa disparition était absolue. Et pourtant, il demeurait l'axe autour duquel tout tournait, véritable trou noir attirant à lui ce qui, autrement, aurait peut-être pu continuer à vivre. Chaque jour, il alimentait l'idée selon laquelle il était impossible d'accepter les faits, la résignation étant la seule attitude concevable, et tout était à jamais détruit et réduit à néant.

Une famille en ruine.

Quatre moins deux égale zéro.

Elle s'entendit alors poser cette question :

– Pourquoi papa nous a-t-il quittés ?

Elle vit un frisson parcourir le dos courbé devant elle et les mains s'interrompre dans leur travail.

– Pourquoi demandes-tu ça ?

Son cœur se mit à battre à coups sourds et redoublés.

– Parce que je veux le savoir. Je me suis toujours posé la question mais il ne m'était pas encore venu à l'idée de te la poser, à toi.

Les doigts retrouvèrent leur agilité et aplatirent la motte de terre autour du plant de bruyère blanc.

– Et pourquoi y penses-tu maintenant ?

Elle entendit l'explosion intérieure, sous la forme d'un grondement sourd qui enfla soudain lorsque la colère qu'elle avait si longtemps contenue emporta tous les barrages et se déchaîna en elle. Les mots se bousculèrent dans sa bouche pour passer en premier, pour avoir enfin le droit d'être prononcés.

– Quelle importance ? Je ne sais pas pourquoi je ne l'ai pas demandé il y a vingt ans, mais ça ne change rien, la réponse est la même, non ?

Sa mère se releva et replia soigneusement le journal qu'elle avait étalé sous ses genoux :

– Qu'est-ce qui t'arrive ?

– Quoi ?

– Je me demande simplement pourquoi tu prends un ton aussi triste.

Un ton aussi triste ? Aussi triste ! À l'âge de trente-huit ans, elle trouvait enfin le courage de demander pourquoi elle n'avait pas eu de père, peut-être la charge affective avait-elle en effet influencé le ton qu'elle adoptait, mais la première réaction de sa mère était de l'accuser de lui parler sur un ton aussi triste !

– Pourquoi ne le lui demandes-tu pas plutôt à lui ?

Elle sentit le rouge lui monter aux joues.

– Parce que je ne le connais pas ! Je ne sais même pas où il habite en ce moment. Et parce que tu n'as jamais fait le moindre effort pour m'aider à entrer en contact avec lui, au contraire, je me souviens encore de la tête que tu as faite quand je t'ai dit que je lui avais écrit.

Elle eut du mal à déterminer ce qu'elle lisait dans les yeux de sa mère. Elle n'avait jamais approché le sujet d'aussi près et surtout sur ce ton. En aucune circonstance.

– Ainsi, c'est ma faute s'il nous a quittés et n'a pas assumé ses responsabilités ? Hein ? C'est moi qui dois m'expliquer ? Ton père était un lâche qui m'a fait un enfant alors qu'il n'en voulait pas et, quand il a recommencé, il a trouvé ça encore moins à sa convenance. Il a disparu alors que tu étais encore dans mon ventre. J'avais déjà Lasse, et être mère célibataire de deux enfants en bas âge, ce n'est pas facile tous les jours. Mais il est vrai que tu ne peux pas le savoir, puisque tu n'en as pas.

Un bruit sourd et rythmé se mit à retentir dans le cimetière et il lui fallut un certain temps avant de comprendre que c'était son propre pouls qui résonnait dans ses oreilles.

– C'est pour ça que tu ne m'as jamais aimée, parce que mon père a filé ?

– Arrête de dire des bêtises, tu sais très bien que c'est faux.

– Non, je ne le sais pas !

Sa mère sortit de la poche de son grand manteau une des bougies et entreprit d'en ôter le plastique protecteur, les mains tremblant de colère. Mais elle ne répondit pas.

– Pourquoi faut-il qu'on vienne sans cesse sur cette tombe ? Cela fait vingt-trois ans qu'il est mort et la seule chose qu'on fait ensemble, toutes les deux, c'est venir allumer ces maudites bougies.

– Ce n'est pas ma faute si tu n'as jamais le temps de rien. Tu passes ton temps à travailler ou à fréquenter tes amis. Mais tu n'as jamais le temps de t'occuper de moi.

Toujours la même rengaine, quoi qu'elle fasse. Malgré la colère qui la protégeait pour l'instant, elle sentit cette pique la toucher droit au cœur et éveiller cette mauvaise conscience que sa mère savait si bien cultiver en elle. Et ce n'était pas terminé. En experte qu'elle était, celle-ci percevait manifestement la vulnérabilité particulière que Monika éprouvait ce jour-là et elle ne laissa pas passer une aussi belle occasion.

– Tu n'as même pas porté le deuil de Lasse.

D'abord, Monika ne comprit pas ces mots.

Tu n'as même pas porté le deuil de Lasse.

Ils se répercutèrent en écho autour d'elle pour tenter de se faire comprendre et, chaque fois qu'ils se répétaient, quelque chose d'autre se brisait. Peu à peu, tout s'effondra.

Tu n'as même pas porté le deuil de Lasse.

La voix de sa mère était sourde et son regard toujours braqué vers la bougie qu'elle tenait à la main.

– Tu as continué à vivre comme s'il ne s'était rien passé. Si tu savais combien j'ai souffert de te voir te comporter ainsi. On aurait presque dit que tu trouvais magnifique qu'il ait disparu.

Elle n'avait plus de mots à sa disposition. Tout était vide. Ses jambes la menèrent vers la voiture. Tout ce qu'elle éprouvait, c'était un désir profond d'être hors de portée de cette voix.

La voiture était garée sur le bord d'une route qui traversait une forêt. Elle regarda autour d'elle, étonnée, incapable de se rappeler comment elle était arrivée là.

Elle jeta un œil à sa montre. Dans un quart d'heure, elle devait être chez Pernilla pour le dîner. Elle fit demi-tour, supposant que c'était la bonne direction.

Tu n'as même pas porté le deuil de Lasse.

– Est-ce que tu pourrais changer Daniella ? Il me reste la sauce à préparer et ensuite ce sera prêt.

Elle voulait rentrer chez elle. Retrouver ses somnifères. Des éclairs traversaient sa tête et elle avait du mal à replacer dans leur contexte les mots qu'elle entendait.

– Est-ce que tu peux le faire ?

Elle acquiesça rapidement, prit l'enfant, la porta sur la table à langer placée au-dessus de la baignoire et ôta sa couche. De la cuisine, Pernilla lui cria :

– Ensuite, tu n'auras qu'à lui mettre le pyjama rouge. Il est accroché à une patère, quelque part.

Elle tourna la tête et vit en effet le vêtement en question. Elle changea la couche de Daniella et fit ce que Pernilla lui demandait. En regagnant la cuisine avec la petite dans les bras, elle passa près de la commode. La bougie avait fini de brûler et il avait maintenant le visage plongé dans l'ombre, derrière l'urne blanche. Il ne dit rien en la voyant passer, et la laissa en paix.

– Sers-toi, je t'en prie. Ce n'est sûrement pas aussi bon que ce que tu fais, toi, je ne suis pas très douée en cuisine. C'était surtout Mattias qui s'en occupait.

Daniella était assise sur sa chaise haute ; Pernilla posa un biscuit sans sucre sur la tablette devant l'enfant. Monika regarda le plat qui s'offrait à elle. Elle sentait qu'elle ne pourrait rien avaler, mais il fallait absolument qu'elle essaie.

Elles mangèrent un moment en silence. Monika déplaçait ce qu'elle avait dans son assiette avec sa fourchette et, de temps en temps, portait une petite bouchée à ses lèvres. Mais son corps se refusait à ingurgiter quoi que ce soit. À chaque nouvelle tentative, c'était encore pire.

– Tu sais, Monika…

Elle leva les yeux et sentit sa lassitude et sa perplexité se mettre aussitôt sur leurs gardes. Elle courait un risque à être là, maintenant qu'elle avait perdu le contrôle de la situation.

– Il faut que je te demande pardon.

Elle resta immobile. Pernilla avait posé ses couverts et donna un nouveau gâteau à Daniella avant de poursuivre.

– Je sais que je n'ai pas toujours été très gentille avec toi quand tu es venue me voir. Mais je n'avais pas la force de faire preuve de politesse.

Elle avait la bouche sèche et dut avaler sa salive avant de parvenir à proférer quelques mots.

– Tu n'as jamais été désagréable.

– Si, et pourtant je faisais de mon mieux. Il y a des moments où c'est tellement pénible que je n'ai plus aucune force.

Elle posa à son tour sa fourchette. Moins elle aurait besoin de se concentrer, mieux cela vaudrait. Il fallait qu'elle se reprenne. Qu'elle fasse un effort. Pernilla venait de lui demander pardon. Elle devait trouver une réponse quelconque.

– Tu n'as vraiment pas à t'excuser.

Pernilla baissa les yeux vers son assiette.

– Je veux que tu saches combien j'apprécie que tu aies continué à venir ici, malgré tout.

Monika leva son verre et but une petite gorgée.

– Après mon accident, beaucoup de nos amis n'ont plus donné de leurs nouvelles. C'est arrivé peu à peu, de façon pour ainsi dire naturelle. J'avais toujours mal au dos, et puis nous n'avions pas d'argent. En outre, la plupart de nos connaissances continuaient à plonger.

Monika avala une nouvelle gorgée. Elle parvenait presque à se cacher derrière son verre à eau.

– Après ce qui vient de se passer, je dois quand même avouer que je suis un peu déçue de constater que si peu d'entre eux se sont manifestés. Je me suis soudain rendu compte à quel point nous étions seuls.

Pernilla la regarda, un sourire presque timide sur les lèvres.

– Ce que j'essaie de te dire, c'est simplement que je suis heureuse que nous ayons fait connaissance. Tu m'as vraiment été d'un grand secours.

Monika s'efforça d'enregistrer mentalement ces paroles. Elle avait le sentiment que c'était ce qu'elle attendait depuis tout ce temps, et qu'elle devait être contente d'avoir enfin la preuve qu'elle était parvenue à son but. Pourquoi, dans ces conditions, n'en était-il pas ainsi ? Il fallait qu'elle rentre chez elle. Retrouver ses somnifères. Et d'abord porter les analyses de Maj-Britt à la clinique. Maintenant qu'elle était sûre que tous les laborantins étaient rentrés chez eux, elle pouvait y aller sans crainte. Elle l'avait promis, en effet. Et il faut toujours tenir parole.

Elle sursauta en entendant le téléphone sonner. Pernilla se leva et passa dans la salle de séjour. Monika en profita pour aller discrètement ouvrir le sac poubelle sous l'évier, et pousser le contenu de son assiette à l'intérieur en s'aidant d'un morceau de plastique qui était sur le dessus des ordures.

La voix lui parvint depuis la salle de séjour.

– Pernilla à l'appareil.

Puis elle recouvrit ce qu'elle venait de jeter avec un carton de lait vide.

– Eh bien, on ne peut pas dire que ce soit une surprise, je ne sais pas trop quoi répondre.

La voix de Pernilla s'était faite assez dure, puis ce fut le silence pendant un bon moment. Monika regagna sa chaise avec son assiette et prit sa fourchette pour effacer les traces laissées par le morceau de plastique. La voix de Pernilla lui parvint alors de nouveau et les mots qu'elle prononça firent remonter sa peur à la surface, à travers la confusion dans laquelle elle se trouvait.

– Honnêtement, je préférerais que vous n'appeliez plus. Les choses sont ce qu'elles sont, mais je trouve que c'est un peu trop demander que ce soit moi qui doive *vous* consoler.

Elle fut manifestement interrompue à ce moment, et reprit la parole au bout d'un instant.

– Non, c'est pourtant l'effet que ça me fait. Au revoir.

Le silence complet retomba. Seul le cœur de Monika refusait de s'adapter à ce calme apparent. Pernilla revint s'asseoir. C'est alors le portable de Monika qui se mit à sonner. Elle plongea la main dans son sac et coupa cette sonnerie intempestive. En jetant un coup d'œil sur l'indicateur d'appel, elle vit le nom d'Åse s'afficher. Sa main tremblait quand elle réussit enfin à faire taire l'appareil. Elle sentit que Pernilla l'observait mais eut le temps de répondre avant qu'elle ait put poser sa question.

– Rien d'important. C'est seulement ma mère. Je peux la rappeler plus tard.

Pernilla repoussa l'assiette qui se trouvait devant elle, bien qu'elle fût encore pleine de nourriture.

– Moi, c'est la conductrice de la voiture qui m'appelait.

Daniella laissa tomber son gâteau et Monika bénit le ciel d'avoir l'occasion de se baisser pour le ramasser. Elle désirait par-dessus tout rester invisible pendant quelques instants.

– Elle est déjà venue ici quelques jours après l'accident. Je crois me souvenir qu'elle voulait s'excuser.

Puis Pernilla ajouta, en pouffant un peu :

– Mais je prenais tellement de comprimés, à ce moment-là, que je n'ai sans doute pas très bien compris ce qui se passait. C'est après que j'y ai beaucoup réfléchi. Et regretté de ne pas lui avoir dit d'aller se faire voir. Comment croire que je pourrais lui pardonner ?

Soudain, ce fut comme si Pernilla se trouvait à l'autre extrémité d'un tunnel. Monika fixait ce visage entouré d'une masse floue, d'un gris foncé. Elle ferma les paupières et les ouvrit à nouveau, sans que cela change quoi que ce soit au spectacle qui s'offrait à elle. Et elle se demandait pourquoi le robinet était ouvert, qui avait pu le tourner et pourquoi cela faisait un tel bruit.

– Qu'est-ce qu'il y a ? Tu n'es pas bien ?

Sa respiration était hachée, saccadée.

– Si, mais il faut que je m'en aille.

– Prends quand même du dessert.

Monika se leva de sa chaise.

– Non, je dois partir.

Ce mouvement fit disparaître le tunnel. Le bruit d'eau était toujours perceptible mais elle vit que le robinet était fermé. Ce devait donc être dans un autre appartement que cela coulait.

Elle gagna l'entrée d'un pas chancelant, prenant appui sur les murs et le chambranle de la porte. Pernilla la suivit.

– Tu es sûre que ça va ?

– Oui, mais il faut que je m'en aille, maintenant.

Elle enfila ses bottes et son manteau. Pernilla tenait son sac à la main et le lui tendit.

– Je t'appelle demain matin.

Monika ouvrit la porte sans rien dire. Elle devait partir. Pernilla lui avait demandé de rester, mais c'était impossible. Elle pourrait revenir un autre jour, car Pernilla était son amie et la remerciait de lui avoir offert son amitié, de tout ce que Monika avait fait pour elle.

Elle ne l'avait pas envoyée au diable comme elle aurait tant aimé le faire avec Åse. Au contraire, elles étaient de vraies amies, elles deux, et, les vrais amis, on peut compter sur eux. Ils ne se mentent jamais. Ils sont là quoi qu'il arrive et toujours prêts à intervenir.

Pernilla n'avait plus qu'une seule amie : l'honnête Monika Lundvall.

Si, pour une raison ou pour une autre, celle-ci venait à lui faire défaut, elle serait absolument seule.

28

Maj-Britt était à la porte du balcon et attendait que Saba veuille rentrer. Celle-ci venait de se glisser par l'ouverture et de disparaître sur la pelouse.

Maj-Britt avait poussé son fauteuil près de la fenêtre et passé le plus clair de son temps assise là, ces deux derniers jours. Il ne s'était hélas rien passé de passionnant, à l'extérieur. Après cette horrible auscultation, la femme médecin était allée chez la jeune veuve d'en face, mais ici on ne l'avait pas revue depuis. Elle n'avait pas communiqué le résultat des analyses, non plus. Maj-Britt ne s'en souciait guère, c'était Ellinor la plus anxieuse.

Pour sa part, Maj-Britt trouvait ce délai plutôt agréable. Les comprimés qu'Ellinor était allée acheter faisaient de l'effet et, tant qu'elle n'avait pas de nouvelles, elle n'avait pas à s'inquiéter. Elle restait tranquillement dans son coin, comme toujours, de silence en silence. La seule chose qui avait changé, c'était cette douleur dans le dos et le fait qu'elle ne mangeait plus autant. Ce n'étaient pas seulement ses nausées qui l'en empêchaient, elle avait bien moins envie de fourrer quelque chose dans la bouche, sans qu'elle comprenne pourquoi. Quelque chose avait reflué en elle. Maintenant qu'elle avait osé aller jusqu'au bout de ses pensées, qu'elle avait affronté tous ses souvenirs insupportables et s'était avoué à quel point ils étaient affreux, elle n'avait plus besoin de se cacher pour leur échapper. De fuir. Ils lui faisaient toujours aussi mal que lorsqu'ils étaient enfouis mais, maintenant qu'elle en avait pris conscience, ils ne pouvaient plus l'effrayer. Ils étaient en train de perdre leur pouvoir.

Elle vit Ellinor remonter l'allée. Il avait l'air de faire froid dehors. Or, on voyait son ventre entre son pantalon et son haut. Maj-Britt secoua la tête. Sa mince veste de jean ne pouvait suffire à lui tenir chaud à cette époque de l'année. Peut-être ces petits morceaux de plastique qu'elle avait collés dessus pour la décorer empêchaient-ils le vent froid de passer à travers. Elle vit Saba clopiner à sa rencontre puis Ellinor lever les yeux en direction de la porte du balcon et faire un signe de la main. Maj-Britt répondit à son salut et sentit une certaine chaleur l'envahir.

– Elle devrait venir vers deux heures. Elle ne m'a rien dit à propos du résultat des analyses, elle préfère voir cela avec vous personnellement.

Ellinor s'accroupit et délaça ses bottines tout en parlant. Maj-Britt éprouva un bref déplaisir à l'idée de laisser à nouveau ce médecin pénétrer dans son appartement, mais elle se souvint qu'elle avait maintenant prise sur elle, et cela la soulagea beaucoup. Il suffisait de connaître le rapport de forces pour se sentir mieux. Personne ne pouvait dominer l'autre, dans ce cas. Ce médecin détenait sans doute les réponses aux secrets de son corps et risquait de s'en servir. Mais Maj-Britt disposerait alors d'un contre-feu efficace.

Personne ne pourrait plus jamais lui faire quoi que ce soit sans son autorisation.

Dans quelques minutes, il serait deux heures. Maj-Britt prit place dans le fauteuil de façon à pouvoir surveiller le parking mais, curieusement, elle n'avait pas vu arriver la voiture lorsque la sonnerie retentit. Elle n'apprécia guère de n'avoir pas vraiment pu se préparer.

Ellinor alla ouvrir.

– Bonjour. C'est gentil de votre part de passer.

Le médecin répondit brièvement et, l'instant d'après, elles entrèrent toutes deux dans la salle de séjour. Maj-Britt nota que la femme médecin tenait quelque chose à la main, une sorte de petite mallette grise avec des boutons et un fil.

– Bonjour, Maj-Britt.

Celle-ci regarda l'appareil d'un œil méfiant.

– Qu'est-ce que c'est que ça ?

– Est-ce que je peux m'asseoir un instant ?

Maj-Britt accepta d'un signe de tête et ce médecin, qu'elle savait s'appeler Monika mais avec qui elle n'avait pas l'intention d'entrer en relation personnelle, alla prendre place sur le canapé, posa cette chose bizarre sur la table et sortit divers papiers de son sac à main. Maj-Britt ne la lâcha pas du regard, scrutant le moindre de ses mouvements et notant avec intérêt que le papier qu'elle tenait à la main tremblait légèrement.

– Alors voici.

Le médecin déplia la feuille sous le regard attentif d'Ellinor. Maj-Britt, modérément intéressée par ce qui se passait, préféra détourner le sien vers la fenêtre.

– Votre vitesse de sédimentation est anormalement haute et votre taux d'hémoglobine extrêmement bas. Aucune trace de bactéries sur la bandelette et je n'en ai pas trouvé non plus après culture, nous pouvons donc exclure une infection des voies urinaires. J'avais également envisagé des coliques néphrétiques, mais la douleur serait survenue de façon plus brutale et, en outre, cela n'aurait pas affecté la vitesse de sédimentation.

Elle se tut et Maj-Britt garda les yeux fixés sur le portique des balançoires, là-bas. Elle avait encore plus de mal à se soucier de ce dont elle ne souffrait pas que du reste.

– Je suis en bonne santé, alors.

– Hélas non.

Il s'ensuivit un petit silence pendant lequel tout restait possible.

– Il faudrait que vous passiez une échographie.

Aussitôt sur ses gardes, Maj-Britt tourna la tête et croisa son regard.

– Je ne veux aller nulle part.

– Nous pouvons le faire ici.

La femme médecin posa la main sur l'appareil. Maj-Britt se sentit prise au piège. Elle était décidée à ne pas subir d'autres examens, en se réfugiant derrière son refus de sortir de chez elle. Et voilà que ce docteur apportait un appareil qui permettait de procéder sur place. Maudit progrès.

– Et si je refuse ?

– Maj-Britt !

C'était Ellinor. Impossible de dire, cependant, si c'était une supplication ou l'expression de sa consternation.

Elle regarda à nouveau par la fenêtre.

– Qu'est-ce que vous croyez pouvoir détecter avec une échographie ?

C'était Ellinor qui s'informait de détails qui laissaient Maj-Britt parfaitement indifférente. Et les deux femmes se mirent à discuter de ce dont elle pouvait souffrir.

– Je ne suis naturellement sûre de rien, mais j'aurais besoin de jeter un coup d'œil à ses reins.

– De quoi pensez-vous qu'il puisse s'agir ?

Le silence se fit de nouveau pendant un moment. Cette fois, il était loin d'être apaisé. On aurait dit que le mot résonnait déjà dans la pièce avant d'avoir été prononcé et s'accordait un dernier moment de répit.

– Il pourrait s'agir d'une tumeur, mais je le répète, se hâta-t-elle d'ajouter, je ne suis pas certaine à cent pour cent.

Une tumeur. Un cancer, quoi. C'était un mot qu'elle avait entendu bien des fois à la télévision et qui ne lui avait pas échappé. Mais elle sut alors que le fait qu'il risquait de s'appliquer à son propre corps lui conférait une signification différente. Il allait prendre vie et évoquer l'image de quelque chose de noir et de méchant, là, au fond, un monstre intérieur dévorant tout ce qui se présentait sur son chemin et ne cessant de croître.

Pourtant, elle n'eut pas particulièrement peur. Elle avait plutôt l'impression qu'on venait de lui confirmer une idée qu'elle n'avait pas approfondie. Et pourquoi n'y aurait-il *pas* de cancer dans son corps ? Ce mal serait un triomphe de plus sur la résistance inutile qu'elle lui avait opposée pendant toute sa vie. Nourrir en cachette une tumeur au fond de lui-même, afin de la vaincre et de se venger d'elle une fois pour toutes.

Et elle comprit qu'il fallait qu'elle sache.

– Comment ça se passe, cet examen ?

Car elle éprouvait malgré tout le besoin d'être sûre.

Le silence dans la pièce était total. Maj-Britt avait regagné son fauteuil. Ellinor était penchée en avant, sur le canapé, la tête entre les mains. Au centre de la pièce, le docteur rangeait ce merveilleux instrument qui venait de confirmer les soupçons que, apparemment, tous nourrissaient. Maj-Britt constata avec satisfaction que les mains de la femme médecin tremblaient toujours. Pour une raison ou pour une autre, le constater la soulageait un peu.

– À ce que j'ai pu voir, la tumeur est encore circonscrite à l'intérieur du rein, mais vous devez passer des radios pour l'établir avec certitude. Il me semble qu'il n'y a pas de risque de propagation, pour l'instant. Mais, là encore, il faudra d'autres examens pour le vérifier. Quoi qu'il en soit, la tumeur est déjà importante et il est grand temps de l'enlever.

Maj-Britt se sentait étrangement calme. Seule sa raison lui disait qu'elle aurait dû réagir autrement. Elle regarda à nouveau par la fenêtre, en direction de ce portique qu'elle voyait depuis plus de trente ans mais dont elle ne s'était encore jamais approchée.

– Et si on n'y touche pas ?

Personne ne répondit. Ce n'est qu'au bout d'un petit moment qu'elle entendit un léger souffle sortir de la bouche d'Ellinor.

– Comment ça, ne pas y toucher ?

Ce fut au tour de Maj-Britt de garder le silence. Elle n'avait rien à ajouter.

– Qu'est-ce que vous entendez par là, Maj-Britt ? Vous comprenez bien qu'il faut l'enlever ! N'est-ce pas, Monika ? Combien de temps peut-on vivre avec une tumeur pareille, si on ne fait rien ?

– C'est impossible à dire. Je ne sais même pas depuis combien de temps elle est là.

– À peu près ?

Comme toujours, Ellinor se montrait très pointilleuse sur les détails.

– Six mois, peut-être. Peut-être plus, peut-être moins, tout dépend de la vitesse à laquelle elle se développe. En tant que médecin, je vous recommande naturellement de vous faire opérer au plus vite.

En tant que médecin. Maj-Britt pouffa intérieurement.

Soudain, le portable d'Ellinor se mit à sonner. Elle se leva et passa dans l'entrée.

Maj-Britt observa la femme qui rangeait soigneusement son précieux matériel.

Six mois.

Peut-être.

Elle avait précisé que c'était impossible à dire.

– Il est vrai que vous, les médecins, vous avez pour mission de faire tout votre possible pour sauver la vie des autres.

Elle ne comprit pas pourquoi elle laissait échapper cela. Elle n'avait pas pu s'en empêcher, voilà tout. Peut-être voulait-elle faire perdre à cette femme un peu de la superbe qui émanait d'elle. Elle était là, incarnation de la bonté, et se donnait l'air d'être au service de l'humanité entière. Ses secrets inavouables, pourtant, elle faisait attention de les dissimuler. Sous ces dehors irréprochables couvaient les mêmes erreurs et les mêmes imperfections que chez tous les autres mortels.

Maj-Britt déchiffra très rapidement sa réaction, ce qui lui donna envie d'enfoncer encore un peu le clou.

– Faire en sorte que les gens survivent aussi longtemps que possible, qu'ils restent sur terre près de leur famille et voient leurs enfants grandir. C'est pour ça que vous existez, hein ? Et je suppose qu'il ne peut guère y avoir d'autre tâche plus importante à vos yeux ?

Ellinor revint soudain dans la pièce.

La femme médecin était accroupie, en train de refermer son sac, et Maj-Britt constata qu'elle dut s'appuyer sur le bord du canapé pour se relever. Un geste rapide de la main pour ne pas perdre l'équilibre. Sans regarder de son côté, elle se précipita dans l'entrée, suivie par Ellinor. Maj-Britt parvint cependant à surprendre leur brève conversation.

– Je ne peux hélas rien faire de plus, vous devriez contacter son centre de soins. Ils vous fourniront les instructions nécessaires pour poursuivre les examens en milieu hospitalier.

La porte d'entrée s'ouvrit et les dernières paroles d'Ellinor se répercutèrent contre les murs de la cage d'escalier.

– Merci de votre aide.
Puis la porte se referma.

Ellinor resta une heure entière, malgré les autres Bénéficiaires qui l'attendaient. Maj-Britt ne dit pas grand-chose. En revanche, la faconde de la jeune femme atteignit de nouveaux sommets tandis qu'elle tentait désespérément de lui arracher la permission d'appeler son centre de soins. Maj-Britt refusa obstinément. Elle n'avait aucune intention de subir d'autres examens et encore moins une opération.

Pourquoi le ferait-elle ?

Pouvait-on lui fournir une bonne raison ?

Aussi pénible qu'il puisse être de l'avouer, elle ne parvenait pas à trouver l'ombre d'un motif valable.

29

Cette femme était un monstre. À croire qu'elle sortait d'un film d'épouvante. C'était sûrement pour la punir que le destin avait placé cette horreur en travers de son chemin. On aurait dit qu'elle voyait en elle, qu'elle perçait du regard ses entrailles déformées et que, pour quelque obscure raison que Monika ne comprenait pas, elle avait décidé de lui faire mal.

Elle rentra directement chez elle et gagna la salle de bains sans même enlever son manteau. Elle avala aussitôt deux comprimés de Xanax. Ce médicament figurait sur l'ordonnance de somnifères qu'elle avait rédigée à sa propre intention, mais elle n'en avait pas encore pris.

Elle ne pouvait plus tenir.

Elle passa dans la salle de séjour et y fit les cent pas en attendant qu'il produise son effet. Chaque seconde, chaque instant. Impossible d'y échapper, désormais. Elle avait l'impression que son corps était devenu trop petit pour elle et que sa peau allait se mettre à craquer d'un moment à l'autre. Comme si elle était sur le point d'éclater.

Et puis ce portable qui n'arrêtait pas de sonner. Il la rendait folle mais elle n'osait pas l'éteindre. C'était la seule preuve qu'existait encore, en dehors de ces murs, une réalité en état de marche et, si elle tranchait le lien qui l'y rattachait, elle ne savait pas ce qu'il adviendrait d'elle. Seulement, elle ne parvenait pas à comprendre comment elle avait pu en arriver là et ne savait que faire pour que tout rentre dans l'ordre.

Et puis enfin.

Enfin, elle sentit l'angoisse relâcher son étreinte, desserrer ses crocs et se dissiper, lui permettant de respirer. Elle accueillit ce soulagement avec une immense gratitude, debout dans sa salle de séjour. Le blanc stockholmois des murs. Curieux qu'il soit possible d'avoir cette couleur chez soi. Pourtant c'était bien, d'une certaine façon. Que tout soit possible. Le simple fait de respirer. Respirer calmement. Rien d'autre n'avait d'importance. Elle allait simplement s'étendre sur le canapé, pour respirer vraiment.

Des murs de brique rouge. Un sous-sol. Elle se trouvait dans une cave, quelque part, sans savoir chez qui. Elle ne voyait aucune porte. Elle tâta les rugosités de la paroi pour tenter de trouver une faille ou le signe d'une ouverture, mais il n'y en avait pas. Soudain, elle sut qu'un cadavre avait été emmuré là, elle ignorait qui et pourtant elle savait que c'était elle qui l'avait mis là. Un bruit la fit se retourner. Sa mère était à genoux, en train de planter une orchidée. Elle tenait à la main un morceau de pain qu'elle émiettait et répandait sur le sol. *Columba livia. Pigeon biset. À consommer de préférence avec des girolles.* Puis vint un train. Pernilla se tenait au milieu de la voie et le signal qu'il faisait entendre ne cessait de se rapprocher. Monika courait aussi vite qu'elle le pouvait mais n'avançait pas et n'arriverait pas à temps pour la sauver. Il fallait qu'elle fasse taire ce bruit, l'oblige à s'arrêter.

– Allô ?

Soudain, elle avait son portable à la main. Elle se tenait dans l'entrée de son appartement, avec son manteau sur les épaules, sans être absolument certaine d'être éveillée.

– Bonjour, c'est Pernilla.

Cette voix la persuada qu'elle était de retour dans la réalité et pourtant elle se sentait toujours dans un état second assez agréable. Elle était à distance respectable de ce qui faisait mal ou la menaçait et son corps ne réagissait même pas. Son cœur battait paisiblement et régulièrement.

– Bonjour.

– Je voulais seulement savoir comment tu vas. Tu es partie très rapidement, hier soir, et je me suis dit que tu étais peut-être malade.

Malade. Ce mot se répercuta en elle comme un écho. Malade. Peut-être, après tout ? Dans ce cas, elle aurait légitimement droit à un délai de quelques jours avant d'accomplir sa mission. Ne l'avait-elle pas bien mérité ? Rien que quelques jours ? Elle était tellement lasse. Il suffirait qu'elle puisse dormir tout son saoul pour que cela aille mieux. Elle pourrait réfléchir vraiment, à nouveau, élaborer un plan pour la suite des événements et trouver la meilleure façon de régler tous les problèmes. Pour l'instant, elle était trop fatiguée. Son cerveau menait une existence autonome et ne lui obéissait plus. Il suffirait qu'elle dorme pour que tout s'arrange.

– Oui, je suis malade. Je suis couchée avec de la fièvre.

– Aïe, c'est peut-être Daniella qui t'a contaminée, elle est malade, elle aussi.

Monika ne répondit pas. Si Daniella était malade, elle devrait se rendre là-bas. Cela faisait partie de leurs conventions. Pourtant, elle n'en avait pas la force. Il fallait qu'elle dorme.

– Si tu n'es pas bien, je ne vais pas te déranger plus longtemps. Donne-moi de tes nouvelles dès que tu seras sur pied. Et si tu as besoin d'aide, pour faire tes courses ou autre chose, n'hésite pas à m'appeler.

Monika ferma les yeux.

– Merci.

Elle n'eut pas la force d'en dire plus et mit fin à la communication. Elle se laissa tomber, le dos contre la porte d'entrée, et resta assise sur le sol. Les bras autour de ses genoux relevés, elle cacha son visage dans ses mains. L'effet anesthésiant des comprimés lui évita de prendre pleinement conscience de l'idée qui l'effleura soudain. Le peu de différence qu'il existe entre les égards et la cruauté. Mais qu'était-ce que le mal ? Qui fixait les règles ? Qui s'arrogeait le droit de définir une vérité valable pour tous et dans chaque circonstance ? Tout ce qu'elle désirait, c'était venir en aide, remettre en ordre et rendre moins impitoyable l'expression « jamais plus », déjà si peu raisonnable. Car il était possible de tout remettre en ordre, si on se donnait assez de mal. Il fallait qu'il en soit ainsi ! C'était impératif !

Elle serait toujours aux côtés de Pernilla, il était impensable qu'il en aille autrement. Elle continuerait à se mettre à son service, à être disponible tant que Pernilla aurait besoin d'elle, à faire passer sa vie au second plan aussi longtemps que ce serait nécessaire. Pourtant, elle savait que, en fin de compte, ce ne serait pas suffisant. C'était son mari et le père de sa fille que Monika lui avait pris, pas sa meilleure amie. Elle se redressa et, sans voir véritablement, elle fixa des yeux le mur, juste au-dessus de l'étagère à chaussures. Elle n'y avait pas encore pensé, mais c'était la solution ! Il fallait que Pernilla rencontre un autre homme. Quelqu'un qui saurait remplacer Mattias comme elle-même ne pourrait jamais le faire. Qui serait un nouveau père pour Daniella, se chargerait de les faire vivre et donnerait à Pernilla l'amour dont la mort de Mattias l'avait privée.

Monika se releva et laissa son manteau tomber sur le sol. Elle se sentit soulagée par cette idée. Il suffisait qu'elle s'arrange pour que Pernilla rencontre un nouveau mari, et sa mission serait terminée ; elle aurait accompli son devoir. Elles pourraient continuer à se fréquenter en amies et Pernilla ne saurait jamais la vérité.

Elle aurait acquitté la dette qu'elle avait envers Mattias.

Elle passa dans la chambre et préleva un somnifère sur la tablette en plastique. Il fallait d'abord qu'elle dorme tout son saoul pour que son cerveau lui obéisse à nouveau. Ensuite, elle serait prête à mettre son nouveau plan à exécution. Emmener Pernilla au restaurant, lui offrir un voyage à l'étranger, passer des annonces à son nom sur Internet et dans divers journaux.

Elle y arriverait.

Tout s'arrangerait.

Elle laissa ses vêtements tomber à l'endroit où elle se trouvait. Sitôt la tête sur l'oreiller, elle s'endormit dans la paisible certitude d'avoir repris le contrôle de la situation.

30

Assise dans son fauteuil, Maj-Britt regardait tomber le crépuscule. Les ombres s'accentuaient à l'intérieur de l'appartement et finissaient par se confondre aux meubles.

Six mois.

Au début, cela ne faisait presque aucun effet. Six mois, ce n'était jamais que du temps. Douze mois égalent un an, six mois la moitié d'un, rien d'extraordinaire à cela. Elle compta sur ses doigts. On était le 12 octobre. Six mois plus tard, on serait en avril. Automne, hiver et juste le début du printemps.

Le 12 octobre.

Ce jour avait déjà figuré bien des fois dans sa vie, même si elle était incapable de dire ce qu'elle avait fait lors de chacun d'eux. Ils avaient sûrement passé sans se faire remarquer, comme la plupart des autres. Ce 12 octobre-ci, en revanche, aurait quelque chose de particulier. Ce serait son dernier.

Il y avait au moins déjà quatre heures qu'elle était assise dans son fauteuil, ce qui signifiait qu'il restait quatre heures de moins dans le dernier 12 octobre de sa vie.

Ce qui lui faisait peur, ce n'était pas de quitter cette vie. Tant de temps et tant d'années s'étaient écoulés sans qu'elle en fasse rien. Il y avait longtemps que la vie ne lui avait offert quoi que ce soit d'intéressant.

Mais mourir.

Disparaître sans laisser une seule petite trace derrière soi, le moindre signe de son passage. Tant que l'avenir restait ouvert, la possibilité subsistait et il était facile d'envisager de la mettre à profit par la suite. À partir de maintenant, en revanche, le temps lui était compté, le compte à rebours avait commencé et chaque minute qui passait représentait une perte sensible. Elle avait du mal à croire qu'il s'agissait de ce même temps qui, pendant des années, s'était écoulé si lentement et avec une telle profusion qu'elle ne savait qu'en faire. Qui s'était traîné au point de se noyer dans sa propre absurdité. Elle allait disparaître sans laisser la moindre petite trace.

Ses mains se crispèrent sur le bras du fauteuil.

Qu'elle le veuille ou non, elle serait obligée de se confier à ce grand Au-delà, à l'éternité, où nul ne savait ce qui l'attendait.

Et s'ils avaient raison ? Si c'était vrai, ce qu'ils avaient tenté de lui mettre dans la tête avec tant d'ardeur, l'histoire du grand Jugement ? Dans ce cas, elle ne savait que trop bien que le sien serait accablant. Elle n'avait pas besoin de se livrer à un examen de conscience extrêmement approfondi pour comprendre quel plateau de la balance pencherait le plus. Peut-être se posterait-Il de l'autre côté pour l'attendre, satisfait de l'avoir enfin en son pouvoir, maintenant qu'elle n'avait plus le choix et qu'elle avait bien mérité de subir les conséquences de ses actes passés.

Elle n'avait aucune raison de vivre, mais comment oser mourir ? Comment oser s'en remettre à l'éternité puisqu'elle ne savait pas ce qu'impliquait celle-ci ?

La solitude totale.

Pour l'éternité.

Alors qu'il restait tant de choses à faire.

L'obscurité gagnait l'appartement et son désarroi ne faisait que croître. À chaque instant qui passait, l'évidence s'imposait à elle de plus en plus clairement. Il fallait, d'une façon ou d'une autre, qu'elle ait le temps de rétablir l'équilibre des plateaux de la balance.

Elle revoyait cette femme, celle qui s'était trouvée là quelques heures auparavant et qui avait édicté sa sentence de mort en jetant un coup d'œil rapide à la montre de prix qui ornait son frêle poignet, avant de se ruer à l'extérieur, la peur inscrite dans son regard. Parfaitement irréprochable en surface, mais tellement consciente de sa culpabilité. Quand viendrait le prochain 12 octobre, elle ne se souviendrait ni de Maj-Britt ni de ce jour-ci. Tout aurait disparu au milieu d'une foule de journées semblables à s'y méprendre les unes aux autres et d'autres patients en train de mourir. Elle pourrait mener en paix son existence sur terre et aurait le temps qu'il lui fallait pour expier sa faute.

Maj-Britt, elle, non.

À partir de maintenant, chaque seconde qui passait inutilement était une occasion perdue.

Elle se leva. Elle vit que Saba l'attendait près de la porte du balcon et alla lui ouvrir. Il y avait de la lumière en face, là où avait vécu celui qui détenait maintenant la réponse à la question que les êtres humains se posent depuis l'aube des temps.

Et elle pensa de nouveau à Monika. À la faute qu'elle avait commise, elle.

Deux vies avec beaucoup trop de poids dans l'un des plateaux de la balance.

Elle eut soudain plus de difficulté à respirer et comprit à quel point elle avait peur. Elle avait l'habitude de la solitude, mais quant à oser affronter seule ce qui l'attendait…

Notre Père qui êtes aux cieux…

Elle se retourna et regarda en direction de l'armoire à linge. Elle savait que le livre était rangé sur la planche du haut. Il n'avait pas servi depuis bien des années mais portait toujours sur sa couverture la trace de l'usage qui en avait été fait jadis. Pourtant, elle Lui avait tourné le dos, avait dit qu'elle se tirerait d'affaire sans Lui et L'avait prié de la laisser tranquille. Elle L'avait renié. Et soudain elle comprenait. Tout devenait brusquement évident, clair comme de l'eau de roche. Il avait simplement attendu Son heure. Il savait parfaitement qu'elle finirait par faire amende honorable, quand les grains commenceraient à se faire rares dans le sablier, quand elle ne pourrait plus se dissimuler parmi les vivants et se retrouverait nue devant ce fait que nul n'ignore mais que personne n'a la force d'admettre. À savoir que tout aura une fin. Que chacun devra, un jour, renoncer à ce qui lui est familier et sera dans l'obligation de s'en remettre à ce qui, de toute éternité, a constitué la plus grande frayeur de l'humanité.

Il savait que, ce jour-là, elle ne manquerait de L'appeler, d'implorer à genoux Son pardon et Sa bénédiction, et de quémander Sa grâce.

Il avait eu raison.

C'est Lui qui avait gagné et elle qui avait perdu.

Elle se trouvait nue devant Lui, prête à s'incliner.

Sa défaite était monumentale.

Elle ferma les yeux et sentit qu'elle rougissait. Le rouge de la honte aux joues, elle alla ouvrir l'armoire à linge. Elle passa la main sur la planche, tâta des piles de draps, des nappes et des rideaux oubliés depuis longtemps, et finit par mettre la main sur la forme bien connue. Elle s'arrêta alors, hésita un peu, brûlante d'humiliation. Admettre qu'elle avait commis une erreur quand elle L'avait rejeté revenait à avouer qu'Il avait eu raison depuis le début. Cela ne faisait qu'accroître sa culpabilité. Elle Lui fournissait le droit de la châtier.

Elle sortit la bible de l'armoire et observa cette couverture usée. On avait glissé quelque chose entre les pages et, sans réfléchir, elle regarda de quoi il s'agissait. Ce n'est que lorsqu'il fut trop tard et que ses yeux eurent enregistré ce qu'ils voyaient qu'elle se rappela. Deux photographies. Lentement, elle regagna son fauteuil et se laissa choir. Elle ferma les yeux puis les rouvrit et les porta sur ce couple d'amoureux. Un beau jour de printemps. Elle très svelte, en robe blanche, Göran en costume noir. Ce voile qu'elle avait choisi avec tant de soin. Leurs mains enlacées. Leur conviction, leur parfaite certitude. Derrière eux, Vanja, très heureuse pour elle. Son sourire familier, l'éclat de ses yeux. Sa Vanja, perpétuellement présente quand elle avait besoin d'elle. Qui voulait toujours son bien. Et à qui elle venait de mentir, qu'elle avait trahie, rejetée et condamnée.

L'un des plateaux de la balance était bien trop lourdement chargé.

Elle laissa tomber cette photo sur le sol et vit alors l'autre. Elle dut prendre une respiration quand elle croisa le regard vide de la fillette. Elle était assise sur une couverture, dans la cuisine de la maison qu'ils avaient louée. La petite robe rouge. Les petits souliers blancs offerts par les parents de Göran.

Elle sentit les larmes lui monter aux yeux. Ses mains se souvenaient encore du poids de ce petit corps, ses bras de son étreinte, son nez de son odeur. Ces petites mains qui se tendaient vers elle avec une confiance sans bornes, confiance qu'elle avait trahie. Comment aurait-elle pu être à la hauteur, alors que personne ne lui avait jamais appris la façon de se comporter ?

Le chagrin qu'elle ne s'était jamais autorisée à ressentir monta soudain en elle et son désespoir était si profond qu'elle en eut le souffle coupé. Elle lâcha la photo, serra les poings et les brandit au plafond.

« Dieu du Ciel, viens à mon aide. Aie pitié de moi, dans Ta bonté, dans Ta grande miséricorde efface mes transgressions, lave-moi de mon iniquité et purifie-moi de mon péché. C'est contre Toi, Toi seul, que j'ai péché, et j'ai fait ce qui était mal à Tes yeux, de sorte que Tu montres Ta justice dans Ta sentence, Ton équité dans Ton jugement. Oui, je suis née dans l'iniquité, et ma mère m'a conçue dans le péché. »

Ses mains jointes tremblaient.

Six mois, c'était beaucoup trop. Elle ne tiendrait pas aussi longtemps.

Les larmes coulaient le long de ses joues et elle sanglotait en prononçant ces paroles.

– Je Te demande pardon, parce que je fais le mal sans le vouloir. Accorde-moi Ton pardon, Dieu de bonté. Il faut que Tu me donnes une réponse ! Fais preuve de miséricorde ! Donne-moi le courage d'oser !

Et elle se souvint ce qu'ils faisaient quand ils avaient besoin de Ses conseils et de Sa consolation. Elle sécha rapidement ses yeux, saisit la bible dans sa main gauche et glissa le pouce droit dans le livre. Puis elle ferma les yeux et l'ouvrit à la page où il s'était introduit, la parcourut du doigt et laissa celui-ci choisir un verset au hasard. Elle resta assise, les yeux fermés et l'index pointé, telle une lance, dans les Saintes Écritures. C'était maintenant qu'Il allait parler, lui faire parvenir le message qu'Il voulait lui transmettre et qu'Il avait confié à son doigt le soin de lui indiquer.

– Mon Dieu, ne me laisse pas seule.

Elle avait très peur. Tout ce qu'elle demandait, c'était un peu de consolation, rien qu'un petit signe pour lui signifier qu'elle n'avait rien à redouter, qu'elle pouvait obtenir le pardon. Qu'Il était à ses côtés, maintenant, que tout serait bientôt terminé, qu'une réconciliation était possible. Elle respira profondément, mit ses lunettes et suivit le mouvement de son doigt vers la page.

Quand elle commença à lire, elle comprit une fois pour toutes que la peur qu'elle éprouvait n'était rien face à ce qui l'attendait.

Ses mains tremblèrent quand elle lut Ses paroles.

D'abord la fin sur toi : Je lâcherai Ma colère contre toi, je te jugerai d'après ta conduite, je t'imputerai toutes tes abominations. Mon œil ne t'épargnera pas et Je serai sans pitié ; car je t'imputerai ta conduite et tu seras en plein dans tes abominations ; et vous saurez que je suis Yahvé, le SEIGNEUR.

Une frayeur qu'elle n'aurait pas cru possible expulsa le peu d'air qu'il restait dans ses poumons.

Elle avait obtenu la réponse qu'elle désirait.

Il lui avait enfin parlé.

31

Elle dormit d'un sommeil dépourvu de rêves. Un néant dans lequel il n'y avait rien. Uniquement, en fond sonore, un bruit désagréable qui se frayait obstinément un chemin à travers ce néant et requérait son attention. Elle souhaitait regagner le vide mais le bruit ne faiblissait pas. Il fallait qu'elle le fasse cesser.

– Allô ?

– C'est bien à Monika Lundvall que je parle ?

Tout était tellement confus dans son esprit qu'elle fut incapable de répondre. Elle tenta d'ouvrir les yeux sans y parvenir, seul le contact de sa main sur le combiné était en mesure de la convaincre qu'elle était dans la réalité. Tout était d'un flou très agréable. Sa tête était posée sur l'oreiller et, pendant le bref silence qui s'ensuivit, le sommeil eut le temps de s'emparer d'elle à nouveau. Mais de nouvelles paroles survinrent alors.

– Allô ? Monika Lundvall ?

– Oui.

Elle avait au moins le sentiment que c'était elle.

– Ici Maj-Britt Pettersson. Je voudrais vous parler.

Au prix d'un effort de volonté, Monika parvint à ouvrir les yeux. À distinguer suffisamment la réalité pour être en état de répondre. Il faisait nuit noire dans la pièce. Elle se rendit compte qu'elle était dans son lit, qu'elle avait répondu à la sonnerie du téléphone et que, à la personne qui l'appelait, elle ne voulait plus jamais adresser la parole.

– Il faut que vous vous adressiez à votre centre de soins.

– Il ne s'agit pas de ça, mais d'autre chose. C'est important.

Elle se hissa sur l'un de ses coudes et secoua la tête pour remettre en place ce qu'il y avait à l'intérieur, pouvoir comprendre ce qui se passait et si possible trouver une issue afin de se rendormir.

La voix ne la laissa hélas pas en paix.

– Je ne veux pas en parler au téléphone et je vous propose donc de venir chez moi. Disons : à neuf heures demain matin ?

Monika jeta un coup d'œil au radio-réveil. Trois heures quarante-neuf. Et elle était à peu près certaine que c'était du matin, car il faisait nuit de l'autre côté de la fenêtre.

– Je ne peux pas.

– Quand, alors ?

– Je ne peux absolument pas. Adressez-vous à votre centre de soins.

Jamais de la vie elle ne retournerait chez cette femme. Jamais. Elle n'y était pas tenue. Elle n'avait aucune obligation envers elle. Elle en avait déjà fait plus qu'on ne pouvait raisonnablement lui demander. Elle allait reposer le combiné lorsque la voix reprit :

– Vous savez que, quand on va mourir, on n'a plus peur de rien. Et, quand on est restée enfermée dans son appartement pendant trente ans, on a des choses à rattraper. En matière de fréquentation de ses voisins, par exemple.

La peur ne parvenait pas à l'emporter sur sa torpeur. Elle resta à l'extérieur, cogna à la porte à plusieurs reprises avant de renoncer et de se poster à l'affût. D'attendre qu'elle sorte. Elle savait que tôt ou tard la porte devrait s'entrouvrir et alors elle serait prête à s'emparer d'elle. Elle profita d'ailleurs de ce délai pour lui faire comprendre qu'elle n'avait pas le choix. Il fallait qu'elle aille chez cette horrible femme et s'informe de ce qu'elle lui voulait.

Elle ferma les yeux, totalement épuisée, à bout d'énergie.

– Allô ? Vous êtes toujours là ?

Sans doute.

– Oui.

– Bon, disons à neuf heures.

32

Maj-Britt était assise, comme paralysée dans son fauteuil, incapable de respirer. Ses pensées se ruaient tels des animaux effrayés pour tenter de s'échapper. Pendant des heures elle avait prié, implorant le Seigneur de lui indiquer, au moyen d'un signe quelconque, ce qu'il fallait faire. Elle avait glissé à plusieurs reprises son doigt dans la bible sans obtenir de réponse intelligible. Désespérée, elle avait prié pour obtenir d'autres informations et alors, enfin… À la quatorzième tentative, Il lui avait parlé à nouveau, dans la première Épître de Paul à Timothée. Son doigt ne s'était pas posé à l'endroit précis mais sur la page d'à côté. Heureusement, elle savait que c'était à cause de son émotion qu'il s'était trompé. C'était le verset 16 du chapitre 4 qu'Il voulait lui montrer, elle le savait.

Veille sur ton comportement et sur ton enseignement ; mets-y de la persévérance, car, ce faisant, tu te sauveras, toi et tes auditeurs.

Reconnaissante de Sa réponse, elle ferma les yeux. Elle se souvenait de ce verset depuis l'époque de la Communauté. C'était une exhortation à aller apporter le salut à ses semblables et leur éviter le feu éternel. Une bonne action. Il désirait qu'elle se sauve elle-même en sauvant quelqu'un d'autre. Mais qui sauver ? Qui ? Qui avait besoin de son aide ?

Elle se leva et gagna la porte du balcon. Sur la façade d'en face, les vitres luisaient, absolument noires. Seule une lampe, çà et là, tentait de défier les ténèbres de la nuit. Soudain, il lui vint l'envie d'ouvrir la porte, rien que pour respirer un peu de cet air au-dehors. Ce désir était nouveau et lui parut étrange. Elle posa la main sur la poignée et vit les carreaux la dévisager de leurs yeux méchants. Elle renonça. Elle s'éloigna et regagna son fauteuil.

La bible pesait lourd dans sa main. Une fois de plus, elle s'en remit à son pouce pour le choix du passage. Il ne fallait pas qu'Il la laisse tomber, maintenant qu'elle avait compris ce qu'elle devait faire mais ne savait comment. C'était beaucoup demander, elle le savait. Il lui avait déjà prouvé l'ampleur de Sa grâce par les réponses qu'Il lui avait fournies auparavant.

– Plus qu'une seule réponse, Seigneur, et ensuite je ne demanderai plus rien. Montre-moi qui Tu désires que je sauve.

Elle ferma les yeux. Pour la dernière fois, elle laissa glisser son pouce sur la tranche du livre. S'Il ne répondait pas maintenant, elle ne renouvellerait pas sa tentative. Elle ouvrit à la page désignée. Les yeux fermés, elle pointa l'index et resta ensuite immobile, à prendre son courage à deux mains.

Le Psaume 52. Il ne lui avait pas fait faux bond.

Soudain, tout se mettait en place, dans un grand calme.

Il n'y avait qu'une seule Monika Lundvall dans l'annuaire du téléphone.

Maj-Britt saisit le combiné. En serrant les Saintes Écritures très fort dans sa main, elle inspira fort à plusieurs reprises. Elle avait réussi, elle avait fait comme Il le lui avait dit et elle aurait donc dû se sentir apaisée. Pourtant, elle avait le cœur qui battait très fort. Elle avait toujours le doigt glissé entre les pages et ouvrit à nouveau le livre pour s'assurer une fois de plus qu'elle avait vraiment le droit de faire ce dont elle avait l'intention. Malgré sa promesse, elle Lui avait posé une nouvelle question. Et Il lui avait donné Son accord. Sur la page qu'elle avait devant elle, le mot « oui » figurait cinq fois et « non » seulement deux.

Saba dormait d'un sommeil lourd dans son panier et Maj-Britt tenta de puiser un certain réconfort dans le bruit familier de sa respiration qui tant de fois, la nuit, l'avait aidée à se calmer. La certitude qu'il y avait quelqu'un, là, dans le noir. Quelqu'un qui avait besoin d'elle, qui serait là quand elle se réveillerait et serait content de la voir. Pourtant, ce souffle paisible lui donnait mauvaise conscience. Saba resterait seule et connaîtrait le même sort incertain qu'elle. La seule différence était que Saba ne disposait pas des facultés intellectuelles lui permettant d'avoir peur.

Elle avait encore cinq heures à attendre. Tenter de dormir serait gâcher du temps inutilement et elle ne pouvait se le permettre. Elle avait une mission à accomplir et Dieu lui avait montré la voie. Elle savait que Monika viendrait, qu'elle n'oserait pas refuser. Une fois de plus, elle eut des palpitations en pensant à ce qu'elle s'apprêtait à faire.

Une bonne action.

Il ne fallait pas qu'elle oublie cela : c'était une Bonne Action et rien d'autre. Le ton menaçant qu'elle avait été dans l'obligation d'adopter pour obliger Monika à obéir serait mis au service du Bien ! Le Seigneur en personne lui avait signifié Son accord. Ils avaient maintenant partie liée, tous les deux. La peur était un moyen très efficace de régner, mais elle était reconnaissante de se mettre au service des autres, au contraire. Tout le pouvoir était entre Ses mains et il ne lui restait plus, à elle, qu'à s'en montrer digne. Prouver qu'elle méritait d'être enfin élue. Peut-être alors, dans Sa grande mansuétude, lui ferait-Il la grâce de lui pardonner.

Voilà trente ans qu'elle s'imaginait la mort comme un dernier refuge. Savoir qu'elle pourrait échapper à son sort si elle n'avait plus la force de le supporter lui avait donné du courage. Disposant d'une alternative, elle avait pu jouer avec cette idée. Mais c'était avant, alors que le trépas était encore loin, en dehors de son champ visuel, et qu'elle avait toujours le choix. Avant que, en cachette, son corps lui ait ouvert la porte et fourni un sauf-conduit lui permettant de pulvériser, lentement mais de façon délibérée, l'avantage qu'elle s'était assuré et de finir par la priver de toute possibilité de choix. Maintenant que la mort lui ricanait au nez, elle se résumait tout entière à un immense effroi qui la rongeait intérieurement.

D'abord la fin sur toi : Je lâcherai ma colère contre toi et te jugerai d'après ta conduite. Et vous saurez que je suis Yahvé, le SEIGNEUR.

33

Maj-Britt Pettersson.

La simple vue de ce nom sur la boîte à lettres lui donnait la nausée. Heureusement, elle était encore hors de sa portée, en sécurité derrière son retranchement. Elle savait que la peur était à l'affût, là-bas, mais ne pouvait encore l'atteindre. Les petits comprimés blancs avaient condamné toutes les voies d'accès.

Elle posa le doigt sur la sonnette et appuya. Elle avait garé sa voiture de l'autre côté de l'immeuble, pour éviter que Pernilla la voie et, comme lors de sa précédente visite, avait pénétré par l'entrée en sous-sol.

Elle entendit des pas à l'intérieur et, l'instant d'après, la porte s'ouvrit. Elle sentit un frisson lui parcourir le dos en franchissant le seuil, car elle n'aurait jamais cru être obligée de revenir.

Elle ôta ses bottes et garda son manteau. Le chien adipeux vint la flairer mais, comme elle ne lui prêtait aucune attention, il fit demi-tour et s'éloigna. Elle jeta un coup d'œil dans la cuisine vide, au passage, en se demandant si Ellinor était là elle aussi. Il semblait hélas que ce ne soit pas le cas. Elle continua en direction de la salle de séjour et, l'espace d'une seconde, elle ne sut plus très bien si c'était elle qui approchait de cette pièce ou l'inverse.

Le Monstre était assis dans son fauteuil et faisait un geste de la main en direction du canapé. Un grand geste qui était peut-être une invitation à prendre place.

– C'est gentil à vous d'être venue. Si vous voulez vous asseoir.

Monika n'avait pas l'intention de s'attarder et préféra rester debout sur le pas de la porte. En finir le plus vite possible, afin de pouvoir s'en aller.

– Qu'est-ce que vous voulez ?

L'énorme femme ne bougeait pas et l'observait de son regard perçant, l'air d'apprécier la situation. Car elle lui souriait. C'était la première fois qu'elle le faisait et, pour une raison ou pour une autre, cette attitude produisit sur Monica une impression encore plus déplaisante que son comportement habituel. Elle avait désagréablement conscience de subir son ascendant. Le seul fait d'accepter de venir constituait presque un aveu de sa part. Son cerveau encore engourdi tenta, sans y parvenir, de deviner ce qui se passait. Ellinor, Maj-Britt, Åse, Pernilla. Ces noms tourbillonnaient dans sa tête et se heurtaient les uns aux autres, mais elle ne parvenait plus à se rappeler qui savait quoi et pourquoi. Et quant à ce qui se produirait si chacune d'elles apprenait le fin mot de l'histoire et si cela devenait de notoriété publique, elle ne voulait même pas y penser. Tout irait bien. Il suffisait qu'elle fasse en sorte que Pernilla rencontre un nouveau mari et retrouve le bonheur. Elles resteraient amies et chacun serait heureux jusqu'à la fin de ses jours.

Elle avait presque oublié où elle se trouvait lorsque la voix en provenance du fauteuil la ramena à la réalité.

– Je vous prie de m'excuser d'avoir dû employer des paroles un peu vives pour vous faire venir mais, comme je vous l'ai dit, c'est important. Et c'est pour votre bien.

Elle sourit à nouveau et Monika éprouva un léger sentiment de malaise.

– Je vous ai demandé de venir pour vous aider. Ce n'est peut-être pas l'impression que vous avez en ce moment mais, un jour, vous comprendrez.

– Qu'est-ce que vous voulez ?

La femme se redressa et ses yeux se fermèrent à moitié.

– En tout temps tu médites la ruine ; comme une lame affilée, ta langue fabrique la fourberie. Tu aimes le mal plutôt que le bien, le mensonge plutôt que le parler avec droiture.

Monika ferma les paupières puis les rouvrit. Aucun doute, hélas : c'était quelque chose qui se passait dans la réalité.

– Quoi ?

– Aussi Dieu va t'abattre, Il te rejettera pour toujours, Il t'arrachera de ta tente et Il te déracinera de la terre des vivants.

Monika avala sa salive. La tête lui tourna et elle dut s'appuyer contre le chambranle de la porte pour ne pas tomber.

– J'essaie seulement de vous sauver. Comment s'appelle-t-elle, la veuve qui habite en face ? Celle à qui vous mentez ?

Monika ne répondit pas. L'espace d'un instant, sa pensée s'envola et elle put simplement se dire quelle merveilleuse invention étaient ces benzodiazépines qui venaient à votre secours lorsque les problèmes refusaient de se solutionner, même si on avait fait l'impossible pour cela.

Voyant qu'elle n'obtenait pas de réponse, la femme poursuivit :

– Je n'ai pas besoin de connaître son nom. Je sais où elle habite.

– Je ne comprends pas ce que vous avez à voir là-dedans.

– Rien, je suppose. Mais Dieu, si.

Cette femme était folle. Elle continuait à fixer Monika, la clouant en quelque sorte sur place. Elle sentit son regard pénétrer en elle, la transpercer, déjouer ses défenses à bout de forces et trouver l'endroit où gisait le lièvre.

Où gisait le lièvre ! Quelle affreuse expression !

Elle entendit soudain quelqu'un ricaner et se rendit compte, à sa grande surprise, que c'était elle-même.

Le Monstre sursauta dans son fauteuil, et la dévisagea.

– Qu'est-ce qu'il y a de drôle ?

– Je pensais seulement à une chose et puis votre chien m'est venu à l'idée et je me suis dit que… mais non, rien.

Quelqu'un éclata de rire à nouveau puis le silence se fit. Le sens véritable de cette expression : un envoyé de l'Enfer déguisé en lièvre.

Lorsque le Monstre reprit la parole, ce fut sur un ton très sec, comme si quelqu'un l'avait offensé.

Je ne vais pas vous fatiguer avec les détails, parce que je vois de mes propres yeux que cela ne vous intéresse pas particulièrement. Pourtant il faut que vous sachiez que je fais cela pour votre propre bien. Je vais être brève et vous offrir trois possibilités. La première, c'est d'avouer vous-même à cette veuve qui habite au deuxième, en face, que vous lui avez menti. Vous devrez la faire venir ici pour cela, afin que je l'entende personnellement. La deuxième est la suivante : j'ai rédigé une lettre que j'ai mise en lieu sûr. Si vous n'avouez pas de votre propre initiative, elle lui sera remise dans une semaine et, quand elle la lira, elle saura que c'est vous qui avez persuadé son mari de changer de voiture pour rentrer de ce séminaire.

La peur parvint à percer un petit, tout petit trou. Pour l'instant, elle était encore à peu près maîtresse d'elle-même. Mais elle ne savait pas combien de temps cela durerait. Les comprimés étaient dans son sac, or elle avait déjà dépassé la dose. Plusieurs fois.

– La troisième possibilité est que vous versiez un million de couronnes sur le compte postal de l'Enfance malheureuse et que vous m'apportiez le reçu pour m'en fournir la preuve.

Monika la fixa du regard. Le montant exact et le sens précis de cet ordre gravèrent dans son esprit ce qui, malgré l'absurdité de la chose, était manifestement la réalité. Elle se rendit compte, avec une totale lucidité, à quel point c'était insensé.

– Vous êtes folle. Je ne possède pas autant d'argent.

Le Monstre détourna la tête et regarda par la fenêtre. Quand il reprit la parole, son triple menton se mit à vibrer.

– Ah bon. Eh bien alors, il ne reste plus que les deux premières solutions.

La porte d'entrée s'ouvrit en grand. Elle saisit son sac et chercha la plaquette. Elle vit du coin de l'œil le Monstre en train de l'observer mais cela n'avait aucune importance. Elle laissa tomber la plaquette sur le sol et faillit tomber en tentant de la ramasser.

– Vous pouvez réfléchir un ou deux jours avant de me donner votre réponse. Mais c'est pressé, il ne faut pas abuser de la grâce du Seigneur.

Elle gagna l'entrée d'un pas chancelant et avala les comprimés. Puis elle prit ses bottes à la main, alla s'asseoir dans l'escalier et les enfila. Elle s'accrocha à la rampe pour descendre, et finit par trouver la sortie en sous-sol. Il fallait qu'elle gagne du temps d'une façon ou d'une autre, qu'elle réussisse à tout arrêter assez longtemps pour avoir la possibilité de réfléchir, tirer les choses au clair, échafauder un plan afin de remettre de l'ordre dans ce qui était allé de travers et lui avait échappé des mains, une fois de plus. Cette femme était folle et faisait partie intégrante du filet dans les mailles duquel elle était prise. Il fallait qu'elle trouve le moyen de sortir de cet ensemble de faits qui était devenu parfaitement incompréhensible.

Elle sentit que dans son cerveau, les comprimés étaient entrés en contact avec les bons récepteurs, et elle interrompit sa réflexion pour s'accorder un moment de bien-être. Elle apprécia à sa juste valeur le soulagement qu'elle éprouva lorsque, comme sous l'effet d'un miracle, rien n'importe plus et que tout ce qu'il y a de tranchant est entouré d'une sorte de cocon qui lui évite désormais d'avoir mal.

Elle resta immobile, se contentant de respirer à pleins poumons. Uniquement respirer.

Le soleil avait percé les nuages. Elle ferma les yeux et laissa ses rayons lui caresser le visage.

Tout irait bien. Tout *allait* déjà bien. Le Xanax et l'Enfance malheureuse. Les deux servaient une bonne cause. Un peu comme ce fonds caritatif à la tête duquel elle se trouvait, à la clinique, qui était destiné à financer des Actions remarquables en faveur des enfants victimes de la guerre. Chaque année, elle venait en aide à des centaines de gosses de par le monde. C'était magnifique, on sauvait ces petits en détresse. L'idée la frappa soudain : au fond, quelle différence avec l'Enfance malheureuse ? Qu'ils soient victimes de la guerre ou d'autre chose, n'étaient-ils pas malheureux de toute façon ? Et personne n'aurait le temps de s'apercevoir de quoi que ce soit. Ce fonds était fort bien pourvu. Elle procéderait uniquement à un petit prélèvement, une sorte d'emprunt motivé par une urgence, le temps de résoudre le problème d'une autre façon. Elle avait le numéro de compte dans son sac et la banque était ouverte. Il ne fallait pas oublier, non plus, que c'était pour le bien de Pernilla, pour ne pas qu'elle se retrouve absolument seule. Pernilla avait besoin d'elle. Jusqu'à ce qu'elle ait trouvé quelqu'un qui puisse remplacer Mattias, Monika était la seule personne qui lui restait. Et n'avait-elle pas juré de tout faire pour venir en aide à ses semblables avec l'humanité et le respect de la vie comme ligne de conduite ? Or, elle avait une vie à sauver, en ce moment. Il était de son devoir de faire son possible.

Malheureusement, cette fois, elle n'arrivait pas, pour l'instant, à se rappeler quelle vie il s'agissait de sauver, au juste.

34

Assise sur une chaise, Maj-Britt attendait derrière la porte d'entrée. Celle-ci était légèrement entrouverte et, par l'interstice, elle avait vu certains de ses voisins passer, au cours de ces heures matinales. Ils se hâtaient de descendre l'escalier et de gagner ce vaste monde auquel elle avait dit adieu tant d'années auparavant. Elle inspira l'air qui provenait de l'extérieur et fit de son mieux pour s'y habituer.

Ellinor était allée lui acheter une paire de chaussures et elle les avait déjà aux pieds. En revanche, la petite n'avait pas trouvé de veste susceptible de lui aller. Il aurait fallu qu'elle soit confectionnée sur mesure, lui avait-on répondu. Or, elle ne pouvait attendre aussi longtemps. Ce qu'elle avait à faire était urgent, elle ne pouvait risquer que le courage vienne à lui manquer.

Ellinor avait une nouvelle fois tenté de la persuader mais elle avait finalement été obligée de capituler. Elle avait dû admettre qu'il ne servait à rien de s'efforcer de convaincre quelqu'un qui n'avait pas espéré un seul instant subir une série de délicates opérations, uniquement pour préserver une existence qui avait en fait pris fin depuis longtemps.

Maj-Britt n'avait soufflé mot de ses projets. Ellinor ignorait totalement les négociations qu'elle menait avec

Dieu et qu'elle était en train d'expier ses péchés afin d'avoir le temps d'obtenir son pardon. Et oser mourir ensuite.

Monika n'avait rien voulu entendre. Maj-Britt n'était pas certaine de la façon dont elle avait réagi, mais peu importait. Quoi qu'elle décide de faire, Maj-Britt aurait elle-même accompli une bonne action. Ou bien elle sauverait Monika de l'Enfer en mettant fin à ses mensonges, ou alors, si elle préférait s'acquitter en argent, Maj-Britt permettrait à l'Enfance malheureuse de procurer une existence un peu plus décente à une foule de jeunes êtres humains.

Un petit contrepoids.

Il était naturellement insuffisant, mais Dieu lui avait laissé entendre que cela adoucirait quelque peu la rigueur du jugement qui l'attendait.

Il ne lui serait cependant pas pardonné pour autant.

Il fallait qu'elle fasse autre chose, avant cela.

Car Monika n'était pas la seule à avoir menti.

C'était la raison pour laquelle elle était là, à guetter par la porte et tenter de se dominer. De s'approcher à pas de loup de cette chose inouïe qu'elle s'apprêtait à faire.

Les lettres qu'elle avait écrites.

Pour oser quitter cette vie, il fallait qu'elle retire ses mensonges, et elle avait besoin de voir Vanja de ses propres yeux pour s'assurer, pour être absolument certaine qu'elle obtenait le pardon. Et puis elle désirait savoir. Elle ne cessait de se demander comment Vanja avait pu être informée de la tumeur qui croissait dans son corps et dont elle-même ne soupçonnait pas l'existence.

Elle avait envisagé de lui envoyer une lettre, en ignorant résolument le fait que Vanja avait précisé qu'elle n'avait pas l'intention de dire quoi que ce soit par courrier ni par téléphone. Mais, si elle était ne fût-ce qu'à moitié aussi têtue que dans sa jeunesse, il serait inutile d'essayer.

Maj-Britt devait donc prendre sur elle et faire ce à quoi elle s'apprêtait. Après cela, il ne resterait plus que l'aveu de Monika à la veuve ou le reçu du virement à l'Enfance malheureuse. Dès qu'elle aurait la preuve qu'elle espérait, elle n'attendrait pas six mois pour mourir. Elle ferait en sorte que cela aille beaucoup plus vite.

C'était Ellinor qui avait organisé cette sortie. Pour la première fois, Maj-Britt avait consenti à soulever le combiné et à utiliser le numéro de portable que la jeune fille avait laissé sur sa table de chevet. Ellinor avait aussitôt été tout feu tout flammes. Elle avait emprunté une voiture et appelé la prison pour s'informer des heures de visite. Elle avait ensuite rapporté à Maj-Britt que la personne à laquelle elle avait parlé avait paru contente de sa requête. Elle avait répondu que oui, en effet, Vanja Tyrén avait le droit de recevoir des visites et même en dehors de la présence d'un gardien. Elle allait retenir l'un des parloirs.

Pour sa part, Maj-Britt avait eu assez à faire pour tenter de se préparer. Pendant deux jours, elle s'était efforcée de mesurer les conséquences de ce qu'elle s'apprêtait à faire et de se dire que c'était de son plein gré, et qu'elle ne pourrait même pas rejeter la faute sur Ellinor si cela tournait mal.

Le moment où elles s'apprêtèrent à franchir la porte eut quelque chose d'irréel. Presque comme un rêve. Saba était un peu plus loin dans le hall, et les regardait partir. Elle n'essayait pas de les suivre, parce que pour elle ce n'était pas le chemin de la sortie, seulement une étrange ouverture par laquelle des gens faisaient leur apparition, à intervalles réguliers, pour disparaître à nouveau en fumée peu après. Or, sa maîtresse était là, de l'autre côté, et il était clair que cela l'inquiétait. Elle avança presque jusque sur le seuil et resta là à pousser des gémissements. Ellinor dût s'accroupir et lui caresser le dos.

– On ne va pas être longues, tu verras. Ce soir, elle sera revenue.

De tout son cœur et de tout son énorme corps, Maj-Britt souhaitait que le soir soit déjà arrivé afin de pouvoir rentrer chez elle.

La ville avait changé. Il s'était passé tant de choses depuis la dernière fois qu'elle l'avait vue. De nouveaux bâtiments avaient poussé à des endroits qui étaient jusque-là des espaces verts et des pâtés de maisons familiers, transformant son lieu de naissance en un endroit étranger. Elle s'était également étendue. Des lotissements avaient envahi les hauteurs boisées, à l'entrée sud, et repoussé de plusieurs kilomètres les limites de la cité. Elle ne l'avait pas quittée depuis plus de trente ans et pourtant elle lui était totalement inconnue. Elle dévora des yeux ces nouveautés et fut finalement obligée de les fermer un instant pour ne pas se laisser déborder. La pensée de Vanja ne cessait de la poursuivre. Comment réagirait-elle ? Allait-elle se fâcher ? Heureusement, les sensations qu'elle éprouvait l'aidaient à dissiper le plus gros de ses craintes.

Elle somnola un moment. Elle ne savait plus depuis combien de temps elles étaient parties lorsqu'elle se réveilla en entendant le moteur cesser de tourner. Elles étaient sur un parking. Elle jeta un rapide coup d'œil aux bâtiments situés à proximité et eut le temps de distinguer des maisons blanches derrière de grandes clôtures, rien d'autre. Elle avait tenté de se préparer de son mieux à la curiosité que son arrivée ne manquerait pas d'éveiller, elle le savait. Pourtant, le moment venu, la contrariété fut plus forte qu'elle. Le courage lui manqua. La simple idée de se montrer à Vanja, d'étaler son gigantesque échec était suffisante. Elle en eut mal à la gorge, ses larmes se mirent à couler et elle ne fut même pas en état de les dissimuler, quoiqu'elle fût parfaitement consciente qu'Ellinor l'observait. La frayeur qu'elle éprouvait à l'idée de sortir de la voiture et de s'exposer aux regards de gens qu'elle ne connaissait pas était aussi grande que celle qu'elle avait ressentie quand elle avait choisi ces passages de la Bible à l'aide de son doigt et quand Il lui avait donné Sa réponse. Elle tremblait de tout son corps.

– Ce n'est pas grave, Maj-Britt.

La voix d'Ellinor était calme et paisible.

– On a encore du temps, on va rester assises dans la voiture en attendant. Ensuite, je vous accompagnerai à l'intérieur et m'assurerai que tout est en ordre avant de vous laisser seules.

Elle sentit qu'Ellinor la prenait par la main et qu'elle se laissait faire, qu'elle serrait même très fort cette menotte. Du fond du cœur, elle souhaitait pouvoir posséder un rien, un tout petit rien, de la calme assurance d'Ellinor. Celle-ci n'avait jamais renoncé et, contre toute attente, elle avait finalement réussi, grâce à son obstination, à se frayer un chemin jusqu'à elle, à la convaincre et lui prouver qu'il existait quelque chose qu'on pouvait qualifier de bonnes intentions. Et qui n'exigeait rien en retour.

– C'est l'heure, maintenant, Maj-Britt. Les visites commencent.

Elle tourna la tête et rencontra le sourire d'Ellinor. À sa surprise, elle vit que ses yeux étaient en larmes.

Les chaussures neuves de Maj-Britt foulaient l'asphalte mouillé. À intervalles réguliers, elle voyait leur pointe dépasser de l'ourlet de sa robe, mais elle n'avait pas la force de regarder ailleurs. Tout ce qu'elle vit, ce fut le bas d'une porte qui s'ouvrait, un seuil à franchir, un paillasson, un parquet recouvert de lino brun doré. Elle entendit ensuite Ellinor s'entretenir avec quelqu'un et un bruit de clés. Puis ce furent des chaussures noires d'homme en bas d'un pantalon bleu, devant elle, et un autre parquet recouvert de lino. Des portes fermées, le long des murs, dans la limite de son champ de vision.

Pas une seule fois elle ne leva les yeux et pourtant elle devinait que tous les regards étaient braqués sur elle.

Les chaussures d'homme s'arrêtèrent et une porte s'ouvrit.

– Vanja arrive dans un instant. Vous pouvez entrer pour l'attendre.

Un nouveau seuil qu'elle parvint à franchir. Elles étaient arrivées, apparemment. Les chaussures d'homme s'éloignèrent et, peu à peu, elle osa lever les yeux pour s'assurer qu'elles étaient seules.

Ellinor s'était arrêtée juste derrière la porte.

– Ça va ?

Maj-Britt hocha la tête. Elle avait réussi à venir jusque-là et tenta de puiser des forces dans cet exploit. Mais elle subissait le contrecoup de ce défi et ses jambes refusaient d'aller plus loin. Elle parvint à gagner une table autour de laquelle étaient disposées quatre chaises qui paraissaient assez solides pour supporter son poids. Elle tira l'une d'elles et se laissa tomber dessus.

– Je vous attends dehors.

Maj-Britt hocha de nouveau la tête.

Ellinor franchit le seuil mais s'immobilisa juste derrière et se retourna.

– Vous savez, Maj-Britt, je suis drôlement contente que vous fassiez ça.

Puis elle se retrouva seule. Elle était dans une petite pièce dont les stores étaient baissés et dans laquelle il y avait un canapé très simple, la table à laquelle elle était assise et quelques tableaux aux murs. Les bruits continuaient à lui parvenir du couloir. Un téléphone qui sonnait, une porte qui se refermait. Et Vanja n'allait pas tarder à arriver. Vanja qu'elle n'avait pas vue depuis trente-quatre ans, qu'elle croyait avoir abandonnée et à qui elle avait menti, en fait. Elle entendit des pas approcher dans le couloir et ses doigts se crispèrent sur le plateau de la table. L'instant d'après, Vanja fut sur le pas de la porte. Maj-Britt sentit que, involontairement, elle retenait sa respiration. Elle revit la photo de mariage, Vanja en demoiselle d'honneur, et comprit à quel point elle s'était trompée. C'était une femme vieillissante qui se trouvait là. Ses cheveux bruns étaient maintenant argentés et un réseau de minces rides couvrait ce visage jadis familier. La fuite du temps s'était soudain matérialisée, de façon tellement concrète qu'elle comprit que la vie, qu'on en fît usage ou non, exigeait son dû et déposait chaque année son lot de cernes sous les yeux des gens comme autant de cercles de croissance sur le tronc d'un arbre.

Mais ce qui lui coupa presque le souffle, ce fut les yeux de Vanja. Elle se souvenait de la Vanja qu'elle avait connue, toujours avec une lueur au coin de l'œil et un petit sourire moqueur prêt à se dessiner sur ses lèvres. Or, il y avait dans le regard de la femme qu'elle avait devant elle une tristesse infinie, comme si ses yeux avaient été contraints d'en voir plus qu'ils ne pouvaient supporter. Pourtant, elle souriait et, un bref instant, Maj-Britt discerna les traits de la Vanja de jadis. Ce ne fut hélas qu'une brève apparition sur le visage d'une étrangère.

Pour sa part, Vanja ne trahit rien de ses sentiments en voyant Maj-Britt.

Absolument rien.

Le gardien s'arrêta sur le seuil et Vanja balaya du regard la pièce.

– Est-ce que tu ne pourrais pas relever un peu les stores, Bosse ? On n'y voit rien, ici.

Le gardien sourit mais garda la main sur la poignée.

– Désolé, Vanja, il faut qu'ils restent comme ça.

Il referma la porte sans que Maj-Britt entende le bruit de la clé tournant dans la serrure. Il ne semblait pas qu'il l'eût réellement fait. Vanja approcha de la fenêtre, tenta d'orienter différemment les stores mais n'y parvint pas. Ils étaient fixes. Elle renonça et resta debout, à regarder autour d'elle. Puis elle approcha d'un tableau, se pencha en avant et l'observa de près. Il représentait un paysage de forêt.

Elle se retourna alors et scruta chaque recoin de la pièce.

– Et moi qui me suis demandé pendant toutes ces années comment c'était, un parloir.

Maj-Britt garda le silence. Pendant toutes ces années. Cela faisait donc seize ans qu'elle se posait la question.

Vanja approcha de la table, tira la chaise vers elle et s'assit avec un petit air timide. Maj-Britt était perturbée. À tel point qu'elle en avait oublié sa nervosité. C'était bel et bien Vanja qui était assise en face d'elle. Tapie quelque part au fond de ce corps étranger, se trouvait la Vanja qu'elle avait jadis connue. Elle n'avait aucune raison d'avoir peur.

Elles restèrent un moment à s'observer, face à face, dans un silence complet, comme si elles exploraient les traits l'une de l'autre, en quête de détails familiers. Secondes et minutes s'écoulèrent sans qu'il ne se passe rien et l'inquiétude de Maj-Britt disparut complètement. Pour la première fois depuis très, très longtemps, elle était parfaitement calme. Elle retrouvait, intact, l'asile qu'elle avait toujours cherché auprès de Vanja pendant sa jeunesse. Elle pouvait se détendre, cesser de se défendre. Et elle pensa à Ellinor et à la lutte que celle-ci avait dû mener pour obtenir ce résultat.

Ce fut Vanja qui rompit le silence.

– Si on nous avait dit qu'on serait là, un jour, nous deux. Dans un parloir de Vireberg.

Maj-Britt baissa le regard. Tout ce qu'elle avait évacué laissa la place à quelque chose d'autre. L'idée de ce temps qui avait été perdu et le sentiment qu'il était trop tard, désormais.

– Tu as vu un docteur ?

Comme si Vanja avait surpris ses pensées.

Maj-Britt hocha la tête.

– Quand vas-tu être opérée ?

Maj-Britt hésita. Elle n'avait plus l'intention de mentir. Mais elle ne pouvait pas dire la vérité, non plus.

– Comment as-tu pu savoir ?

Vanja eut un petit sourire.

– J'ai été maligne, hein ? J'ai réussi à te faire venir ici pour le savoir, alors que je te l'avais déjà dit dans ma première lettre. Mais que ne ferait-on pas pour voir comment se présente un parloir ?

Aucun doute, c'était toujours la même Vanja. Pourtant, Maj-Britt ne saisissait pas ce qu'elle voulait dire. Elle tenta de se remémorer ce qu'il y avait dans cette lettre sans parvenir à trouver quoi que ce soit. Elle s'en serait souvenue.

– Comment ça, tu me l'as dit ?

Le sourire de Vanja s'élargit. La Vanja de jadis montra à nouveau le bout de son nez. Celle qui était toujours là, avec laquelle elle avait tant de souvenirs en commun.

– Je t'ai écrit que je rêvais de toi, non ?

Maj-Britt la dévisagea.

– Qu'est-ce que tu veux dire ?

– Ce que je dis, tout simplement. Que j'en ai rêvé. Bien entendu, je n'en étais pas certaine, mais je ne voulais courir aucun risque.

Maj-Britt s'entendit pouffer malgré elle. L'explication était survenue de façon si inattendue et s'avérait tellement invraisemblable qu'il n'était pas possible de la prendre au sérieux.

– Et tu veux que je croie ça ?

Vanja haussa les épaules et, soudain, elle redevint elle-même. Il y avait quelque chose dans sa mimique. Plus Maj-Britt la regardait, plus elle la reconnaissait. Il s'était simplement passé un certain temps, qui avait quelque peu usé l'enveloppe extérieure.

– Tu peux penser ce que tu veux, c'est la vérité. Si tu as une meilleure explication, je n'ai pas d'objection.

Brusquement, Maj-Britt se mit en colère. Elle avait fait tout ce chemin, et avait pris sur elle-même pour se forcer à venir uniquement pour entendre ça. Puis elle se souvint soudain qu'elle était également là pour demander pardon. Mais elle n'en avait plus envie. Pas à une Vanja qui se moquait d'elle.

Il y eut un long silence. Manifestement, Vanja n'avait pas l'intention de retirer ce qu'elle avait dit ni de s'expliquer plus avant et Maj-Britt se refusait à continuer de poser des questions, de peur d'avoir l'air de prêter foi à ce qu'elle venait d'entendre ; or elle ne désirait pas lui faire ce plaisir. Vraiment pas. Vanja était tellement sûre que son explication serait suffisante, d'une certaine façon, et, quant à ce qu'elle espérait, Maj-Britt n'en avait aucune idée. Tout était tellement embrouillé, totalement incompréhensible. Mais ce qu'elle venait d'entendre était encore pire que la confusion et elle ne voulait même pas le savoir. D'autant qu'elle ne parvenait pas, fût-ce au prix de gros efforts d'imagination, à trouver une meilleure explication.

– Je sais ce que c'est, j'ai eu peur, moi aussi, au début. Une fois habituée, je me suis rendu compte que c'est formidable, en fait, qu'il puisse exister des choses dont on n'a pas conscience.

Ce n'était pas du tout l'impression de Maj-Britt. Cela lui faisait peur, au contraire. Si Vanja avait raison, il pourrait exister une foule de choses qu'elle ne connaissait pas. Cela ne paraissait pas troubler Vanja. Elle restait calmement assise à tripoter le porte-serviette brun posé sur la table entre elles.

Et elle poursuivit la conversation comme si ce qu'elles venaient de dire ne revêtait guère d'importance.

– Le gouvernement vient de me gracier. Je serai libérée dans un an.

Maj-Britt fut heureuse de voir la conversation prendre un tour beaucoup plus concret.

– Félicitations.

Ce fut au tour de Vanja de pouffer. Pas méchamment, seulement pour montrer ce qu'elle ressentait.

– Ce n'est pas moi qui en ai fait la demande, c'est des membres du personnel.

– Mais c'est une bonne chose, non ?

Vanja garda un instant le silence.

– Te souviens-tu ce que tu faisais il y a seize ans ?

Maj-Britt se mit à réfléchir. 1989. Sans doute étaitelle assise dans son fauteuil. Ou sur le canapé, car elle en était encore capable, à l'époque.

– Moi, j'ai passé tout ce temps derrière les barreaux. En fait, j'ai simplement échangé une prison contre une autre et je peux t'assurer que, au début, c'était le paradis, ici, en comparaison. Sauf que, maintenant que je n'avais plus à meubler ma journée sans risquer d'encourir la colère de mon mari, si c'était bien de colère qu'il s'agissait, j'avais tout mon temps pour penser à ce que je souhaitais oublier.

Vanja regarda ses mains posées sur la table.

– La prison, c'est comme une amende. La différence, c'est qu'on la paie avec du temps. L'argent, on peut toujours s'en procurer. Pas le temps.

Maj-Britt préféra garder le silence.

– Ici, il n'est pas possible de survivre si on n'apprend pas à considérer le temps autrement. Il faut tenter de se persuader qu'il n'existe pas, en fait. Quand on est enfermé ici, il faut se réfugier ailleurs pour tenir le coup.

De son doigt elle se frappa la tête en disant cela.

– Là-dedans. À huit heures, le soir, ils verrouillent la porte et, après ça, on est seule avec ses pensées. Et je t'assure que certaines d'entre elles, on ferait tout pour ne pas les avoir. Les premières années, ça me faisait peur, j'avais l'impression que j'allais devenir folle. Ensuite, quand je n'ai plus eu la force de lutter et que je me suis laissée aller…

Elle n'acheva pas sa phrase et Maj-Britt attendit la suite avec impatience. Mais Vanja garda le silence et se contenta de promener un regard vide sur la pièce, en donnant l'impression qu'elle n'avait rien à ajouter. Maj-Britt ne l'entendait pas de cette oreille.

– Qu'est-ce qui s'est passé, alors ?

Vanja la regarda comme si elle avait oublié qu'elle était là et se réjouissait de la voir.

– On comprend qu'on entend pas mal de choses, à condition d'oser écouter.

Maj-Britt avala sa salive. Elle désirait parler d'autre chose, maintenant.

– Qu'est-ce que tu vas faire, quand tu sortiras ?

Vanja haussa les épaules. Puis elle tourna la tête et resta sans bouger, les yeux braqués sur le tableau qu'elle avait observé de près un peu plus tôt. Le paysage de forêt.

– Je ne désire qu'une seule chose, au-dehors. Tu sais ce que c'est ?

Maj-Britt secoua la tête.

– Pouvoir faire du vélo, sur une route en terre battue, à travers la forêt. De préférence avec un fort vent dans le nez.

Elle regarda de nouveau Maj-Britt avec un sourire presque gêné. Comme si ce désir risquait de paraître stupide.

– Il vous est peut-être difficile, à vous autres qui êtes libres, de comprendre à quel point on peut désirer une chose pareille. Vous avez la possibilité de le faire tous les jours, si vous le voulez.

Maj-Britt baissa les yeux vers la table. Elle sentait qu'elle rougissait et ne voulait pas que Vanja s'en aperçoive. Dans ces conditions, sa vérité à elle était à pleurer. Vanja avait payé de seize ans de sa vie. Pour sa part, elle avait gâché volontairement trente-deux de la sienne. Elle n'était jamais allée faire du vélo sur une route en terre battue. Même pas dans une forêt. Et, s'il y avait le moindre souffle de vent, elle allait fermer la porte du balcon. Elle s'était enfermée de son plein gré dans sa prison et avait jeté la clé. Comme si cela ne suffisait pas, elle avait fait en sorte que son corps lui serve d'entrave définitive.

– Nul gouvernement au monde ne peut me gracier.

Maj-Britt fut brusquement tirée de ses pensées par la tristesse de la voix de Vanja.

– Qu'est-ce que tu veux dire ?

Vanja ne répondit pas et s'abîma dans la contemplation du tableau. Maj-Britt éprouva soudain le désir de la consoler, d'adoucir sa peine, et d'être pour une fois celle qui est là pour l'autre, comme Vanja avait jadis été là pour elle. Elle chercha fiévreusement ses mots.

– Ce n'était pas ta faute, ce qui s'est passé.

Vanja poussa un profond soupir et passa ses mains dans ses cheveux.

– Si tu savais comme j'ai été tentée, pendant ces années, de me réfugier derrière cette solution, de me dire que rien de ce qui est arrivé n'était ma faute. De tout rejeter sur Örjan et sur ce qu'il a fait.

Maj-Britt s'enflamma encore un peu plus.

– Mais c'était sa faute, en effet !

– Ce qu'il a fait était affreux, impardonnable. Pourtant, ce n'est pas lui qui…

Vanja s'interrompit et ferma les yeux.

– Après toutes ces années, je ne peux toujours pas le dire sans avoir l'impression que mon corps va tomber en miettes.

– C'est lui qui t'y a poussée, qui t'a amenée à le faire. Il t'a incitée à croire qu'il n'y avait pas d'autre solution. C'est toi-même qui me l'as expliqué dans la lettre que j'ai reçue.

– Ce dont il est question, c'est d'années. Des années pendant lesquelles je l'ai laissé faire. Car cela a commencé bien avant l'arrivée des enfants. J'ai même écrit un article sur ce sujet, un jour, pour expliquer qu'il faut partir dès le premier coup qu'on reçoit.

Elle garda un instant le silence.

– Je ne sais pas si quiconque peut comprendre à quel point j'ai eu honte d'avoir toléré cela.

Elle se passa la main sur le visage et resta assise, le menton posé sur sa main gauche.

Maj-Britt voulut dire quelque chose mais ne trouva rien.

– Tu sais quelle est la plus grande erreur que j'aie commise ?

Maj-Britt secoua lentement la tête.

– Au lieu de partir, j'ai fini par me considérer comme une victime. C'est à ce moment-là que je l'ai laissé gagner, cela revenait à passer de son côté et lui donner le droit de se comporter comme il le faisait, car une victime n'a qu'une seule chose à faire : s'incliner, accepter son sort. Elle ne peut le modifier en rien, n'est-ce pas ? Je n'ai pas été capable de m'évader de ce rôle, tout simplement. Il faut dire que j'y étais habituée depuis l'enfance.

Maj-Britt revit le foyer de Vanja, qu'elle avait toujours considéré comme un refuge où elle était à l'abri de la sévérité du regard de Dieu et où régnait un agréable désordre. Chacun savait que le père de Vanja rentrait parfois ivre, mais il était souvent joyeux, aussi, et il ne lui avait jamais fait peur. C'étaient surtout ses plaisanteries stupides qui pouvaient être lassantes. Quant à sa mère, on la voyait fort peu. Elle restait le plus souvent enfermée dans sa chambre et, en général, on passait devant la porte de celle-ci à pas de velours, pour ne pas la déranger.

– Il ne m'a jamais frappée, mais il battait maman et c'était presque la même chose.

Vanja regarda à nouveau le tableau et se tut un instant avant de reprendre :

– Quand on entendait la porte d'entrée s'ouvrir, on ne savait jamais qui arrivait. Si c'était papa ou si c'était cet autre homme qui lui ressemblait mais qu'on ne reconnaissait pas. Il suffisait qu'il ouvre la bouche et dise un seul mot pour avoir la réponse.

Maj-Britt n'avait jamais été informée de cette situation. Vanja n'avait jamais fait la moindre allusion à ce qui se passait chez elle.

– Il ne faut pas oublier qu'Örjan a grandi dans les mêmes conditions que moi, avec un père qui frappait et une mère qui encaissait. Alors, maintenant, je me demande toujours où et quand tout ça a commencé, au juste. Cela me soulage un peu, j'ai moins de mal à trouver la force de comprendre pourquoi les gens sont capables de commettre l'impardonnable.

Le silence se fit dans la pièce. Le soleil avait atteint les fenêtres et tentait de pénétrer par les minces interstices entre les lamelles des stores. Maj-Britt observa les rayures qu'il dessinait sur le mur opposé. Puis elle prit profondément sa respiration pour poser la question qu'elle sentait lui brûler les lèvres.

– Est-ce que tu as peur de mourir ?

– Non.

Vanja n'avait pas hésité un seul instant.

– Et toi ?

Maj-Britt baissa le regard et observa ses mains, posées sur ses genoux. Puis elle hocha lentement la tête.

– Je me dis souvent ceci. Pourquoi devrait-il être plus effrayant de mourir que de ne pas naître ? Car, en fait, c'est la même chose, dans les deux cas nos corps n'existent pas. Mourir n'est rien d'autre que redevenir ce que nous étions avant.

Maj-Britt sentit les larmes lui venir aux yeux. Elle aurait aimé puiser une consolation dans les paroles de Vanja, mais elle n'y parvenait pas. Il fallait qu'elle ait le temps de réparer, c'était la seule possibilité. Et, soudain, elle se souvint de la raison pour laquelle elle était venue là. Pour ne pas laisser le doute s'emparer d'elle, elle entreprit de dire la vérité. Sans fard et sans omettre quoi que ce soit, elle mit des mots sur sa misérable vérité. Ce qu'il en avait été. Ce qu'elle avait fait.

Vanja l'écouta en silence. Elle laissa Maj-Britt débiter sa confession tout entière sans l'interrompre. Il n'y avait qu'une chose qu'elle n'était pas en mesure d'avouer : le plan qu'elle avait l'intention de mettre à exécution. Cette dette dont elle était en train de s'acquitter.

Afin d'oser.

Lorsque Maj-Britt se tut, Vanja resta plongée dans ses pensées. Le soleil s'était caché à nouveau et les rayures des stores avaient disparu sur le mur. Maj-Britt sentit les battements de son cœur s'accélérer. À chaque instant qui passait, le silence de Vanja devenait un peu plus menaçant. Elle avait tellement peur de ce qu'elle allait dire, de la façon dont elle réagirait. Et si elle la condamnait, elle aussi, et n'acceptait pas ses excuses… Il n'y avait pas que les mensonges. Maintenant que Maj-Britt se rendait compte de ce dont Vanja avait été privée, le choix de vie qu'elle avait opéré lui faisait l'effet d'une véritable offense. À son grand effroi, elle comprit qu'elle était coupable d'autre chose encore.

– Tu sais, Majsan, je ne crois pas que tu aies jamais compris ce que tu as représenté pour moi au cours de ces années.

Maj-Britt cessa brusquement de respirer, au point de rester bouche bée.

– J'ai été très triste que tu cesses de me donner de tes nouvelles. J'ai d'abord pensé que je t'avais peut-être vexée d'une façon ou d'une autre, sans parvenir à deviner comment. J'ai envoyé une lettre à tes parents pour leur demander où tu étais mais je n'ai jamais reçu de réponse. Puis le temps a passé et… enfin, les choses sont devenues ce qu'elles sont.

Les propos de Vanja étaient tellement surprenants que Maj-Britt ne trouva pas de mots pour y répondre. Elle aurait eu de l'importance pour Vanja ? Alors que c'était exactement le contraire ! C'était Vanja la plus forte des deux, celle dont on avait besoin. Et c'était Maj-Britt qui avait eu besoin d'elle. Depuis toujours.

Vanja lui sourit.

– Mais je n'ai jamais cessé de penser à toi. C'est sûrement pour cette raison que ce rêve m'a fait un tel effet.

Elles restèrent à s'observer un moment en silence. Il s'était écoulé tellement de temps et si peu de choses avaient changé, en fait.

– Est-ce qu'on ne pourrait pas faire quelque chose ensemble, quand je sortirai ?

Maj-Britt sursauta en entendant ces paroles, mais Vanja poursuivit :

– Tu es la seule personne que je connaisse au-dehors.

Cette question était si inattendue, à nouveau, et si perturbante, qu'elle eut du mal à en saisir les implications. Ce que Vanja venait de dire allait bien au-delà de ses propos. Cela perçait de grands trous dans l'image bien arrêtée que Maj-Britt se faisait de la situation présente et à venir. Elle avait peine à croire que Vanja veuille avoir affaire à elle, qu'elle ait presque besoin d'elle et lui demande de sa propre initiative si elles ne pouvaient pas agir ensemble le jour où l'éventualité leur en serait offerte.

Hélas non. Cela ne risquait pas d'arriver. Le jour où Vanja sortirait, Maj-Britt ne serait plus là. Sa décision était prise.

– Il me reste un an à passer ici et je crois que j'ai quelque chose d'important à accomplir, pendant cette année.

Faire quelque chose ensemble. Une petite éventualité dérangeante venait de se dessiner, mais elle allait y mettre un terme. Car c'était complètement absurde. Elle tenta de trouver le moyen d'échapper à ses pensées pour écouter ce que disait Vanja, mais celles-ci erraient à l'aventure, s'engageaient dans des voies qui n'existaient pas auparavant et se faufilaient clandestinement sur ces nouveaux sentiers en les tâtant du pied pour s'assurer de leur solidité.

Vanja et elle ?

Tenter de rattraper un peu le temps perdu.

Ne plus être seule.

– Je ne sais pas encore quoi, j'espère seulement que je saisirai ce que c'est quand l'occasion se présentera.

Maj-Britt tenta de se concentrer sur les paroles de Vanja.

– Excuse-moi. Qu'est-ce que tu vas faire ? Je n'ai pas bien entendu.

– C'est justement ce que j'ignore. Je sais simplement que c'est important. Il se peut que quelqu'un ait besoin de mon aide.

Maj-Britt comprit qu'elle avait sauté une phase du raisonnement de Vanja.

– Comment peux-tu le savoir ?

Vanja sourit au lieu de répondre. Maj-Britt reconnut cette attitude. Elle l'avait souvent adoptée au cours de leur jeunesse et, comme toujours, elle piqua sa curiosité.

– Ça ne servirait à rien que je te le dise. Tu ne me croirais pas.

Maj-Britt ne posa pas de question, sentant ce que cachaient ces propos. Elle ne voulait plus entendre parler de rêves prémonitoires. La situation était assez confuse comme cela.

On frappa à la porte. L'homme qui avait amené Vanja passa la tête par l'entrebâillement de la porte.

– Il ne vous reste plus que cinq minutes.

Vanja hocha la tête sans se retourner et la porte se referma. Puis elle tendit la main et la posa sur celle de Maj-Britt.

– Conserve ton Dieu de colère si tu le veux, même s'il te fait peur à en perdre la raison. Un jour, je te dirai un secret : ce qui s'est passé la fois où j'ai voulu mourir et où j'ai failli périr dans les flammes. Mais, si tu n'es pas capable de croire à un petit rêve de rien du tout, il est encore trop tôt pour ça.

Vanja sourit. Maj-Britt n'eut pas la force de répondre à ce sourire et peut-être Vanja s'aperçut-elle de son embarras. Elle laissa sa main sur la sienne.

– Tu n'as pas besoin d'avoir peur, parce qu'il n'y avait pas de quoi.

Puis elle eut ce sourire que Maj-Britt connaissait si bien et dont elle comprenait seulement maintenant à quel point il lui avait manqué. Sa Vanja, qui réussissait toujours à lui redonner courage, qui l'avait aidée à traverser sa jeunesse grâce à son absence de peur et avait toujours réussi à lui faire voir les choses sous un autre angle. Si seulement elle pouvait avoir la chance de tout changer, de repartir de zéro. Comment avait-elle pu laisser Vanja disparaître de sa vie ? Comment avait-elle pu la quitter ?

Tu n'as pas besoin d'avoir peur, parce qu'il n'y a pas de quoi.

Par-dessus tout, elle aurait aimé nourrir la certitude de son amie. Laisser les peurs derrière elle et choisir la vie une fois pour toutes.

– Oh ! comme j'aimerais partager ta foi.

Le sourire de Vanja se fit plus large encore.

– Tu ne pourrais pas te contenter d'un petit peut-être ?

Quand elle rentra chez elle, Saba l'attendait derrière la porte. Elle se dirigea droit vers le téléphone et composa le numéro de Monika Lundvall.

Les sonneries se succédèrent sur la ligne, avant qu'elle soit obligée d'admettre que personne n'allait répondre.

Épilogue

Il avait neigé au cours de la nuit. Le monde était recouvert d'une mince couverture blanche. Du moins la partie de celui-ci qu'elle avait encore la possibilité de voir. Elle avait ôté un peu de neige sur un banc et s'était assise, observant la fumée blanche de son haleine.

Une nuit.

Elle avait réussi à en passer une et il ne lui en restait plus que cent soixante-dix neuf et autant de jours. Ensuite, elle serait libre. Libre de faire ce qu'elle voulait. Dans cent soixante-dix neuf jours et autant de nuits, elle aurait purgé la peine que la société lui imposait pour le crime qu'elle avait commis et retrouverait la liberté.

La liberté. Jusque-là ce mot avait paru si évident, dans sa vie, qu'elle ne s'était jamais réellement interrogée sur son contenu réel. Peut-être en allait-il de la liberté comme de tout ce qu'on estime aller de soi. À savoir que ce n'était que lorsqu'on la perdait que se matérialisait, au fond de vous, la faculté de saisir sa valeur véritable.

Elle avait connu un sort enviable. Médecin-chef bien rémunéré disposant d'une voiture de fonction haut de gamme et d'un appartement luxueux. Une vie pleine de symboles de réussite désirables, preuves unanimement acceptées de son succès et de son importance. Pourtant, chaque pas qu'elle avait fait pour s'élever au-dessus de la moyenne l'avait éloignée de la liberté car, plus elle avait à défendre, plus elle avait peur de perdre ce qu'elle avait réussi à obtenir.

Et maintenant il ne lui restait plus rien. D'un seul coup, cette réussite qu'elle avait eu tant de mal à bâtir était réduite en morceaux et disparaissait aussi irrémédiablement que si elle n'avait jamais existé. Pouvait-on d'ailleurs parler de réussite, s'agissant de quelque chose dont elle s'était privée si facilement ? Elle ne savait plus exactement. En fait, elle n'était plus sûre de rien. Il ne restait en elle qu'un immense vide qu'elle ne voyait pas comment combler. Le jour où elle serait obligée de faire le bilan définitif de sa vie et de la regarder en face, qu'y trouverait-elle de valeur, au juste ? Dont elle puisse affirmer que c'était réel et authentique ? Si elle devait regarder en arrière en cet instant précis, il ne resterait que deux choses. L'immense chagrin de la perte de Lasse et son amour vertigineux pour Thomas. Pourtant, elle ne s'était consenti le droit de vivre pleinement aucune de ces deux expériences bouleversantes. Elle avait coupé le contact, pour sauver les apparences. Elle s'était laissé ronger intérieurement et avait fini par mener l'existence d'un zombie. Elle avait eu le temps de faire tant de choses. Oh ! oui, comme elle s'était donnée du mal.

Et pourtant, elle avait tout gâché.

Abus de confiance avec circonstances aggravantes.

Pour décider de ces dernières, on examinait si le coupable avait causé à sa victime des torts particuliers et conséquents.

Et on avait conclu que tel était bien le cas. Elle, Monika Lundvall, médecin-chef si compétent et respecté.

Elle avait déposé l'argent sur le compte de l'Enfance malheureuse, glissé le reçu dans une enveloppe à l'adresse de Maj-Britt et avait cru poster celle-ci. Une semaine plus tard, cependant, elle la retrouvait dans la poche de son manteau. Il était déjà trop tard, hélas. En revenant de la banque, elle avait éteint ou débranché ses téléphones, placé la boîte de Xanax et celle de somnifères à portée de sa main, sur la table de nuit, et s'était couchée. Trois jours plus tard, le directeur de la clinique et un de ses collègues pénétraient dans son appartement avec l'aide d'un serrurier. La banque avait appelé, voulant s'assurer que tout était en règle, étant donné l'importance de la somme qu'elle avait prélevée sur le fonds caritatif de la clinique et la bizarrerie de son comportement. Ils avaient certes pu se tromper, mais elle leur avait paru sous l'influence d'un stupéfiant quelconque. La honte qu'elle avait ressentie, lorsqu'elle s'était réveillée dans son lit en présence du directeur de la clinique et de son collègue, avait été telle qu'elle avait été incapable de prononcer le moindre mot. Bien que le premier lui ait promis de ne pas déposer plainte si elle racontait ce qui s'était passé et ce qu'elle avait fait, elle avait choisi de continuer à se taire même après avoir retrouvé la parole. L'existence qu'elle avait menée jusque-là était terminée, de toute façon. Si elle avouait sa faute, elle ne pourrait plus jamais les regarder dans les yeux ni l'un ni l'autre.

Elle préférait subir son châtiment.

Et, étrangement, elle se sentait soulagée d'être enfin sortie de l'absurde réalité dans laquelle elle s'était enfermée.

Car il y avait de nombreuses sortes de prison. Et les détenus n'étaient pas nécessairement passés devant un tribunal.

Il y avait une lettre de Maj-Britt dans l'entrée. Elle déclarait regretter infiniment le mal qu'elle lui avait fait, la priait de le lui pardonner et ajoutait qu'elle n'avait cessé de l'appeler pour retirer ce qu'elle avait dit. Elle n'avait hélas pas répondu. Monika avait relu cette lettre à plusieurs reprises. D'abord avec colère puis avec de plus en plus de tristesse. Elle avait tenté en vain de trouver des boucs émissaires, afin d'avoir la possibilité de se blanchir, mais elle avait finalement dû admettre qu'il n'y avait personne d'autre qu'elle à blâmer.

Quelques jours avant le procès, elle avait reçu une lettre de Pernilla. Monika ne lui avait plus donné de nouvelles et, comme elle ne répondait même plus à ses messages téléphoniques, ces derniers avaient fini par se raréfier. Elle avait vu dans cette lettre la preuve que Pernilla savait, et le nom de l'expéditrice lui avait fait aussi peur qu'une détonation en pleine nuit. Elle avait ouvert l'enveloppe avec des doigts tremblants et le soulagement qu'elle avait éprouvé en lisant cette brève missive avait été indescriptible. Pernilla lui pardonnait. On lui avait tout expliqué et elle reconnaissait en avoir été à la fois irritée et triste. Mais la personne qui l'avait informée avait fini par lui faire comprendre pourquoi Monika avait agi ainsi et était parvenue à changer sa colère en compassion. Puis Pernilla l'interrogeait sur l'argent qu'elle avait reçu et lui demandait si c'était à cause de cela qu'une plainte avec été déposée contre Monika ou à cause de celui qu'elle avait été contrainte de verser à l'Enfance malheureuse.

À ce moment-là seulement Monika avait compris que la personne venue à son secours n'était autre que Maj-Britt.

Le soleil perçait au-dessus des toits et allumait des millions de petits diamants dans la neige fraîche. Monika serra sa veste contre elle sans parvenir à se réchauffer. Elle vit à sa montre qu'il s'était déjà écoulé la moitié de l'heure qu'elle avait obtenu l'autorisation de passer à l'extérieur, mais aucun froid au monde n'aurait pu la lui faire écourter.

Du coin de l'œil, elle vit une porte s'ouvrir et quelqu'un sortir dans la cour. Elle n'osa pas regarder dans cette direction, n'ayant aucune idée des règles en vigueur dans cet endroit. Le sentiment dévastateur de solitude et d'étrangeté qu'elle avait éprouvé parmi tous ces gens, au cours du dîner de la veille, avait été si chargé d'angoisse qu'elle avait demandé à regagner sa cellule avant d'y être obligée. C'est lorsque la porte fut refermée qu'elle avait ressenti pour la première fois de sa vie, dans une pièce où l'air ne faisait pourtant pas défaut, ce que c'est que de ne pouvoir respirer. Elle avait cru mourir. Les seules personnes auxquelles elle aurait pu demander de l'aide étaient hélas celles qui l'avaient enfermée à clé et le supplice qu'elles lui imposaient n'était pas dû à l'inattention, c'était un acte prémédité qu'on estimait qu'elle avait mérité.

Le sentiment d'impuissance qui l'avait envahie lui avait ôté toute énergie.

Elle sentit que la personne qui était sortie se dirigeait vers elle et, par pur instinct de conservation, elle tourna la tête pour se faire une idée de la menace éventuelle. C'était l'une des plus anciennes détenues, elle l'avait vue la veille au cours du repas, seule dans son coin. On aurait dit que rien de ce qui se passait autour d'elle ne la concernait et les autres personnes présentes dans la pièce semblaient respecter cette solitude. Le spectacle de cette femme l'avait d'abord mise mal à l'aise, car il y avait quelque chose de particulier dans son regard lorsque leurs yeux s'étaient croisés. Comme si elle avait sursauté, ainsi qu'on le fait quand on voit par hasard quelqu'un qu'on connaît. Pourtant, Monika ne l'avait encore jamais rencontrée et ne désirait pas qu'on remarque sa présence. C'était ainsi qu'elle avait l'intention de passer le temps pendant lequel elle devait séjourner en ce lieu : en restant invisible.

La femme était maintenant près du banc et Monika sentit son cœur s'emballer. Elle se rappelait le langage si particulier qu'elle avait entendu pendant le repas, la hiérarchie manifeste, le sentiment que chacune se conformait à un scénario invisible dans lequel aucun rôle ne lui avait été assigné, à elle, et où elle ne pouvait trouver place sans risquer de heurter quelqu'un d'autre. Elle ne disposait d'aucun moyen de connaître le comportement qu'on attendait d'elle. Pourtant, il s'agissait d'un autre genre de peur que celui auquel elle était habituée. Il n'y avait plus rien à détruire en elle, puisqu'il n'existait plus qu'un immense vide. Au lieu de cela, c'était son corps qui redoutait la douleur physique et qu'on s'en prenne à lui.

– Est-ce qu'on ne risque pas une cystite, à rester assise comme ça ?

Monika fut si reconnaissante de connaître la réponse à cette question que son premier mouvement fut de vouloir répondre qu'il fallait une bactérie dans les urines pour qu'il y ait cystite. Mais elle se mordit la lèvre et s'abstint. Elle risquait de s'attirer une réputation de prétentieuse.

– Peut-être que oui.

Elle se leva.

La femme rattrapa une mèche argentée qui pendait devant ses yeux et la replaça derrière son oreille.

– On va faire un tour ?

Monika hésita. Cette femme n'avait certes pas l'air particulièrement dangereuse. Pourtant, elle n'était guère tentée de s'éloigner seule avec elle. Elle lança un rapide coup d'œil en direction de la porte. Cependant elle ne désirait pas encore rentrer. Pas avant que le moment ne soit venu. Et elle ne pouvait refuser et rester là.

– Bien sûr.

Elles s'éloignèrent à pas lents à travers la cour. Pourquoi se presser ?

– Tu es arrivée hier, hein ?

– Oui.

– Pour combien de temps ?

– Six mois.

Monika répondit rapidement et poliment à toutes les questions. Pour l'instant, elle s'en tirait parfaitement.

– Ce n'est pas très long. Le temps passe plus vite qu'on ne le pense quand on s'ennuie.

La femme eut un petit éclat de rire et Monika sourit elle aussi, pour plus de sûreté. Elle s'avisa qu'il fallait qu'elle pose une question, elle aussi, pour montrer qu'elle participait activement à la conversation. Peut-être demander à cette femme depuis combien de temps elle était là. Etait-ce bien convenable, cependant ?

– Seize ans et demi.

Monika sursauta.

– Mais il ne me reste plus que huit mois.

Elle ne s'étonna que l'espace d'une seconde, puis elle réduisit l'allure sans s'en apercevoir. Seize ans et demi. De telles peines étaient rarissimes et n'intervenaient que pour sanctionner des actes vraiment horribles. Il était clair que la femme avec laquelle elle se promenait en avait commis un. Elle eut soudain envie de revenir en arrière, et regarda du coin de l'œil les bâtiments. Pourtant elle se ressaisit et, au lieu de cela, chercha une question à poser. N'avait-elle pas six mois à passer dans cet endroit ? Ce serait de la folie de se faire une ennemie dès le premier jour.

– Qu'est-ce que tu feras, quand tu sortiras ?

Elle s'était donné beaucoup de mal pour demander cela sur un ton dégagé et recula d'un pas, sous le coup de la peur, quand l'autre s'arrêta soudain et se tourna vers elle.

– Au fait, je m'appelle Vanja.

Elle lui tendit la main.

– On oublie facilement les bonnes manières, ici.

Monika ôta son gant et la salua rapidement.

– Monika.

Vanja hocha la tête et se remit à marcher. Monika lui emboîta le pas non sans inquiétude. Puis elle aperçut un petit groupe de détenues non loin et reprit un peu courage.

– Ce que je ferai quand je sortirai ? Je ne sais pas au juste, à vrai dire. Pour commencer, j'irai vivre chez une amie, une ancienne camarade d'enfance. Elle est très malade mais, après l'opération qu'elle vient de subir, elle semble en voie de guérison, Dieu merci. Mais on n'est encore sûr de rien, naturellement. Si tout va bien, nous partirons peut-être en voyage quelque part. On verra.

Monika tenta de se représenter un laps de temps de dix-sept ans. Une éternité, dans un endroit comme celui-ci. On devenait fou pour moins que cela. Elle le savait d'expérience.

Elles s'étaient engagées dans une allée bordée d'arbres qui aboutissait à un coteau ouvert sur le vaste monde. Elles auraient bientôt atteint la limite qui leur était assignée. La prison était entourée d'une double clôture, séparée par un intervalle de quelques mètres, sur laquelle étaient posés des rouleaux de fil de fer barbelé. Pour déchiqueter ceux qui se risqueraient à l'escalader. La société ne l'autorisait pas à franchir cette barrière. Même pas à en approcher, car il existait une zone interdite de cinquante mètres. Elle lança un regard par-dessus son épaule pour s'assurer qu'il y avait des gens qui pouvaient toujours les voir.

Vanja s'arrêta et mit les mains dans les poches.

– Il est important d'avoir quelqu'un qui vous attende à l'extérieur. C'est plus facile ainsi. Je le sais, parce que j'ai fait l'expérience des deux cas de figure.

Monika baissa les yeux vers la neige. Pour sa part, elle n'avait personne qui l'attendait. Sa mère, peut-être, mais elle n'en était pas sûre. Celle-ci l'avait appelée à plusieurs reprises et elle ne lui avait pas répondu. Elle ne savait même pas si elle était informée de l'endroit où se trouvait Monika, maintenant. Et, à vrai dire, elle s'en moquait.

Vanja sortit un mouchoir et s'essuya le nez.

– C'est dur, ici, surtout quand on est nouvelle. Heureusement pour toi, ta section est assez calme. Tu devrais te procurer des cigarettes. Tu en auras besoin.

Vanja se protégea du soleil avec la main pour observer les champs étincelant de neige qui s'étendaient de l'autre côté de la clôture. Monika la dévisagea à la dérobée.

– Regarde comme c'est beau.

Elle se tourna vers la direction indiquée et elles restèrent un moment à admirer le paysage en silence.

– On est vraiment négligents. On n'attache pas assez d'importance à ce qu'on a. On est de magnifiques exemples de cela, d'ailleurs, toi et moi. Sans ça, on ne serait pas de ce côté-ci de la clôture.

Monika avait tendance à en convenir, sans pour autant se sentir en état de le dire. Vanja émit un petit bruit, comme si elle pouffait.

– On croit que ça s'arrête là, que tout est arrivé et terminé, simplement parce qu'il se trouve qu'on existe en ce moment précis. Pourtant, notre misérable petite existence n'est qu'un pet de lapin au regard de l'éternité. J'ai même lu que, rien que pour la station debout, nous n'avons pas encore atteint le terme de notre évolution et qu'il y a des trucs et des machins, en nous, qui ne sont pas encore parfaitement adaptés.

Elle décrivit un cercle sur son ventre avec la main. Monika se demanda à quel organe elle pensait exactement mais préféra ne pas poser la question. Ce n'était pas très important, en ce moment précis.

Un vol d'oiseaux traversa alors le ciel et Vanja inclina la tête en arrière pour le suivre des yeux. Monika imita son exemple.

– Tu sais que, rien que dans la Voie lactée, il existe deux cents milliards d'étoiles ? Tu images : deux cents milliards, rien que dans notre galaxie. Et l'une de ces misérables étoiles est notre soleil.

Les oiseaux disparurent au-dessus de la forêt. Monika ferma les yeux et se demanda ce qu'ils voyaient au-delà de l'horizon, eux.

– Pourtant, comme les gens ont eu peur quand ils ont découvert que la Terre n'est pas le centre de l'univers ! C'était une histoire à vous faire dresser les cheveux sur la tête : croire de bonne foi que c'est Dieu qui a créé la Terre et les êtres humains pour qu'ils soient au centre de l'univers, et apprendre soudain qu'on n'est qu'une chiure de mouche.

Vanja sortit à nouveau son mouchoir pour s'essuyer le nez.

– Il y a moins de quatre cents ans, les gens le pensaient encore mais, maintenant, c'est magnifique de pouvoir se moquer d'eux en se disant à quel point ils étaient bouchés. Alors que nous, on est drôlement éclairés, il suffit de regarder autour de soi pour constater comme tout va bien.

Monika observa Vanja à la dérobée. C'était assurément une drôle de femme sur laquelle elle était tombée, et elle fut étonnée de constater qu'elle appréciait cette conversation. Personne de sa connaissance ne parlait de ce genre de choses. S'il n'y avait eu le fait qu'elles étaient enfermées derrière une clôture de barbelés, cela aurait vraiment été très réconfortant.

Vanja regarda Monika, un sourire aux lèvres.

– Pour ma part, je m'amuse à me demander à quel point nos semblables auront des raisons de se moquer de nous dans quatre cents ans. De quoi sommes-nous sûrs, en ce moment, qui se révélera totalement erroné par la suite ?

Monika lui rendit son sourire et Vanja regarda sa montre.

– Il va bientôt être l'heure.

Monika approuva d'un signe de tête et elles rebroussèrent chemin. Elle se sentait un peu plus à l'aise. Il était bon de savoir qu'il y avait quelqu'un comme Vanja ici.

– Et toi, tu as quelqu'un qui t'attend, à l'extérieur ?

La brusquerie de la question figea le sourire de Monika. L'espace d'un instant, elle vit devant elle le visage qui lui manquait plus que tout le reste. Elle baissa les yeux et secoua la tête.

– Tu es certaine ? Moi, j'avais quelqu'un, sans le savoir.

Monika ne désirait pas en être sûre et préféra ne pas répondre. Mais comment pourrait-elle, même dans ses rêves les plus fous, espérer qu'il l'attende encore ? Elle avait commis l'erreur la plus gigantesque de sa vie en le rejetant.

– On ne peut jamais rien savoir avec certitude avant d'en avoir la preuve.

Monika s'immobilisa.

– Quoi ?

Vanja ne précisa pas sa pensée. Elle se contenta de continuer à avancer et seul le petit tourbillon de vapeur blanche de son haleine sortit encore de sa bouche.

La volonté d'aller de l'avant est nécessaire même pour faire de petits pas. Elle avait lu cela quelque part, sans se souvenir où ni quand. Les petits pas lui étaient familiers, elle n'avait rien fait d'autre depuis que tout s'était effondré dans sa vie, mais elle ne savait plus ce qu'était le désir d'aller de l'avant. Elle avait lutté pendant de nombreuses années pour se distinguer des autres et déployé de gros efforts pour parer sa façade de la plus belle mosaïque mais, en chemin, elle avait oublié l'intérieur. Elle s'était confondue avec ce qu'elle possédait et ce qu'elle accomplissait, il n'y avait rien d'autre. Une fois les décorations enlevées, il ne restait plus que le vide de ce qu'elle avait laissé échapper. La chance qu'elle avait gâchée.

Elle ne formait plus qu'un vœu.

Un seul.

Pour oser faire ce petit pas, il fallait que son courage l'emporte sur sa raison. Mais, si elle n'osait pas le faire, il n'y aurait plus aucune raison d'oser quoi que ce soit ensuite.

Et, avec le courage que seul peut mobiliser l'être qui a vraiment, vraiment peur, elle finit par soulever le combiné.

– C'est moi, Monika.

Il s'écoula une éternité avant qu'il ne dise un mot et qu'elle puisse articuler ceux qu'elle avait tant besoin de prononcer.

– J'ai tellement de choses à te raconter.

Et, tous ses espoirs braqués vers ce secret dont elle souhaitait tellement qu'il existe, quelque part, elle prononça ces paroles.

– J'ai hâte de rentrer, Thomas.

RÉALISATION : NORD COMPO À VILLENEUVE-D'ASCQ
IMPRESSION : BRODARD ET TAUPIN À LA FLÈCHE
DÉPÔT LÉGAL : MARS 2008 N° 97519-2 (48272)
Imprimé en France